且以温暖度余生

And the rest of the warmth

孙来利 著

江苏凤凰文艺出版社
JIANGSU PHOENIX LITERATURE AND ART PUBLISHING, LTD

图书在版编目(CIP)数据

且以温暖度余生 / 孙来利著 . -- 南京：江苏凤凰文艺出版社，2019.3

ISBN 978-7-5594-3272-8

Ⅰ.①且… Ⅱ.①孙… Ⅲ.①散文集—中国—当代 Ⅳ.① I267

中国版本图书馆 CIP 数据核字（2019）第 016742 号

书　　　名	且以温暖度余生
著　　　者	孙来利
策 划 编 辑	罗　盛
责 任 编 辑	袁　媛　刘洲原
出 版 发 行	江苏凤凰文艺出版社
出版社地址	南京市中央路165号，邮编：210009
出版社网址	http://www.jswenyi.com
印　　　刷	三河市兴国印务有限公司
开　　　本	880×1230毫米　1/32
印　　　张	10
字　　　数	150千字
版　　　次	2019年3月第1版　2019年3月第1次印刷
标 准 书 号	ISBN 978-7-5594-3272-8
定　　　价	39.80元

（江苏文艺版图书凡印刷、装订错误可随时向承印厂调换）

序

有个调查发现，高纬度地区（比如北欧）的人容易抑郁自杀，为什么呢？因为高纬度地区气温比较低，而冬季又比较漫长，人长时间待在屋里，无事可干，就搬小板凳看着白茫茫的窗外，开始思考自己的人生。越想越觉得人生不堪，人生充满痛苦，人生没有希望，最后心想还不如死了算了，于是就自杀了！

但是高纬度地区的人还有个优势，就是容易出思想家、哲学家。同样的道理，寒冷气温下无法外出活动，就搬个小板凳在那里思考人生，越想越觉得人生需要解决的问题还很多，越发掘越深入，越深入就有更多发现，思想走得自然比普通人远。

这个世界总是辩证的，很多东西有好的一面也有坏的一面，有温暖的一面也有寒冷的一面，最后呈现出什么样的结果关键在于我们看待世界的角度。

大学记忆最深的一种化学物质是三氧化二砷，老师告诉我们这个东西是治疗肿瘤的特效药，可以杀死肿瘤细胞，医学上经常用它来治疗肿瘤病人，我们都欢呼：太牛了，三氧兄。但是老师又告诉我们，这个东西有剧毒，是杀人毒药，很低的剂量就可以杀死一个成年人，当年武大郎就是被它毒死的。我们都痛骂：你大爷啊，三氧兄。

老师说："之所以同一个物质既具备神药的属性，又具备毒药的特质，是因为这个东西的致药量和致死量非常接近，几乎重叠，所以很难区隔，一不小心就容易越界。这个特殊的物质另外一个名字叫砒霜。"

其实我们每个人都是如此，人才和庸才也是一线之隔，好人和浑蛋仅是一念之差，小人和君子也是共生共存，最后能走出一个什么样的人生路，其实决定权还在于我们自己。

我这辈子最庆幸的事是学了一门叫哲学的知识，它让我在看待问题的时候能够更多元、更辩证，而不仅是单纯的亢奋视角，也不是单纯的消极视角，我很赞同萧伯纳的一句话——人生有两出悲剧，一是万念俱灰，一是踌躇满志。如果用神经学理解的话——人生有两大悲剧，一个是抑郁，另一个是躁狂。这两种极端都容易造成人生悲剧。而我想在这两个极端中间找到一种状态，思来想去，只有"温暖"最为合适。

本书想表达的另一个观点——行有不得，反求诸己。当一件事情不如心愿的时候，不要抱怨世界，先反思反思自己。反求诸己是辩证的，这绝不是是责怪自己，也不是找自己的麻烦，而是寻找让自己变得更好的办法，让自己变得更强大，更善解人意。

　　本想给书取名《行有不得反求诸己》，又担心太古板，所以还是《且以温暖度余生》比较好。

　　想让一个人变温暖，最好的办法是多和温暖的人走近，多听温暖的歌曲，多看温暖的故事，多读温暖的书。希望这本书能够给你和你身边的人带去好多好多的温暖！

孙来利

2018年3月6日星期二

目　录

第一部　温暖的我才能遇到温暖的你

温暖的我才能遇到温暖的你 / 003

"麻站"的爱情 / 009

你的世界你做主 / 020

鼓盆而歌的少年 / 026

那个错过的人 / 040

不完美 / 050

温暖的我遇到温暖的你 / 057

第二部　行有不得反求诸己

行有不得　反求诸己 / 077

人生是一粒种 / 083

出租屋的故事 / 095

世界变了 / 100

武警老袁 / 111

滞后性 / 130

无力讨好全世界 / 134

慎独 / 138

第三部　小人无过君子常错

小人无过　君子常错 / 143

人性 / 148

四川妹子 / 153

沪上游侠 / 169

洗脑和反洗脑 / 180

抑郁的黄总 / 188

安慰剂 / 206

犹太人的智慧 / 212

第四部　永言配命自求多福

永言配命　自求多福 / 219

大杂烩 / 225

你的身体会说话 / 233

一条小狗 / 247

癞蛤蟆13号 / 261

偶像进化史 / 268

父亲 / 276

三十而立 / 303

我要去我想去的地方 / 305

后记 / 309

第一部　温暖的我才能遇到温暖的你

温暖的我才能遇到温暖的你

一

有个吴姓朋友在上海闸北一家综合医院做精神科医生。有一天我去找他办点事情,在候诊室看到一个女人正在和她的父母吵架,女人情绪很激烈,行为暴躁:"你们这帮神经病,你们才是不正常的,你们才应该来这里治脑子。"

父母急忙相劝:"是的,是的,我们脑子坏掉了,是你陪我们看医生。"

朋友告诉我,这个人患有精神分裂,但是她一直觉得自己很正常,其他人才不正常。

朋友叹了一口气:"其实一个人如何看待世界,取决于他如何看待自己。"

二

曾经有个病人来找朋友看病，明明挂号比较靠前，他偏要最后一个来看。当所有的病人都走光了之后，这个病人才走进诊室，小心翼翼地插上门闩后，便扑通一声跪在地上号啕大哭："医生，救救我吧！我好痛苦，我现在活得生不如死！"

朋友说，作为精神科医生，情绪极端的病人见得很多，但是这个病人还是给他留下了深刻的印象。

此人打扮得体，商务风格，气质也十分出众，一看就是受过高等教育并出入上流社会的精英人士。朋友好言相劝，病人情绪才渐渐平稳下来，慢慢说出了他的情况，原来他在闵行一家大型企业做高级管理，手下管理着上百号的员工，他每天在公司给人展示的都是能干、有魄力、健康稳重的商业精英形象，而一旦回到家里，他就十分焦虑，夜不能寐，彻夜失眠，十分痛苦。朋友诊断他患有严重的抑郁焦虑疾病。

患者一个劲儿地强调，他的世界都是竞争，都是压力，他不得不时刻把精神高度紧张起来。

人身体的每个部分都需要正常的新陈代谢和作息规律，神经系统也不例外。高强度高负荷的运作很容易让神经系统崩溃，现代人的精神焦虑和心理疾病，大都是被自己逼出来的。

三

我们身边的每一个人,都像一块漂浮在海洋上的冰块,其中百分之二十的部分露在水面之上,而百分之八十则藏在水下。生活中,我们能看到的仅仅是水面上的那部分,而水面下的百分之八十则很难被看清。所以认识一个人远远没有想象中的那么简单。

在洋浦医院十三号楼,我看到一个衣着光鲜的男人站在窗前发呆,他已经待在那里三十多分钟了,一句话都没说,如蔬菜一般,直勾勾地朝着窗外。

我办好事情后就乘电梯下了楼。

刚钻进自己的汽车,就听到有人大喊:"不好啦,有人跳楼了。"

我赶紧朝喊声的地方跑过去,只见一个男人四仰八叉躺在水泥地上,血肉模糊,鲜血到处流淌。

看到这个人的打扮,我立马想到了他就是十三号楼的那个"蔬菜"。

朋友告诉我:"抑郁症病人有严重的自杀倾向,而且很难制止,因为他们的自杀大都是随机的,偶然的,像布朗运动一样毫无章法。也许上一分钟还谈笑风生,下一秒却阴阳两隔,谁也想不到……"

朋友说:"现在社会这样的人越来越多,也越来越隐蔽。真正想自杀的人是不会爬到电线杆上吵闹的。"

四

看过一个纪录片,一个教师出身的男人,培养出来的两个孩子都是名牌大学的大学生,天之骄子,毕业后都进入了国际一线的大公司工作。遗憾的是没有过多久,他的两个孩子接连患上了严重的抑郁症,在两年内都选择了跳楼自杀。

六十岁的男人得知噩耗痛不欲生。

二女儿的遗书表示,她的精神压力太大,她根本应付不了,她接受不了一个这样失败的自己,所以选择离开。

我叹息老人余生难熬!

朋友反倒说:"老人晚年凄凉,也许问题出在了他自己的教育上。他培养出了两个只知道前进不知道倒退的孩子,当无路可走的时候宁愿选择自杀也不愿调低自己的期望,这样的要强是不是教育的失败?"

当一个人脑子中满是:我为什么没有昨天成功,我为什么没有身边的人成功的时候,这个人是快乐不起来的。

快乐,是源于欲望的满足,对自己现状的满足。

痛苦,是源于攀比,源于欲望的勇往直前,源于欲望的横冲直撞不会拐弯。

中国很多家长的教育永远都是比来比去,结果造就了很多智商高心理素质差的豆腐渣工程。

五

从医学的角度来说，人的每一个行为都是通过大脑发出指令来完成的。快乐也是。

眼睛看到肥猫从桌子上滚下去了，反馈信息到大脑——肥猫从桌子上滚下去了。大脑处理后判定——这是一件开心的事情。于是脑中的正电信息子激活，放电刺激发笑中枢。嘴巴收到指令后咧成了花……哈哈哈，猫从桌子上滚下去了！哈哈哈，好好笑……

负责传递快乐信号的有三个邮差，分别是多巴胺、去甲肾上腺素和五羟色胺。

一个不快乐的人，眼睛总是看不到快乐，导致三个邮差无活可干。即使以后再碰到快乐的事情，眼睛将信息传递到大脑，大脑也无发出正确的指令，总是激活中性电信息子（不笑不怒）和负电信息子（发怒），这个人是开心不起来的。

于是他的世界里不再有快乐了。

一个抑郁的人看到的世界都是悲伤，不是他不想快乐，而是他丧失了快乐的能力，他的神经系统生病了。所以要避免抑郁就要从一开始就避免和悲伤为伴，要经常和快乐为伍，这样传递快乐信号的邮差才不会凋亡。

快乐是一种习惯，忧伤也是一种习惯，一旦忧伤成了身体的一部分，一辈子都戒不掉。

请保持心理健康,无论爱情,还是事业、家庭,心理健康都非常重要。一个不快乐的人是不会给别人带来快乐的,也不会给别人带来温暖。

所以请记住这句话——只有温暖的我才能遇到温暖的你!

"麻站"的爱情

一

有的人的爱情是一桩买卖,而有的人的爱情是艺术品。

房子在艺术品的衬托下显得异常高贵,而心灵中的艺术品却让平凡的人生辉煌一辈子。

我有个大学同学叫马站,脸上长着很多青春痘,我们戏称他为"麻站",麻子嘛。"麻站"的老家是我们徐州附近的淮安,和我一样都是来自农村,家庭条件都很差。

从大一开始,"麻站"就勤工俭学,帮宿舍送纯净水。送一桶水可以赚一块钱,而"麻站"一天竟然可以赚上百块。我们都被他拼命的精神所感动,也对他有些忌惮,一旦"麻站"将送水精神用到学习上,还不分分钟秒杀我们这帮学渣啊!

令我们始料不及的是,"麻站"的拼命工作并不是为了减少家庭负担，也不是为了孝敬父亲母亲，更不是为了锻炼意志，陶冶情操，"麻站"的真实目的是为了游戏。

"麻站"说："我一定要攒钱买个PSP，然后躲在被窝里从早上打到天黑，再从天黑打到天亮！连课都不用上，幸福地直冒泡，哈哈哈！"

一台PSP两千多元，为此"麻站"玩命送水，七十多斤的纯净水扛在肩上，爬六楼健步如飞，如履平地。

终于攒够了买PSP的钱，"麻站"的一张大脸都快要笑开了花。

玩了一年后，"麻站"把PSP丢在一边，他开始对网络游戏产生了更大的兴趣。他经常翻墙头去附近的网吧上网，彻夜不归。

"麻站"是用生命在打游戏，他对网络游戏的痴迷已经上升到信仰的高度了。

一个人把时间花在哪里，他的成绩就出在哪里。一个人把时间浪费在哪里，他的麻烦有可能就发生在哪里。"麻站"把时间都用在了游戏上，玩游戏水平在我们班级无出其右，但是他的学习成绩一塌糊涂，到处亮起了红灯。

这个连考试重点都懒得画的学渣到了考试前一个月开始慌了，他怎么可能不慌，落下那么多的功课，他根本没有时间去弥补。

于是"麻站"每次考试前夕就像牛皮糖一样黏在我屁股后面，我去哪儿他去哪儿。

我去教室上自习，他坐我旁边睡觉，一张大脸搁在桌子上还有一大半悬空中；我去食堂吃饭，他坐我对面"秃噜秃噜"吃米饭，因为吃得太投入，米粒四溅，甚是壮观……

我知道，"麻站"这么做是有原因的，为的就是考试的时候让我给他提供"方便"。为此他一个月没碰最爱的电脑。而"麻站"每次考试都涉险过关,无一挂科。"麻站"对我非常信任,从大一开始每个学期都有一个月和我共度。

有一次,我在树底下狂背《毛泽东概论》,"麻站"穿着拖鞋,像企鹅一般扭了过来,一看到我手中的《毛泽东概论》,他很不屑地说道:"大白天背《毛泽东概论》——实在太荒谬!"

我吓了一跳,"麻站"曾几何时也认真地学习起来,都开始理论化了?

只见"麻站"不慌不忙地说道:"你想想,毛主席写毛《毛泽东概论》是什么时候?是晚上呀,你这大白天的学习,效果能好吗?能领会到思想内核吗!你要学啊,也要半夜学,这样才事半功倍!"

我两颗大眼珠子都差点被他吓出来。

二

大学毕业后,"麻站"回老家淮安发展。

这个学习成绩不优秀的人,做生意还是有两把刷子的,利用他那半夜学《毛泽东概论》的钻研精神,他代理了几个中成药品,很快就赚了一大笔钱,当我还开着奇瑞QQ的时候,"麻站"已经开上了英菲尼迪。他愣是在淮安杀出了一片天地,接着他又把目光投向了长三角地区。那时他经常来上海出差。一来上海就约我喝酒,感激我当年百忙之中抽出宝贵的时间给予他的帮助。

那个时候"麻站"交了一个女朋友叫何欢,也是淮安人,她是在"麻站"的前途尚不明朗的时候跟着他的。

何欢长得很可爱,眼睛里闪烁着善良。论长相,论才学,论综合分数,都只能是一句话——一朵鲜花插在了牛粪上。

说实话,"麻站"那长相,就算我们看多了也受不了,但是何欢受得了。

在我们的逼问之下,何欢说出了选择"麻站"的理由:"第一,"麻站"和父母相处得很好,一个能和父母处得好的男人一般都不坏。第二,"麻站"童心未泯,如孩童一般爱游戏,一定是个从一而终的男人,一定会对我好的。比那些看着碗里的想着锅里的好一万倍,一定不会干出一朝功成把妻休的事情的!"

对于何欢的推论,我们竖起大拇指,称赞她"有智慧,有眼光,会看人!"但是心里却犯起了嘀咕:"孩子啊,你太年轻了呀,男人怎么可以这样挑选呢。"麻站"可不是只好鸟啊!"

"麻站"和何欢在一起不到两年,"麻站"的事业之火就开始燃烧了。很快,他就成了百万富翁。何欢每天都抱着"麻站"的脖子开心地欢呼:"老公,我就知道你不是池中之物,早晚要成就一方。"

让何欢始料不及的是,有钱后的"麻站"居然抛弃了百玩不厌的电子游戏,玩起了成人游戏,他同时喜欢上了两个姑娘。

"麻站"很纠结,每次喝酒都跟我叨咕这个事情:"我要出轨!我要出轨!老子对天发誓要出轨!"

可是他不敢,又憋得慌,只能趁喝酒给自己打打气。

看他那百爪挠心又不敢行动的孬样,我非常恼火:"你个没良心的要看清楚,是何欢陪着你从贫穷走向富裕啊,你不能对不起她。"

"麻站"不住地点头:"我知道呀,我知道呀!我不能对不起她,我不能做禽兽不如的事情,可是我太喜欢那两个姑娘了,好喜欢……"

我说:"那你管好自己的欲望,不能让欲望指挥大脑,要克制再克制。"

"麻站"回道:"可是,我不甘心哪!"

"你大爷的。"这个小子已经不再是大学里那个单纯的"麻站"了。

三

"麻站"最后还是跟何欢提出了分手,他的逻辑是——不能背着何欢偷吃,这样太伤人,更对不起何欢,那就跟何欢分手后光明正大地吃。

分手的过程比较婉转,也出奇的顺利。

"麻站"让手下带着三十万现金送给何欢,并且在钱中夹了一封信:

凡为夫妇之因,前世三生结缘,始配今生之夫妇。若结缘不合,比是冤家,故来相对……既以二心不同,难归一意,快会及诸亲,各还本道。愿娘子相离之后,重梳婵鬓,美扫蛾眉,巧呈窈窕之姿,选聘高官之主。解怨释结,更莫相憎。一别两宽,各生欢喜。

——马站亲书

这是唐代的一封休书,"麻站"借此文言志,大致要表达的意思是:"何欢啊,我跟你走不到一块。你呢,赶紧回家打扮一下,打扮得漂漂亮亮的,找个更好的男人风风光光嫁了吧,咱们俩皆大欢喜!"

何欢何等聪明,一下子就知道了"麻站"的意思,于是默默收拾好自己的东西,不哭不闹,安安静静地离开了。

"麻站"一下子解放了,从此过上了花天酒地的生活,好不快活。

那段时间的"麻站"过得天昏地暗,日月无光。

没有何欢约束的"麻站"为了寻求快乐,什么刺激都玩,他已经膨胀了,膨胀到记不得自己到底是谁了。在美女们的带动下他居然吸起了毒!"麻站"在极乐世界里飘飘然,根本刹不住车。

毕竟"麻站"不是大富翁,他那几百万怎么够折腾的,所以很快他就开始卖房卖车。还停掉了手头的一切业务,他的债务越来越多,讨债的人找不到他就去骚扰他的父母。为了继续吸毒,"麻站"铤而走险成了贩毒网络中间的一环。

一次KTV临检让"麻站"落入法网,经过庭审,"麻站"被判入狱三年。

他风光的时候,身边兄弟无数,高朋满屋。一旦他失势,那些人早不知踪影,他的酒肉朋友们,此刻躲他不及,哪有人去瞧他,"麻站"一下子失去了全世界,变得非常凄凉。入狱不光害了他自己,更害了他的家人,"麻站"的老父母在农村根本无人抚养,失去了土地又没有住房的他们,等待他们的只有贫穷和死亡。

在监牢里的"麻站"痛哭失声,悔不当初,对生活一下子失去了所有信心。此刻的他除了孤独就是孤独,除了后悔还是后悔。

四

二零一一年我去淮安看望"麻站"父母的时候,给了他们两千元钱。这是我当时最大的能量了,我也没有多余的精力去帮"麻站"照顾年迈的父母。唯一能做的就是祈祷"麻站"早日走出监牢,回到他父母的身边。

从淮安回来后,我忙于自己的工作,无暇他顾。

二零一三年和小胖子分手后,我开始自闭。不愿意和外界有过多交流,每当孤独无助的时候,我就开始整理那些人生中最美好的回忆,期望能让心里生出一丝温暖,当我打开相册看到大学时的合影的时候,我想到了"麻站"。那个从零三年到零七年每半年都会跟在我屁股后面一个月的牛皮糖。

我要去监狱探监,去看看这个几乎要被我遗忘的老友。

再次见到"麻站"的时候,只见曾经臃肿的他已经变成了瘦削的小"麻站",一张大肥脸也变成了棱角分明的小尖脸。他看到我很开心,双手搓个不停,显得有点拘谨。

"兄弟,最近一直梦到你,好想你。你终于来看我了,心里真高兴。""麻站"显得羞涩。

"你在里面怎么样?我一直忙,都没有时间来看你。"我回道。

"里面挺好的,我还有五个月就出狱了。等我出来了,我去上海找你。兄弟,太谢谢你了,没有你,也许我父母早就饿死了。唉,是我连累了他们。"

我想到了给"麻站"父母的两千元钱。唉,这点钱根本不算什么。"麻站"坐牢都两年多了,我都没有再去看看老人家,现在"麻站"如此感激我,我反而有点不好意思了。于是赶紧说道:"'麻站',那不算什么。我现在不在上海,到苏州了,你出来了去苏州找我。你好好照顾自己!"

我给他留下了电话和地址就离开了。

人生是一条充满未知的前路,有着太多的不确定,在明天没有到来之前,谁也不知道迎来的将会是什么。当年大学年少的我们怎么能意料到如今的命运。"麻站"的命运从高峰跌到低谷,我也从高峰跌到低谷,令人唏嘘的是,我们总是在鼓励自己:"明天会更好!挺住!"但是现实往往是我们一个跟头栽下去,从此就很难站起来。

坚持下去,一切的希望都只有坚持下去。

我鼓励着"麻站",也鼓励着自己!

五

苦痛经历得多了,人反而麻木了。半年后,我渐渐走出了感情的漩涡,开始面对下一段未知的未来。

一天,我忽然接到了"麻站"的电话,电话中他告诉我要来苏州找我。见面的时候,"麻站"看到我的现状,了解了我的故事后,也有点吃惊,他叹了一口气:"唉,岁月真让人难以捉摸啊!"

老气横秋的他和当年的童言无忌判若两人。

我们喝酒,喝白酒,两个人喝了足足有两斤,"麻站"一边喝酒一边流泪,酒前我俩协商好,今儿只能有一个人流泪,否则现场就成了追悼会了。我安慰"麻站":"兄弟,别想过去的事情了,过去的都过去了,为了《毛泽东概论》咱俩一醉方休。人生没有过不了的坎儿,记忆中没有抹不掉的人!"

"麻站"抬眼,一双婆娑的眼睛直勾勾地看着我:"我风光的时候,宾朋满座,一个个铁的不行,结果出事了一窝蜂散了。唉,果然是酒肉朋友不可深交,只有你才是我的好兄弟,我在牢里待了三年,你养了我父母三年,每个月都寄给他们三千块钱,没有你,我都不敢去见他们的面啊……"

"麻站"的话让我有点迷糊了,我赶紧制止他继续煽情:"哎,'麻站'!你等等……我可没有给你父母寄钱呀,我每个月都穷得要死,哪有钱寄给老人呢!"

"麻站"不相信:"兄弟,你别装了。我知道你怕我谢你,我暂时真的没法感谢你,但是这份大恩一辈子记心上,你是我人生绝望之中唯一的希望,是我存在于这个世界的唯一的温暖力量,没有你我早就放弃生命了!"

我赶紧澄清:""麻站',我对天发誓,我只是在你刚被收押的时候给过叔叔阿姨两千块钱,以后从来没有寄过钱,谁寄谁孙子!"

"麻站"看我认真的模样,一头雾水:"不可能啊,除了你之外,不可能有其他人啊!我扒拉了无数次,只有你才有可能干这事。"

我说:"你傻啊,你查汇款账号呗。"

六

让我和"麻站"都没有料到的是,最后账号查到了,汇款的户主不是别人,居然是被"麻站"辜负的那个女孩——何欢。"麻站"一屁股坐在地上,喃喃自语道:"怎么会是她呢?"

他当然不敢相信这个事实,也接受不了这样一个事实。

这个比司马相如还负心的负心汉,在他一无所有的时候何欢选择了他,坚信他可以给她带来幸福,而他却在功成名就之后一脚踢开了她。如今何欢居然以德报怨,雪中送炭,"麻站"当然悔恨交加。

"麻站"对我说:"兄弟帮我一个忙,把何欢约出来好吗,我想跟她当面谈谈。"

幽静的咖啡馆里,气质洒脱的何欢出现在我的眼前,见到"麻站"也在,她有点不自然。

她准备假装没看到我们想从我们身边走开的时候,"麻站"一把拽住了她:"何欢,你为什么帮我?""麻站"不敢看她,头低得很低。

何欢沉默了,站在那里长久的沉默,气氛静得有点吓人,终于她叹了一口气,像解脱了一般说道:"早知道你在,我就不来了,其实我帮你和你是谁关系不大。当初知道你被判刑,我心里还是很开心的,你这是罪有应得,"麻站"你真是个孙子,我好不容易相中了你是一匹千里马,你却一蹄子踢开我这个伯乐。你入狱后,我去看望了你父母一次,其实当年他们对我都挺好的,我心里记着他们。我看到两个老人锅里都没有一粒米，兜里更是没有一分钱，阿姨还因为急性肺炎躺床上等着医治，我哭了！唉，你造的孽要让父母来偿，你真的太浑蛋了。

"我不是想帮你，只是我不想自己面对需要帮助的人时还冷眼旁观，我要给他们一点希望。他们也跟我说你对自己的行为很后悔，绝望到自杀，我反而有点心软了。我偷偷地给你父母打钱，也希望他们能成为你支撑下去的希望，你在最绝望的时候也许会因为这点阳光而振作！现在你知道了也好，好好走未来的路，别再祸害别人了，你都二十九了，长点心吧！"

何欢说完，转身就走了。

"麻站"早已经成了泪人。

我建议"麻站"把何欢重新追回来，"麻站"摇了摇头："她现在嫁了一个很好的男人，我不应该再去打搅她。我应该好好努力，不能再让她失望，为了证明她的眼光没错我也要振作。"

"麻站"后来自己开了一家餐馆，再后来贷款加盟了一家专做鱼头的餐馆，将分店开到了淮安最好的写字楼，生意很红火。做了老板的"麻站"经常对客户说："莫负枕边人，一定要对老婆好点，怎么好都不过分，切记啊……"

也许何欢让他懂得了什么。

"麻站"说："人生之中，绝望之中的希望最有力量，它可以掰过魔鬼的臂膀！"

你的世界你做主

一

有句话说"心中无敌,则无敌于天下!"

把自己当作敌人,那么你眼中看到的都是敌人。

一个很不喜欢自己的男孩儿,他悲观地活在这个世界里,没有人能够理解他的悲伤,因为他连自己都信不过。

初中一年级的一个晚上,骑着自行车回家的路上他遭遇了车祸。面部先着地,摔了一个狗啃泥。

他被迅速送进医院,并接受治疗。伤情并不严重,只是轻微的面部擦伤,鼻子和脸部被处理之后,包上纱布就出院了。

出院后,因为要观察伤口的愈合情况,少年拿起了镜子,他第一次从镜子中看到了自己的样子。看着镜子中陌生的自己,他一下子傻眼了,这个人怎么这么丑,这是自己吗?

越看越丑，越看越难以接受。他开始对自己越来越讨厌，越来越失望。

他一点也不喜欢现在这个样子的自己，并且偏执地认为是那次车祸让他变得丑陋。

从此他走路不再高昂着头颅，而是把头埋得低低的；他不再肆无忌惮地玩闹，而是远离人群；不再开怀无邪地大笑，而是心事重重，像个病号。

他变得羞于交际，朋友也越来越少。

读高中一年级那年，他喜欢上了班里的一个美丽的女孩儿。女孩儿比他大两岁，她大大的眼睛镶嵌在精致的脸庞上，很美很好看。女孩儿很文静，除了读书之外，话并不多。

他喜欢她到了要发疯的地步，每天都想看到她，每天都能梦到她，女孩儿似乎变成了他生命中唯一的幸福。

但是，他觉得自己很丑，配不上她。

所以他一直压抑着情感，只把她放在心中，不敢袒露。这样压抑着自己内心的时光已经持续了两年，而未来的日子似乎更漫长。

女孩儿似乎察觉到了男孩儿总是暗中看她的目光，多次回之以微笑，男孩心花怒放，但是他依然被自己的自卑所束缚，无法突破自我设限，不敢迈步向前。

很快步入高三了，紧张的高考即将到来。

每天下晚自习后，很多同学都会点着蜡烛在教室看书，她坐第一排，他坐第二排，两个人之间的距离只有不到两米，但是自习三个多月来，两个人一句话也没说过。女孩儿有些时候会停下手中解题的笔，扭头看向男孩，那目光中透露着开放，透露着柔情，而男孩的头却埋得更低了，几乎看不到书本上的字了，也不愿抬头。

高考前一个晚上，女孩儿收拾完书本，准备离开，突然她走到男孩儿书桌前拿起男孩儿的手表。男孩儿抬起头，发现是女孩儿，他的脸立刻变得红红的，呼吸急促，心跳加速。女孩儿一边看着手表一边说："现在晚上八点了，我要回家了……"

男孩儿没有搭腔，心"扑通扑通"地乱跳。

女孩儿说："明天上考场了耶，你有话要跟我说吗？"

男孩儿结结巴巴道："你早点回家好好休息，明天考出个好成绩啊！"

女孩儿失望地笑了一下，背上书包离开了教室。

从此男孩儿和女孩儿天各一方，不再有任何交集。

一个前锋将足球带入禁区，冲到球门前五米处时突然停止了脚步，低头离开，因为他觉得守门员太强大，而他自己这么渺小，一定进不了球，那还不如不射门。

自卑的人即使没有敌人，也很难取得成功，他们会被自己脑袋中凭空设计出来的无数困难吓破了胆，他们的世界处处充满了危机，处处充满了不安全感。他们自艾自怜，痛苦地用悲观情绪折磨自己，而完全不考虑世界是如何看待他们的。

他们认为自己如何看待自己，全世界也同样就是如何地看待他们。

多年的自我否定，让他敏感而多疑地存在于这个世界。

他的世界处处都是敌人，他四处出击，疲于应对，进而憔悴不堪，精神到了崩溃的边缘。他和老板、同事、朋友关系都非常紧张，因为他总是觉得这些人不喜欢他，看不起他，讨厌他。朋友一个善意的姿态或者一句温柔的提醒他都可以解读出恶毒的涵义，他变得极具攻击性，和所有人产生矛盾和冲突，他眼中的世界已经不是本来的那个面目了。

一个喜欢自己，接受自己的人，生活都不会太差！和自己过不去的人往往活得很悲惨，甚至走向自我毁灭。

二

朋友家养了两只狗，一只大狗金毛，一只小狗吉娃娃。有次去他家逗狗狗玩儿，没想到大狗很温顺，任由你摆布，而小狗凶得很，跳起来就要咬我，吓得我连连后退。

朋友笑着说："你知道为什么这只小狗这么有攻击性吗？"

我打趣说："脾气暴躁，没教养，和它主人一样素质差呗。"

他说："不全对。这条小狗之所以具有攻击性，是因为它缺乏安全感，其实这和人是一样的道理，当一个人缺乏安全感的时候，就变得极端且具有攻击性。"

他给我讲了个故事：有个朋友长得很小很瘦，年轻时候落魄，脾气差，经常惹是生非，他的口头禅是——如果不能让别人尊敬我，那就让他们怕我。这口气特别有黑手党的味道。几年没见，忽然听说他做生意发达了。一次偶然和他再次碰面的时候，我都不敢相信自己的眼睛，他风趣又优雅，一副和气的样子，讲话也是斯斯文文的。服务生不小心把水溅到他身上，他也只是微微一笑，要是以往，轻则破口大骂，重则抡起拳头了。我问他为什么有这么大的变化，他笑着回道："以往穷，又丑，总担心别人欺负自己，看不起自己，越这样想发现想欺负自己的人就越多，于是自己就先欺负他们，让他们退避三舍。现在富了，发现大家对自己都特别尊敬，所以也没有必要再粗鲁了。"

朋友说："归根结底还是安全感！而这份安全感来自于内心对世界的阅读能力。"

三

曾经看过一个故事，苏东坡年轻的时候，和一群朋友去爬山。有一条很狭窄的小道挡住了他们的去路，小道和万丈深渊为邻，人稍有闪失就会落入山崖，粉身碎骨。看着这么危险的小路，苏东坡等人打起了退堂鼓，山顶风光再美丽，也不值得用生命去冒险啊！

就在他们准备返回的时候，有个人跳了出来，如猴子一般，发狠窜过了小道，到达了对岸。他望着苏东坡等人哈哈大笑，显得非常得意。同行人纷纷对这个人的勇气报以赞赏，给予雷鸣般的掌声。

而苏东坡却在文章中写道:"一个人对自己的生命如此漠视,那么他一定也不会把别人的生命当回事。这样的朋友还是离远点为妙。"

十几年后,身居高位的苏东坡遭遇官场上的一场重大变故,被贬到柳州。而挥手整治苏东坡的就是当年那个不要命的少年,此时的他已经变得心狠手辣,不近人情。他把官场搞得乌烟瘴气,一片哀鸿。

我身边也有这样一个人,他姓王,酗酒,在苏城主干道上开了一个烟酒杂货店,为了点小面子和别人纠缠,酒后单枪匹马提刀杀入对方小区,俨然新时代的"蓝堡",最后一身血污醉倒在警局。

这个人曾经骗了几个女孩儿,有的被他骗得倾家荡产,有的为了他和丈夫离婚,有的甚至差点自杀。而他,一点愧疚感都没有,从来不为自己的行为忏悔。他对自己尚且如此心硬,怎么可能对别人有同情?

一个不把自己生命当回事的人是不会对别人有怜悯之心的。

一个心里没有阳光的人是不会普照世人的。

一个内心缺乏安全感的人是不能给别人带来安全感的。

一个自我否定的人是看不到别人给予他的爱的。

每个人的世界,都是他眼中的世界,他看到什么样的世界,他就有什么样的人生。

鼓盆而歌的少年

一

军事专家讲过一句话:"美国的国家战略就是必须要有敌人,否则这个民族就会垮台。所以美国才会四处惹事,今天打这个,明天揍那个,树敌之后的美国人民就有了奋斗方向,就有了斗志和凝聚力。"

刨除美国这个充满争议国家,我们只谈这句话背后的道理,我认为生活中也有着类似的哲学。

真正支撑我们一直奋斗,激发我们拼搏斗志的也恰恰是那些"敌人",那些不怕得罪我们,大胆揭露我们"皇帝的新装"真相的"小男孩"。

我有一个朋友,嗓门洪亮,被送外号"铃铛"。

"铃铛"是个聪明机灵的少年,当年我们发誓一起好好学习,考上大学,从此扬名立万,成为一方人物。

我们高中就读于新沂一中,那是我们市最好的重点高中,能来这里读书的人都是学霸。

"铃铛"成绩一直很好,这归功于他卓越的智商。我那时成绩也不错,但是我不是"铃铛"那种天赋型的选手,我是努力型的选手,一分钟不学习就会马上变差的那种。

有一次我们一起骑着自行车去学校上学,路上"铃铛"向我传授写命题作文的方法,他说:"天下文章一大抄,所以要想写好作文,肚子里一定要有货,多背诵几篇文章,写作的时候即使写不出同样的文采,但是套路你总归还是可以借用的,所以说任何成功都是有捷径的。"

我听得十分认真,小鸡啄米般地点头,对他的观点非常认可。

第二年的高考,碰上了SARAS,谁知道一向成绩出色的"铃铛"却只考出了专科的分数,而我那一年凭借玩儿命的学习态度,活生生地将黑发熬成了白丝,终于考上了南京的一所医科大学。

"铃铛"拿着分数,显得很淡定:"唉,我就知道应试教育是专门扼杀我这种有才华的天赋型选手的。"

"铃铛"没有选择复读,而是去了苏南一所专科学校。

大二时,"铃铛"来南京找我玩儿,我带他去了中山陵,看着身边一对对的情侣手挽手结伴而行,"铃铛"忽然伤感地说道:"唉,我想我是该谈恋爱了!"

这搞得我措手不及,匆忙问道:"有目标吗?"

"要目标干什么!我就是块磁铁,女孩就是铁屑,遇到合适的女孩她自然会被吸上来!"

我被他的言论再次震撼了。

二

"铃铛"在南京玩儿了三天,三天后,我送他去南京火车站。

离发车还有一个多小时,我们俩靠在候车大厅的铁椅上聊着天,"铃铛"一点也没有离别的伤感,反而谈笑风生,十分欢快。

忽然他贴近我的耳朵神秘地说道:"你看正前方那两个一男一女,奇怪不?"

顺着他手指的方向我看到不远处有两个年轻男女,相距大概二十米站在那里候车。男的身材挺拔,外形俊朗,女的身姿曼妙,五官迷人,他们每隔几秒会互相看对方一眼,然后朝对方方向小挪半步,继续装作若无其事等车的样子,在我们聊天的不长时间里,他们之间的距离缩短了大约五米。

"铃铛"拍着大腿说道:"这两个人肯定互生好感,隔空传情呢!哎,你俩要是一见钟情,就大方一点,迅速一点啊,我这马上都发车了!"

皇上不急太监急,"铃铛"急他们之所急,让我十分意外。

没等我搭话,"铃铛"站了起来:"不行,我要给他们加把柴,助他们一臂之力。"

说完他就走向了那个女生。

只见"铃铛"走到女生身边和女生轻声聊了几句,不久女生递给"铃铛"一个东西,离开女生后"铃铛"又走向了男生,拍了一下他的肩膀,做了一个加油的姿势,然后就回来了。

我赶紧问他:"你帮那个男生要到了女生的号码?你实在太伟大了,我以为这种助人为乐的事情只有我和雷锋能干的出来,没想到你居然也这么有正义感。"

"铃铛"不屑地回道:"我跟你们不是一路人,你千万不要搞混淆了。我刚才跟那个女的说,我是一名星座专家,能预知人的爱情,已经撮合了多对情侣。刚才忽然看到你和前面那个帅哥,感觉到你俩可能是一对绝配,所以有意撮合你们,这样吧,你写个电话给我,我交给他,结果她就把号码给了我。我过去和那个帅哥打招呼就是做个样子,从这一秒起,这个美女变成了我的猎物,谁也不要和我抢!"

我立刻被"铃铛"这种虎口夺食的霸气行为震惊住了。

三

"铃铛"告诉美女:"其实对你一见钟情的人是我。我强烈认为,你这样婉约的美女就应该找一个霸气外漏,男人味十足的硬汉,而那个男孩子对待缘分扭扭捏捏,羞羞答答,压根不适合你,你还是跟着我这种野性男人比较好。"

结果,几回合拉锯战之后,美女缴械投降了,成了"铃铛"的女朋友。

她叫林一涵,也在南京读大学,因为这个缘故,"铃铛"来南京的频率越来越高，搞得南京的街道地名比我都熟悉。

"铃铛"大学毕业后，来到南京工作，和林一涵住到了一起，他们感情一直很好。在我的理解里，他们铁定会在不久的将来步入婚姻殿堂，为此我提早把喝喜酒的份子钱准备好了。

谁知道，就在他们的感情维系到第五年的时候，林一涵单方面宣布了分手。她趁"铃铛"不在家的空隙，删除了所有联系方式，拿走了自己的所有东西，只留下了一封诀别信，无声无息地从南京消失了，谁也不知道她去了哪里。

回到家的"铃铛"看到了那封诀别信，没有说话，掏出了打火机将信烧成了灰。这个时候的"铃铛"已经失业大半年了，一直靠林一涵的工资支付房租和生活费，林一涵走了，"铃铛"彻底破产。

我们这帮高中同学知道了"铃铛"失恋的消息，怕他想不开，就约他一起去唱歌喝酒，试图乐一乐，将他的悲伤冲淡。

KTV包厢里，我们怂恿"铃铛"唱歌。"铃铛"平时是个人来疯，是一块欢乐的助燃剂。就算这次，"铃铛"也没有被失恋影响到，他激情依旧，喝得红光满面的他大嗓门喊道："把我最拿手的那首《再见》给点上！"

他打开随身携带的肩包，从里面掏出一个钢制的洗脸盆。洗脸盆一掏出来，大家都傻眼了，洗脸盆？这货要干什么？

"铃铛"说："为了让大家知道我"铃铛"不是个一般的人，今儿哥们给你们来个鼓盆而歌，come on，music！"

我怕我没有机会

跟你说一声再见

因为也许就再也见不到你

明天我要离开

熟悉的地方和你

要分离

我眼泪就掉下去

我会牢牢记住你的脸

我会珍惜你给的思念

这些日子在我心中永远都不会抹去

"铃铛"敲着钢盆，打着节拍，唱得非常投入，台下的我们都被吓坏了："这小子不会疯了吧？多少英雄好汉都难过美人关，多少风流才子都败在了情上，而"铃铛"也被失恋无情地击倒。"

工程学院的唐豆夺下"铃铛"的脸盆："兄弟，你心里难受我们知道，可是你这样失态我们会担心你的，你精神不会出问题了吧？我听说对付失恋最好的办法就是开始一段新的爱情，实在不行我吃点亏把我表妹介绍给你，她跟你一样也是天不怕地不怕，你们俩在一起一定会幸福的。"

"铃铛"生气地摔了脸盆："鼓盆而歌都不知道，你对得起我们的语文老师吗？这是一个典故，说的是庄子的老婆去世了，他的好朋友惠施来看他，却看到庄子一手拿着树枝，一手拿着瓦盆，在那又蹦又跳地唱歌。惠施很生气,说你老婆都死了,你不但不伤心,还敲着瓦盆唱着歌,你对得起她吗?庄子回答:我老婆本来就没有生命的,现在又回到了她最初来的地方,难道不值得庆祝吗?我就是用这种方式纪念林一涵,感谢她的离开,这是一件多么值得欢庆的事情,哈哈哈……"

四

没有人看到"铃铛"流过一滴眼泪,大家都觉得不可思议。

"铃铛"和林一涵那么深厚的感情,居然以这么平静的方式结束了,就仿佛两个人从来没有遇到过一样,大家又都有点失望了:"唉,看来爱情这个东西真的跟屁一样,来也匆匆,去也匆匆。"

没有多久,"铃铛"借了一笔钱离开了南京,去了广州。

这之后很少听到他的消息,从此和他基本上算是失联。

就在我从上海转战苏州的第三年,一天我忽然接到了一个陌生号码打来的电话,号码显示是北京的。接通之后,一个熟悉的声音传来,居然是"铃铛"。

"'铃铛'?你终于出现了,这些年你都死哪了?""铃铛"的出现让我很激动,那段时间我的人生正需要温暖,多年老友的出现让我心情一下子好了很多。

"我在广州进入了一家跨国大公司,因为业绩比较出色,我现在升职任北京大区经理了。""铃铛"回道。

看到"铃铛"这么大的变化，我真的为他而感到高兴。岁月如果终究将离我们而去，那就让我们努力打造一个更优秀的自己，而"铃铛"无疑是做到了。

"你知道我第一天上任和新同事见面的时候我见到谁了吗？""铃铛"的声音一下子提示我此处有可能有惊喜。

我赶紧问道："谁呀？"

"林一涵！她居然也在这家公司上班，而且就是我手下的主管，我看到她时都不敢相信自己的眼睛，原来这五年她一直躲在北京。"

"她认出你来了吗？"

"废话，她的眼睛也瞪得滚圆，我从她的眼神里读出了一个词——尴尬。不过她假装根本不认识我，既然她不捅破，我也假装什么都没有，待她如普通同事一般。这丫头当年实在太绝情了，五年的感情就当个屁一样放掉了，你知道她留下的诀别信里写什么吗？她从我的明朝祖宗论证起，说我是个祖传的不成器的男人，一辈子出不了头，哪个女人跟着我哪个女人瞎了眼。信中她说她瞎了五年，不想再瞎眼的道路上一路狂奔，不断超车了。我呸，我现在不是成了她的上级了吗，我不是把东亚 loser 的招牌一脚踢开了吗！小样儿，落我手里还有你的好？"

"铃铛"得意的笑声在我耳边回荡，这个家伙终于等来了复仇的机会。

这次通话后，我一直等待"铃铛"成功的捷报，这是一个典型的嫌贫爱富的复仇故事。林一涵当年就是看到"铃铛"穷困潦倒，一脚踢开了他，而不屈不挠的"铃铛"知耻而后勇，发愤图强，终于成为了一方人物，并以戏剧的方式和仇人再次见面。

历史上韩信胯下之辱的故事，今日又重演了。

"铃铛"这个鼓盆而歌的少年将如何对待林一涵这个曾经的女一号呢？我的脑海中有不下于十个版本，个个血腥无比，凄惨异常。

五

三个月后，"铃铛"突然来电，他说："我在苏州火车站，你来接我，陪我喝几杯吧。"

那天他出差来上海开会，接到他后，出了火车站我们直接去了一家饭馆。

小包间内，白酒刚倒上，"铃铛"就连喝了五杯。我正想问他，和林一涵的恩怨情仇进展怎么样了？今儿喝酒到底是不是庆功？谁知，"铃铛"却伏在桌上号啕大哭，我从来没有见过他如此这般脓包，有点愕然。

我拍着他的肩膀问道："兄弟，你怎么了？我理解的剧情不应该是这样发展啊，你形势一片大好，怎么无端伤感起来。当年林一涵离开的时候，你愣是一滴眼泪都没有流啊。"

鼓盆而歌的"铃铛"没有了当年的洒脱。

"铃铛"抬起头，脸上早被泪水弄花了。

"铃铛"说，这三个月来，他给林一涵排了很多很难完成的工作，在管理人员会议上他当着所有地区经理的面给她难堪，让她下不了台。在她所管理的团队内部会议上他故意在她的下属面前刁难她，让她颜面扫地，威信尽失。她好几次瞪大眼睛看着他，眼睛里面一颗晶莹的泪珠在转啊转。"铃铛"的心里得意极了：报应啊，你这个瞎了眼的女人，谁说你瞎了五年，你是瞎了一辈子。

"铃铛"还打听到林一涵现在已经嫁到了北京，老公是一家国有企业的普通员工，除了有北京户口之外，他微薄的收入根本支撑不起这个家。更重要的是林一涵的孩子明年就要读幼儿园了，所以林一涵还很看重目前这个工作，"铃铛"的报复让她非常尴尬。

"铃铛"胸有成竹地等待林一涵，等待着她向他忏悔和道歉，谁知道他等来的却是林一涵的辞职信，那天的气氛很尴尬，两个曾经的恋人如今以上下级身份站在那里，如木头一般，做不成恋人的他们即将做不成同事。

"铃铛"万没想到是这个结果，如果林一涵再以这样的方式离开，那彻底证明了他的人生是失败的，而这也不是他的初衷。"铃铛"拿着辞职信，撕得碎碎的，他一边撕一边吼道："林一涵，你这么做有意思吗？"

林一涵没有说话。

"你当年就那么走了，你伤害我那么多年，我就不能折磨你几个月吗？你对别人的伤害你一点也不内疚吗？"

林一涵还是不说话。

"你不爱我可以，你把我骂的那么无能，你考虑过我的感受吗？""铃铛"彻底怒了。

"我当年只是骂了你而已……"林一涵看着"铃铛"，低头叹了一口气。

"'铃铛',你当年不是非常喜欢庄子的吗?不是无为而治逍遥游的吗,但是从你现在咬牙切齿、歇斯底里的脸上我看到了虚伪,怎么如今你这样睚眦必报,针锋相对了呢!"

确实,五年后,"铃铛"已经不是当年那个鼓盆而歌的少年,这个酷爱庄子的少年到了中年后装不起来了。

"你管我啊!""铃铛"失态了,此时的他没有了一点世界五百强企业优秀管理干部该有的样子。

"林一涵,你是不是特别后悔当年看走眼了我,才故意那么说?""铃铛"问道。

"'铃铛',说实话,离开你是我这辈子最正确的决定。"林一涵的声音还是没有多少变化,还是即温柔又有穿透力,"无论你是贫穷还是富有,我从来没有后悔过。我是个普通女人,只配得到普通的生活。我要的幸福,就是刮风下雨有人接送,饿了有饭吃,渴了有水喝,冷了有人关心和安慰,这足够了。而你呢,根本给不了我这些,你怪我鼠目寸光也好,没有战略思维也罢,我都认了。

"其实,我早就预见到你会有今天的成绩,只是没想到我们会以这样尴尬的方式再见面,如果我们今天不见面,也许我的形象会好很多……也许不会像今天这样尴尬。"林一涵的泪水滴下。

"如果我没猜错,你这么多年一定是拼命奔跑,玩命努力,你只是为了证明你'铃铛'很优秀,你不是一个只讲空洞大道理,空谈理想的无用之人……恭喜你,你实现了你的理想,而我也证明了我当初的判断的准确……"

林一涵的话让"铃铛"大吃一惊,眼前这个娇弱的女人,居然像设计师一样为彼此定做了一个未来,他的目光也变得柔和起来。

"'铃铛',跟了你那么久,我了解你的为人,你这个人思想太理想化了,你总以为你幻想的一切都是可以实现的,就像我们在南京火车站戏剧化地相恋一样……你这样的人虽然想法很多,却天马行空,根本无法落地。如果没有致命的打击,你的人生只会像那些年一样一片黑暗,毫无前途……其实,跟你那五年是我这辈子最值得回忆的时光,那是我少女时代的财富,我很珍惜,也一直小心呵护,我没想伤害你,但是我没得选择!所以如果你问我为什么那么羞辱你,那请你明白,离开你是我的初衷,但是写信侮辱你那不是我的本意。"

说完林一涵推开"铃铛"夺门而去,留下傻傻的"铃铛"仿佛被电击过一样不知所措。

人这辈子,总会碰到一些人,你特别喜欢和他在一起谈情说爱。但是一想到和他结婚,你就失去了信心。对林一涵来说,"铃铛"就是这样的男人。

六

"铃铛"说,在北京公司第一次和林一涵相见,他打量她的时候发现她居然还戴着自己当年情人节送给她的那根项链。而从此之后,她脖子上就空空如也了,已经嫁为人妇的她守护着那段爱情却拒绝面对曾经的恋人。

"铃铛"回忆这五年的心路历程,说道:"这五年来,我一想到林一涵就想起她的薄情和对我贴的标签,无论做什么事情总觉得她的眼睛在注视着我——'铃铛',你是个没有用的男人,你连自己都养不活,你这辈子都不可能有出息……我就如芒在背,坐立不安。一个和我朝夕相伴五年,有那么多山盟海誓的爱人居然这么评价我,让我的自信心一下子坍塌了,我一遍又一遍地回头看自己,原来我一直活在自我欺骗的假象里,我是个百无一用的人,我除了在理想的海洋里做梦,没有半点在现实世界冲浪的能力。这五年来,我每一天都告诉我自己:孙子,你踏实点,好好努力,别做梦了,你什么都不是。

"在我的玩命努力下,我顺利考取了学历,又拿到了多个职业证书,进入了世界五百强公司成了一名普通员工。我一刻不停地努力,不停奔跑,上班时间积极工作,下班时间奋力充电,入职后第三年凭借优秀业绩我升职做了主管,一年后做了经理,又一年后做了大区经理,还被公司保送读了北大的EMBA。这五年的职场经历让我明白了一个道理:成功没有任何捷径,成功是汗水堆积起来的,没有努力的空想只会导致贫穷。

"而这一切的动力都是因为林一涵的眼睛,她时刻鞭策着我,催促着我。其实最懂我的人还是林一涵,她为了我下了一盘大棋,而代价是从女一号变成女魔头。"

那天"铃铛"喝了很多,我们两瓶白酒都见底了。

"那后来呢?林一涵辞职了吗?"我问道。

"没有……我驳回了她的辞职申请。上个月北京其他部门上了一个新产品,需要一位新大区经理,我暗中写信给我的领导,推荐了林一涵,她很顺利就得到了这个岗位,今天正式调到其他部门,从此我们不会再有多少交集。"

那天"铃铛"喝醉了,伏在桌上喃喃自语:"亲爱的上帝,求你把我放回十年前的南京火车站,让我重来一次,这次我不会再犯错了。拜托你了……"

如果有下辈子,请答应我,我曾经的爱人。请在原地等待我,我一定会记住这辈子的教训,带着这辈子的忏悔,去下辈子好好爱你,下一辈子,我要你做我的女一号!

那个错过的人

一

从常熟出差结束回到苏州,搬家那天,天空下起了瓢泼大雨。把我的很多行李都打湿了,我站在雨中,把自己精心保留的物件一件一件丢进垃圾箱。

我是一个怀旧的人,喜欢把过去的东西保留着,留作回忆。

其中,有两根蜡烛我一直小心翼翼地保存着,那是我二十四岁本命年那年我的老板老周帮我过生日用的生日蜡烛。

那一年我还没有认识小胖子,单身一个人在上海,过着流浪狗一般的生活,基本没有感受过温暖,我也习惯了这种冷冰冰的生活。

忽然有一天,老周拍着我的肩膀大声向同事们宣布:"今儿开完会,咱们去通宵唱歌。"

唱歌对我来说不是什么稀罕事,每次的 team building 都有这一项。

上海体育馆附近的星游城KTV包厢里，气氛很轻松，大家点好歌后依次排开，像中午在饭店吃的红烧大虾一般，躬头缩腰，似乎在等待着明星的出场。

轮到我唱了。

我最拿手的就是《上海滩》，一曲高歌后，掌声四起。

我很开心，准备落座。

忽然，包厢里的灯一下子全部熄灭了，从门外推进来一辆小推车，里面放着一块蛋糕，蛋糕上的蜡烛正燃烧着二十四根蜡烛。

"祝你生日快乐，祝你生日快乐！"老周带领着大家欢快地唱起了生日歌，把我围在了中心，看着这么多可爱的人，我的眼睛一下子湿润了。

一个"流浪狗"一下子成为了万众瞩目的男主角，还有那么多的肉骨头，我怎么能不感动。

那晚，老周喝醉了，搂着我的脖子说："孙来利，这是我来上海后第一次通宵哦！"

这个不惑之年的老男人把生了锈的第一次送给了我。

老板是个重感情的东北人，知识渊博，才华出众，温文尔雅。我一辈子都记着他，他在我最需要温暖的时候给我送上了一杯热茶，让我的记忆中总有一份温暖的感动。

还有一件红色披肩，我也一直精心保存着。这块披肩是小胖子和我一起去法国巴黎时候穿的外套。

二零一三年五月份我和小胖子去了一趟巴黎。

出发前是小胖子收拾的行李。

到了巴黎,我傻眼了。

这么冷的地方这个臭丫头居然没有给我准备一件御寒的衣服,箱子里一件T恤压着一件T恤,巴黎的寒风吹得我透心凉,原本的O型腿也因为寒冷而并拢的毫无缝隙。

拜托,你的地理知识是跟体育老师学的吗?法国巴黎和哈尔滨一个纬度啊,这种地方要穿棉衣的好不好。

结果在巴黎的七天里,我跟小胖子被冻得像两条流浪犬。

一起随行的东北母女总夸我们:"你瞅这对小情侣恩爱的,抱在一起都舍不得分开,好羡慕!"

喂!你以为我们想啊,我的痔疮都差点冻发作了!

在法国巴黎,我跟小胖子去了很多名胜古迹,小胖子用手机拍个不停,还要求我不停地帮她拍。分手后,我的手机里就留了很多小胖子穿着红色披风在各个景点搔首弄姿的照片。

我习惯在夜深人静的时候蒙着被子去看这些照片,我害怕哭声太大吵到别人。放着那首《愿得一人心》,那些场景立刻像放电影一样在我的脑海中浮现。

唉,这个可爱的臭丫头!我怎么就把你弄丢了呢!

二

我因为时间匆忙,就随便找了一个房子。二手房东是一个又瘦又高的小伙子,脸上挂着几颗青春痘。他的书架上堆满了书,我对爱看书的人有着一种天然的亲切感,因为我也特别喜欢看书。我的行李中有三大箱的书,每次搬家,这些书都是第一个打包的对象,这么多年来,一本都没有舍得扔。

我断定,我和这个二手房东一定会成为朋友。

果然,接下来的半年印证了我的判断,我和房东相处得很好,他是个来自山东的小伙子,姓周,九零后,我惊讶于九零后居然有这么早熟的思想和这么冷静的谈吐,更加对他刮目相看。我们惺惺相惜,经常对酒当歌,煮酒论英雄,一聊就聊到后半夜,非常尽兴。

人的一生中,总要遇到那么几个志同道合的朋友,你们一起探讨人生,畅想未来,互相鼓劲,互相加油。其实那些话不一定全是说给对方听的,你是说给自己听的,更多的是自我激励,自我坚持。

小周说:"安迪·安德鲁斯在《上得天堂,下得地狱》中写道:一个人的一辈子,至少要有一次奋不顾身的爱情和一次说走就走的旅行,这样,来到这个繁华纷乱的世界走一遭才算不虚此行。受此启发,我在二零一三年六月,辞掉了工作,从苏州坐火车一路西上,到了拉萨,十六天的路程看到了不寻常的风景,见到了不一样的面孔,总结出了不一般的人生道理。旅行改变了很多我对人生的看法,也让我对生命有了新的定义,具有里程碑的意义!我准备过两年继续来一次这样的旅行,这一次我要去东南亚。"

我为他的行为和想法喝彩。

我告诉他,我也要来一场说走就走的旅行,清空我身上的负能量。

我们住在京杭大运河边,这里有一个靠河公园,公园里有很多天然池塘。九月份过后,雨水渐少,很多鱼儿都被挤压在一个个即将干涸的小水坑内。

趁着夜黑,我和小周潜入到这个公园内,他打着灯,我端着盆,他站岗放哨,我赤脚下水,不一会就捞到了三四斤的野鱼,拍照发上微信圈,"打猎归来!"

去菜市场买了作料,我三下五除二就将这些河鲜烧成了一盆小杂鱼美食,因为水质好所以鱼肉都特别鲜嫩,到嘴咀嚼很多遍都舍不得咽下去,实在太美味了,让人回味无穷。

我们俩一边喝着酒,一边吃着鱼,一边看着足球,无比的惬意。

人生能有这么一段美妙的记忆,也是不错的。

深秋后,我们经常去京杭大运河边漫步赏月,有诗云:"江畔何人初见月,江月何年初照人。"我心想这首诗应该为我们而写的,毕竟只有怀揣梦想的人才有这样非凡的情怀。

我俩漫步河堤,一边走一边谈论历史,并畅想未来,大运河里的货船从我们身边鱼贯而过,轰鸣声响彻两岸,看着这条隋炀帝主持修建的运河,我们热血澎湃,激情荡漾,我在心中暗叹:"等我也成功了,有了自己的根据地,写自传的时候一定要把这个桥段加上。"

每一个英雄都有过落魄不堪的过去,而我们这两个窘迫之人也必将成为英雄!

而每次和这种高格调氛围不协调的是,总有那么几个中年妇女,衣着暴露,举止下流,言语中满是轻佻,她们拉着我们的胳膊:"小哥,来树林里玩玩呗,十块钱一次!"

我俩被吓得四散奔逃!

三

小周那个时候有一个正在热恋中的女友,那个女孩在江西,他俩每晚都腻腻歪歪的,微信传情,长期身处异地的他们一年也见不了两次。

小周的女友比小周小两岁,是个独生子女。读初中的时候母亲去世了,父亲给她娶了一个年轻貌美的后妈,富商爸爸为了弥补对女儿的愧疚,一直没有要二胎,他把这唯一的女儿当做心肝一样宠着,爱着,呵护着。

爱这种东西,就像糖,偶尔加一点,好吃,但放多了会得糖尿病。

很多女孩儿之所以从公主变成剩女,都是因为得了"糖尿病"。

一天我俩又在喝酒吹牛,小周中途接了女朋友的一个电话,接完电话后他愤怒地把电话摔到一边,"玩不动了!"

玩不动就不玩呗,过来喝酒。

小周说:"孙哥,你看过纪录片《中国末代皇帝》吗?末代皇帝溥仪即使到了监狱还把自己当爷一样,完全不顾忌自己阶下囚的身份,最后被我们党敲碎了金身,他才消停,才老老实实接受改造……"

说完他咽了咽唾沫,接着说,"若我想和她有个幸福的未来,我必须要敲碎她的金身,让她忘记掉自己公主的身份。"

谁知道,女孩儿不吃他那一套,你对她百依百顺,她尚且横挑眉毛竖挑眼的,想让她接受改造,从天子落入凡尘?怎么可能。

除非你把她逼到了溥仪的境地,但是无论从哪个方面来看,小周都没有那么大的能耐。

结果,小周和女友彻底闹掰了,从此不再微信。

四

当现实生活不如意的时候,每一个人都会不由自主地向后看,寻找记忆中曾经的温暖。

我问小周:"你女友是你的初恋吗?"

"不是!这个女孩儿是我的第二段爱情。"小周回道。

"第一段不会也是如此狗血吧?"说话的时候我想到了小胖子,想到了曾经的红披肩。

人生这趟车上，有的时候回忆是温暖的红茶，而有的时候回忆是未融化的冰碴。

"每一个人都会在不经意间错过一些人，当时觉得可能无足轻重，日后回忆起来却是意义非凡！"小周似乎从生活中悟到了什么。

"那一年，我读高一，喜欢上了坐在我前排的一个女生。我只是在心中默默地喜欢她，一直没有和她有任何交流。那时校园流行送对方音乐贺卡，音乐盒什么的，圣诞节快到了，我想我也要给我心中的姑娘送上一个音乐贺卡，就趁她不在教室的时候往她的抽屉里塞了一张，上面四方四正地写着：丫头，圣诞节快乐，感谢你陪伴我走过二百三十五天，喜欢你专心致志学习的样子，好迷人啊！送你一个二硫碘化钾（KISS）。

"我没有署名，之所以四方四正地留言也是怕她认出字迹知道送贺卡的人是谁，那个时候我们好单纯啊，觉得喜欢一个人就很开心，把她放在心中，就已经足够了。

"第二天，我来到教室，打开书桌，忽然一张音乐卡掉了下来。打开一看，上面写了一排字——谢谢你的贺卡，为什么不写名字呢？傻瓜！祝你圣诞快乐。

"你知道我当时的心情是什么吧！美翻了！"

爱情最幸福的时刻莫过于当你推开那扇门，发现心仪的她早已等候你多时。你们没有轰轰烈烈的纠缠，没有分分合合的痴恋，你们的爱就像熟了的西瓜一样，心都是甜的，而且那份甜蜜你们同时感受到了。

"高二我退学去江海市学习艺术,告别那天我们俩牵着手走在秋风萧瑟的路上,心里却感觉不到半点萧条。忽然她命令我立定等她,不一会儿她跑回来塞我手里一个烤熟的红薯,我说:我不喜欢吃红薯。她笑了笑:不是给你吃的,是给你暖手的。

"到江海市后,她经常坐几个小时的公交车来市里看我,其实能有什么好看的,无非一起聊聊天,吃吃饭。然后她再坐几个小时的车回县城,从来不抱怨累,也许这就是她理解的幸福。有一次,天色实在太晚了,没有回去的车,我就带着她住进了我的宿舍。晚上我帮她洗头,帮她洗脚,挠她脚心的时候她咯咯笑个不停。睡觉的时候,我们和衣而睡,躺下不久后,她就微酣起来,她非常非常信任我,这一夜,我们都没有碰对方身体一下……"

讲着讲着,小周的眼睛泛起了泪光。

"那后来你怎么弄丢了她呢?"我问道。

"唉,不珍惜啊。那个时候还小,总觉得爱情这个东西是一辈子的事情,所以并不着急。而那时自己又年轻气盛有想法,想去外面的世界闯一闯,总觉得事业最重要,爱情无所谓,也无法带她行走江湖。于是,就把这份爱情给弄丢了……"

"那个女孩儿现在有对象了吗?"我问道。

"都结婚好几年啦,孩子都五岁了。"小周叹气道,"时间回不去了啊!"

五

　　曾经看过柴静采访星爷的视频，被柴静问到结婚，满头白发的星爷一脸伤感地说："我现在这个年纪，现在这个样子，应该没有机会了吧！"然后认真地问柴静道："你觉得我还有机会吗？"

　　十八年前《大话西游》的主题曲《一生所爱》，在二零一二年《西游降魔篇》中被重新使用，歌词只加了一句——"从前直到现在，爱还在。"

　　"从前直到现在，爱还在！"不知道他这句话是不是说给十八年前的紫霞听的，那个被他伤害，恨他入骨的女人……

不完美

一

记得老周曾经跟我们讲过一个发生在他身上的笑话。说在赛诺菲有一年年会，公司全球总裁、大中华区总经理、市场总监、人力总监、销售总监，各部门业务主管等等轮流上台发言，发言内容无非是对过去一年的总结，并展望美好的未来。大会安排优秀员工经验分享环节，那天被选派上场的是一个山东女孩儿。根据以往经验，这个女孩儿在如此重要的讲台上的发言限定不超过十五分钟。

让老周意外的是，美丽女孩儿点开幻灯片，说了一句："各位领导们，各位同事们，下面我简单讲五点……"可嘴巴一张开就再也闭不上了，一口气连讲了半个小时。

老周在下面越听越紧张，越听越冒汗——这五点也实在太长了吧！四十五分钟过去了，女孩似乎还没有要结束的意思，最后实在没辙了，主持人连滚带爬上台将她友好地请了下去。

老周哈哈大笑道："那次年会,什么精彩发言都没有记住,就记住这件事了,这个姑娘长什么样,叫什么名字,我都记得清清楚楚……"

老周总结道："其实很多时候,回想这一辈子,大家能记住的都是那些不完美的意外。"

二

二零零九年,我从老朱的团队跳槽后,加入了一家世界五百强外企公司,进入了老周的团队。

这是一家销售奶粉起家的公司,有一个药品事业部,我就隶属于药品事业部,销售的药物是治疗抑郁焦虑的,所以上海市的很多神经科专家我都有所接触。而我很庆幸能接触这样一个平台,让我学到了很多神经学知识,也让我经历了很多普通人经历不到的事情,听到了很多不可思议的故事,这些知识和经历让我能有幸写成今天的这本书。

当然也很荣幸认识那些可爱的人,他们在我的心里留下了温暖的记忆。

刚加入公司的时候,市场指标压力很大,我经常完不成指标,这对要强的我来说是一种折磨,所以那个时候我的心情很糟糕。还好老周带队伍给新人足够的成长时间,也给新人营造了一个互帮互助的团队氛围,所以我急于吸收营养强大自己。一次公司会议休息时间，我跟同事旦哥说到我的心事，叹气道："旦哥，你业绩那么好，有没有绝招，教我两招啊，急！"

旦哥一拍脑门，一口标准的东北腔："兄弟，不瞒你说，我刚来公司那半年，我这边的销量比我头上的毛都少！你呀，不要急，慢慢来，会好起来的。"

旦哥是个身材高大的东北老爷们儿，七零后，人开朗且搞笑。他是个秃顶，头上毛发很少。

我想想他的话也是，做市场哪有什么诀窍，无非是咬牙坚持到底呗。

三

旦哥负责的市场离我的市场很近，所以我俩没事经常在一起吃饭，不得不佩服东北人的口才好，这哥们儿一坐上桌就山南海北地跟我讲各种新奇的故事和段子，滔滔不绝，妙语连珠，比相声差不了多少，每次都把我逗得前仰后合，来自市场上的各种压力和郁闷瞬间都烟消云散。我心中暗叹，就旦哥这口才做不好销售，绝对没有天理。即使他不做销售，随便入哪个行业，也是响当当的一个人才。

一个快乐的人你就喜欢跟他在一起。他会把快乐分享给你，就像站在太阳底下就会觉得温暖一样。

有次我跟他开玩笑："旦哥，你这么幽默，你媳妇肯定幸福死了,天天在家听你说相声,整天嘻嘻哈哈,开开心心的日子多好啊!"

旦哥一摆手:"别提了。唉,东北老爷们儿有时候大男子主义,脾气一旦上来了,十头牛都拉不回。俺们东北有句话叫能动手就别吵吵,我年轻时候啊,也不省心……"

我似乎明白了什么。

旦哥娶了一个高学历的媳妇,硕士在一家研究所上班,是一个个子不高长相清秀的南方姑娘。她跟着旦哥风风雨雨十多年,两个人身上该磨的棱角早都磨掉了。每次听旦哥跟他媳妇打电话我就好笑,哈哈,这两口子实在太逗了。

有一次我和旦哥在饭馆吃饭,嫂子说要过来一起吃,谁知道她开着导航怎么找都找不到这家饭馆,旦哥急了,冲着电话大吼:"开着 GPS 都找不到地儿,我们在这等你都快等冒烟了,你倒好,告我你开错道了,开到松江了。你这败家娘们儿,我都纳闷我当年怎么看上你的。洞房的时候也没见你瞎成这样,一找不也一个准吗……"

旦哥和他媳妇已经在上海定居,他们的收入都挺高,没有什么遗憾。唯一的不完美是旦嫂一直没有怀上孩子,这让旦哥很郁闷,他经常跟我们开玩笑:"是不是姿势不对啊……"

旦哥叹气道:"看来这辈子要绝后了。"

四

二零一一年九月,一个噩耗传来,旦嫂参加公司组织的旅游,途中大巴出现故障,在浙江出了车祸,大巴车从半山腰摔到山底,很多人当场死亡,也包括旦嫂。这个女人都没有来得及跟爱人说一句再见,就永远离开了这个世界。

那段时间,旦哥没有来上班。

我们都担心他会辞职,永远地掉入痛苦的深渊,无法走出来。这种事情,搁谁身上,都是沉重的打击。

之后旦哥断断续续地在公司上了半年班,还是辞职了。他准备回东北发展。本来当年来上海就是陪媳妇的,媳妇是南方人,向往国际化大都市生活,他只得辞职跟着,现在媳妇走了,没有了牵挂,他还是回东北找他那帮兄弟们了。

临走的时候,老周组织聚餐,为旦哥送行,宴席上气氛有点伤感,大家频繁举杯敬旦哥酒,几个八零后小姑娘更是哭在他怀里,嘤嘤啼啼不让他走,很舍不得这个东北大哥的离开。

那晚,旦哥喝了不少酒。老周提议去唱歌,走半道旦哥吐了,吐了一出租车,唱歌只得取消,老周和我架着把他送回家。

一路上,旦哥不停地吐,出租车司机都差点被熏得弃车逃跑,一边开车一边一路上叨咕着,十分不满。老周拿出钱包,掏出几张百元大钞:"师傅,不好意思,你等下去洗个车,麻烦了……"

到了旦哥家，我们把他放在沙发上的时候，他还是毫无意识。我烧了一大壶水，隔半小时就给他灌一杯，老周立在床边盯着他，生怕他再有什么意外。到了下半夜，旦哥似乎清醒了点儿，看到有人在身边，叫了声，"媳妇儿。"

"旦，是我。"老周开口了。

"是老板啊！"旦哥坐了起来。

老周没话说，这个时候也说不出话来，按照老周的说法，人在伤心的时候多喝点酒，是因为心伤了要用酒精来消消毒，而这个场合显然这个笑话不适合。

"老板，你知道吗？"旦哥摸着没有几根毛的脑袋，说道。

"以前我跟我媳妇在一起的时候，我特烦她，她每天吃饭一坐上桌就开始跟我唠她那破公司的事，今天发生了什么，领导说了什么话，哪句话是表扬她的，之所以表扬她是因为她做了什么成绩，今天哪个客户来公司了，夸她怎么帮了大忙……唧唧歪歪，长篇大论，跟唐僧念经一样，一点营养也没有。她不光吃饭的时候唠叨，我开车的时候她也坐在副驾驶位置上继续跟我唠叨，还是这同样一套话，今天哪个人夸她，哪个人给她点赞了……一路说回家，把我耳朵都吵疼了。

"终于有一次我实在憋不住了，对她大吼道，你整天把我当垃圾篓了，有废话都扔我这了对吧，你就不能讲点有营养的话吗，老是跟我重复那一套我烦都烦死了，烦透你了。

"她大眼睛眨眨，显得还挺无辜，跟我说，我把我优秀的一面拿来跟你分享，咋地了！我直接崩溃了，心想你优秀的一面跟和尚念经一样无聊,你这个人比唐僧都烦,你这个败家娘们儿,我这辈子都给你烦死了……"

旦哥这个口才出色的人实在看不上他媳妇那没有技术含量的"阿弥陀佛"。

"她还特自恋,有时候我都把愤怒挂脸上了,她还不要脸地问我——老公,我是不是很厉害。呼你脸信不信?我终于明白为什么《大话西游》里孙悟空要一刀捅死唐僧了……"旦哥苦笑了一下。

"这半年来,吃饭的时候再也没有人烦我了;也没有人对我讲废话了,开车的时候我也可以安静地听我想听的任何音乐了……可是,可是我的心里空落落的啊,我多想那烦死人的念经声音再在我耳边响起来啊……可是,可是我听不到了……永远也听不到了……"

旦哥抱着头哭了起来。

老周拍拍他的肩膀,不知道此刻的他是不是又想起了那个"各位领导们,各位同事们,下面我简单讲五点"的山东姑娘。人生也许就像他讲的那个故事一样,最后所有的精华都没有被记住,只记住了那些不完美,而且刻在心上。

人生就是这样,回首一生记忆最深的却是这些点点滴滴不完美的小事情,凝聚成我们内心的完美。爱情的道路上,正是那个不完美的人,让我们的人生深刻起来,珍贵起来。

温暖的我遇到温暖的你

一

小周问我:"希腊传说中有一个动物长着两个头,四只手,四只脚,你知道是什么吗?"

我说:"去掉一个头我晓得,两个头的是他爹基因变异了吧。"

小周显得很得意地说:"你知识还不够全面吧,还有死角吧。告诉你,听好喽!希腊神话中,最初的人类都是长有两个头,四只手,四只脚,他们力大无比,无所不能,就连宇宙之神宙斯都惧怕他们。为了维护自己的地位,宙斯就用巨斧将这些人类逐一劈成两半,就是我们今天人类的模样,一个头,两只手,两只脚。从那以后,被分开的两半就在不停地寻找着彼此,当他们找到对方就又会重新结合成一体,并且恢复原本无所不能的神力。因此,每个人来到世上的目的都是为了找回自己曾经失落的另一半。"

我恍然大悟,原来人一辈子追求的爱情就是这么回事。

对于爱情来说，我怀揣着一颗最温暖的心，期待着温暖的另一半能够走进我的世界。

二

搬进龙港三村这半年来，我一直在写作，写作让我变得对未来充满向往。当遇到思路卡壳的时候，我就会出去走走。曾经看过一篇文章，说国外的很多著名作家都喜欢慢走，他们经常迈开双腿走路回家，即使有车子他们也不去坐，几十公里也照走不误，可能一趟路走下来，脑海中一部鸿篇巨著就出来了。所以说，走路可以激发出写作的灵感。

我写作的习惯也是背上电脑，沿着人民路往前走，遇到肯德基或者咖啡馆就停下来写上一两个小时，没有灵感了，就把背包一背，继续往前走，遇到下一个肯德基或者咖啡馆再坐下来写上一两个小时，思路打不开写不下去了就起身再往前走。一天这么走下来，一万多字就码出来了。

一天晚上，我的思路又打不开了，心情有点烦躁，我打开手电筒，准备去京杭大运河边转转，吹吹河风，寻找写作灵感。

刚走到小区楼下，就看到一个阿姨牵着一只小白狗在散步。

我很喜欢小狗，一看到这只小白狗活蹦乱跳，憨态可掬的样子就觉得十分可爱，情不自禁就蹲下来摸了它几下，小狗似乎觉察到我对它的好感，也围着我的手欢呼个不停，不住地舔着我的手，咬着我的手指头。从小狗的牙口我判断这只狗不过两三个月大，因为它的乳牙还没有脱落，还是尖尖的。

这个年纪的小狗最可爱了，非常好玩。

小狗主人看我逗小狗玩得很开心，就笑着问我："小伙子，你喜欢它吗？喜欢的话我把它送给你啊！"

这个阿姨我并不认识，我以为她在跟我开玩笑，于是也开着玩笑回道："好啊，那我牵走了啊。"

没想到阿姨一把把狗绳子交到我手，说道："好的，那你把它牵走吧。这只狗也是别人送给我的，说实话我也没有功夫去养它，你这么喜欢送给你了。"

我欣喜若狂，不敢相信这就是事实，嘴上还不断重复，"不会吧？"

阿姨说："不用怀疑了小伙子，你跟我回家拿狗粮吧，反正留在我那里也没有用了。"

去她家拿到狗粮后，我抱着小白狗飞一般地跑回了家，心里美滋滋的。

小白狗刚到我卧室，就拉了一坨热气腾腾的狗屎，我一边用卫生纸擦狗屎，一边心里暗骂道："你大爷的，这是我睡觉的地方啊，不是你的厕所。"

你最珍贵的卧室在小白狗的眼里不过是个和公共厕所一般的地方，它不懂得珍惜，所以在里面拉了一坨屎。就像在我们眼中十分珍贵的爱情，在那些不懂珍惜的人眼里也不过是个公共厕所，他们不懂珍惜，也在里面"拉了一坨屎"。也许很多人的爱情世界都曾经被"拉过一坨屎"。

果然，小白狗熟悉了我的卧室之后，并且也在屋里睡过几次之后，就不再随地大小便了，即使内急也扒门去房东小周的卧室，看来它对我的卧室产生感情了。

可惜的是，我是两只手，两只脚，一个头，而它是一个头，四只脚，很显然，它不是我这辈子要寻觅的另一半。

三

晚上见完客户回到家的小周，看到家里突然多出了一只小狗，很好奇，笑着问我这家伙从哪里来的，叫什么名字啊。

我说是前面那栋楼一个阿姨送给我的，名字还没起名呢。

小周说那就叫张嘉佳吧，我想也没想说好啊，就叫张嘉佳吧。"张嘉佳你过来，给我写篇睡前故事。""张嘉佳"看了我一眼，茫然写满了它的狗脸。

张嘉佳是我和小周都喜欢的一个作家，正好那段时间他刚推出了他的睡前故事《从你的全世界路过》，我和小周都挺喜欢那本书的。在书里，张嘉佳给自己的小狗用他最崇拜的偶像梅西命名，我们也依葫芦画瓢，给这只小狗起名叫"张嘉佳"。

有了它之后，我的生活一下子多了很多的乐趣。

以前晚饭后经常和小周一起去京杭大运河边散步聊天，现在有了它之后，我抛弃了小周，开始频繁地带着它去了，原来人是如此地容易喜新厌旧。

刚开始几次带小白狗出去玩，它不听我指挥，蒙头乱窜。

小白狗个子太矮了，走在马路上看到的只是来来往往的人腿，根本无法分别出来哪条腿才是它的主人的。很多时候我走了很远一回头才发现这货没有跟着我，而是跟着另外一个人走了，而那个人穿着和我一样颜色的牛仔裤，我赶紧拍着巴掌大声喊叫，小白狗听到我的呼唤，才反应了过来，抬起狗头看看那条腿上的人脸，再看看我，才发现跟错了队伍，撒腿就往我这里跑来。随着相处日子的增加，小白狗把我认作主人了，终于克服了脸盲症，不再跟着别的腿跑了。

这只小狗还很乐观，活力四射，从来没有心事，没有忧虑，所以每次看着它在那边追着自己的尾巴咬着玩，我反而觉得它这样逍遥的人生就是我所要追求的。

人生，哪有那么多要操心的事呀。活得像一条无忧无虑的小狗一般，那得多么快乐，多么洒脱！

这只临时名字叫"张嘉佳"的小白狗也给我带来了正能量，虽然它没有给我讲暖心的睡前故事，虽然它也不是我要寻找的另一半，但是它的肢体语言在感染着我，让我和我的生活都变得温暖起来。

四

越是坚不可摧的感情，越是会出现灾难的挑战，缘深缘浅，一目了然。

我和这条小狗的感情也经历过分分合合的考验。

有一次我和小周带它去小区附近的荒地玩，这是一个废弃的大理石厂，厂区长满了芦苇和野草，是个探险的好地方。门口有一道铁门挡住了去路，我抬脚想把门踹开，谁知道我才踹了一脚，巨大的响声就把小白狗惊吓得掉头就跑，一会儿就消失不见了。我赶紧放弃探险，回来寻狗。那天我找了三四个小时，一直找到晚上九点多还是没有找到，这天我和小白狗认识的第三天，我心里有点失落．小周叹气道，算了，你和"张嘉佳"没有缘分的。

我不甘心。晚上九点多的时候，我又下楼了，我说这次再好好找一次，找不到就永远和它说再见了。

我去了附近的地铁施工工地，问了集体宿舍的很多个工人，都说没有看到小狗，一间间房间询问下来已经十点了，我还是一无所获，我心想，看来这辈子和小白狗真的没有缘分，认命吧，本来这条狗的出现只是为了点缀生活，其实没有了它生活还不是一样的。

回家的路上我突然想到了那天送我狗的阿姨，我想小白狗受到惊吓肯定会往熟悉的地方跑，就像人一样，一个人受到惊吓会回家，因为家会给他安全感，而狗肯定也是这样的啊！

我赶紧跑到阿姨所住那幢楼前唤着，才唤了三声，就见一团白乎乎的小东西从草丛里秃噜秃噜跑了出来，跑到我的腿边，奋力地摇着尾巴。

看到小白狗再次出现，我心里高兴坏了，一下子把它抱在怀里——让我一顿好找。

原来，被吓坏的它一直躲在前主人家附近的草丛里不敢出来。可是，那里的主人已经不要你了啊，我是你的新主人，知道不。

经历了这一次的波折，我认定，我和这只小白狗是有缘分的，我要珍惜这个缘分。一定是上帝看我太孤独寒冷了特意派这只小白狗来温暖我的心灵。

那晚小白狗可能受到了惊吓，睡在我床边的时候居然做了个噩梦，它呜呜地叫，爪子在空中不停地扒拉着。看着它我忽然想起了一个人，一个也曾经经常被噩梦吓醒的女孩子，她在二十二岁之前也如流浪狗一般流浪在苏州，从来没有得到过关爱，连睡觉都要开着灯，她经常在梦中说着梦话，然后被噩梦吓醒。

我的泪水忽然流了出来。

我伸出手，摸了摸小白狗的头，它睁开眼睛看到是我，大眼睛盯着我，摇了摇尾巴。

小白狗胆子非常小，我打了一个喷嚏，它都被吓得四处躲闪，看到电瓶车开过来，陌生人走过来它也会害怕。我经常和它说："你的胆子这么小，以后怎么跟我闯荡江湖啊。"可是它根本听不懂我的教诲。后来我觉得，狗也像人一样，只有格局和视野宽阔了，才能够勇敢地面对一切。而天天窝在家里，见识少，肯定会对外面的世界发怵，才会畏畏缩缩，扭扭捏捏。于是我决定每天都抽出一点时间带小白狗去见识见识外面的大千世界，拓宽视野，连吃饭、买东西、理发、吃小龙虾，去银行取钱都带着它。

一天晚上，我又带着它去附近的田地玩捉迷藏，小白狗玩得十分尽兴。回家的时候，我一路狂奔，它就在后面一路狂追着我，我快步爬楼，它迅猛尾随，就在我快冲到家门口的时候，一抬头，差点和住隔壁的小姑娘撞在了一起，她当时正在开门准备回家，看到我和那条小狗"哈哈嘿嘿"地爬楼，开心地问道："这就是隔壁的那只汪汪叫的小狗吗？好可爱啊！"

我回答："是啊是啊，它汪汪叫的，从来不喵喵叫。"

女孩蹲下摸着狗头说："哇，它胖乎乎的，毛茸茸的好可爱啊。"

我说："纠正一下呀，它这不是胖，而是壮，这是一只肌肉发达的狗，和它的主人一样棒棒哒。"

小女孩说："我可以和它玩玩吗。"

我心想道：没关系，你和它玩好了，如果你有爱心的话，连我也一起玩吧。

五

对门这个小姑娘我曾经见过一次，那次是一个燥热的夏日，我匆匆忙忙准备出去办事，而她从一楼上楼，楼梯拐角处我们相遇了，当时她离我只有不到半公分，但是四分之一炷香之后，她哇哇大叫着喊道："臭小子，你踩到我脚了。"当时就觉得这个有点肉肉的小姑娘挺漂亮的，主要是她的眼睛里闪烁着少不经事的干净和纯洁，仿佛一股清澈的泉水，让人生出亲近感。这次时隔半年，终于在小白狗的催化下，我们讲上了第一句话，这让我十分开心。

小姑娘要把小白狗带回家玩，我简单地交代几句就回了自己的房间。

不一会儿，客厅想起了敲门声，我赶紧出来开门，美丽纯洁的小姑娘站在门口，小白狗站在她脚下。小姑娘对着我哈哈大笑说道："这只小白狗一到我家就跑到我们客厅的地毯上撒了一泡尿，那个地毯很名贵的啊，后来它又不知满足地跑我爸妈房间拉了一泡屎，哈哈哈，我爸气坏了。"

我心想，你这么看得开，不会曾经也有一个不懂珍惜的男孩子在你的爱情世界里拉过屎吧。

嘴上回道："唉，这货就这样，刚来我这儿的时候，也在我的卧室里拉了一泡屎。"

小姑娘问我："它叫什么名字啊。"

我看着她那水灵，干净的大眼睛，在裤子上擦了擦手心的汗，结结巴巴说道："它啊，它的名字叫拉乌，拉是拉风的拉，乌是乌鸦的乌，那次它在我房间里拉屎的时候，我就想到了这个好听的名字——拉乌，把屎拉在屋里。"

小姑娘哦了一声，称赞道："这个名字还蛮不错的嘛，挺拉风的。"

我说："那可不是咋地，它的主人可是很有文化的。"

小姑娘说："其实我也想养一只小狗的，可是不知道怎么养，所以一直没有养。"

那段时间，其实我正头疼这事。我的老板师姐准备把我分配到苏州周边县市，而一旦离开了苏州，我不知道能不能带走这条小狗，而且即使带走了它，也不知道能不能再说服未来的房东接受我养狗。小狗比猫脏一些，而且毛会乱飞，还随地大小便，所以很多人不能接受房客在自己的地盘上养狗，而为了留下小白狗我也是和爱干净的二手房东小周说破了嘴。

很多人对待狗和对待爱情其实是一样的,刚开始的时候开心得不得了,而要真的一起生活了,就开始挑三拣四嫌弃了起来。

这次小姑娘主动提出来想养狗,我似乎找到了接盘侠,高兴地回道:"你真的喜欢狗吗?喜欢的话你就抱走吧。"

她扑扇着大眼睛看着我,以为我在跟她开玩笑,毕竟这画风变得有点快,她可能接受不了,不过她还是笑着回道:"好啊,那我牵走了啊。"

我动作麻利地把狗绳子交到了她的手上说:"你牵走吧,这只狗也是我散步的时候一个阿姨送给我的,你这么喜欢它,我送给你好了,我过段时间可能去周边县城出差,这个房子也会退掉的,我也没有功夫去养它。"

她还是有点顾虑地说:"我担心小狗不认我。"

我微微一笑说:"没事的,你先抱过去养几天,相处出感情了你留着,处不出感情你还给我。不用太有压力呀小姑娘,我现在就把狗粮拿给你,反正留在我这里也没有用了。"

小姑娘点点头说:"好的好的,那我先给它洗个澡吧。"

我心想:完全没有问题,你要是真的有爱心,顺便也给我洗个澡吧。

小姑娘抱走小白狗的时候,我留下了她的微信号码,以方便日后交流。就这样,因为小白狗,我不光和纯洁大眼睛小姑娘讲上了话,我还要到了她的微信,我赶紧加了她的微信,她的微信名称是S11,签名sun123387676,我心头一紧,这个小姑娘不会也姓孙吧,如果是，那真的太巧合了。

看来姓孙的我遇到了姓孙的你。

翻看小姑娘的微信，她发了一条微信动态庆祝年龄二字开头，我猜测她今年应该刚满二十周岁。小姑娘现在还在读书，按照年纪推测她肯定还是个大学生。她的文字活泼可爱，看来是一个对生活充满向往的人，这样的温暖赋予了生命一种无上的灵性。

六

当天，小姑娘给小白狗洗好澡后，还是没有留下它在家里过夜，小姑娘在微信中说："这只小白狗好像在想念你了，老是呜呜地叫，好像很伤感的样子，看来它不想离开你。"我说："那明天我去你那儿把它领回来，暂时还是留在我这儿，你要玩就来我家玩。"小姑娘欣然同意。

第二天早上八点半小姑娘带小白狗去吃了个早餐，吃完早餐后她拿着半个包子对我说："小白狗好像不喜欢吃她拿的东西耶。"我回答道："不是这个样子的，这个家伙喜欢人家把东西嚼碎了给它吃。"小姑娘把包子塞给我说："这里还剩下半个包子，你嚼碎了喂它吧，我晚上再来找它玩。"

晚上，小姑娘又来了，我问她："你是不是还在读书呀？"

她说："是的呀，现在还在读大三呢！"

我问："你不会是苏大的吧？"

苏州大学是苏州最好的学校，我这么说完全是给她面子，随便拍她马屁而已。谁知道她轻描淡写地回道："就是苏大呀。"

我说："我跟苏大老有缘了，当年我两次报考苏大都没有考上，对苏大很有成见，后来发誓一定要找个苏大的女朋友，没想到老天爷跟我开了个玩笑，最后找了一个苏州XX工业职业技术XX大学的前女朋友，我都没有见过这么长名字的大学。"

她看了看我，回了一句："哦。"那神情我解读出来的深层次含义就是，关我啥事。

想到了她的微信名，我继续追问："你的微信为什么叫S11，香港有个十三姨，你不会就是十一妹吧？或者是seven-eleven的缩写？"

她笑了说："哪有，我的名字首字母缩写就是SLL，和S11很相似吗，所以就叫S11了。"

我眼珠子都差点掉了下来，不会吧，住了龙港三村都快一年了，方圆十米之内居然有一个美丽女孩的名字缩写和我的名字缩写一模一样，这太神奇了吧，我告诉她我的名字叫孙来利。

美女大笑道："我叫孙璐璐，真的巧哩。"

我说："哈哈哈，好巧啊，哈哈哈……"

这真是缘分啊，哈哈哈，我们要是不发生点什么真是对不起老天爷了……

小美女也说："哈哈哈，世界上还有这种巧合的事。"

我用尽脑细胞也想象不出这样的桥段，我认为这种故事情节只存在于琼瑶小说里，没想到被我碰到了。这个温暖的巧合瞬间撩动了我的心。

为了这个故事，我决定要对她尾随不放。我认定，我和这个叫孙璐璐的小姑娘是有缘分的，我要珍惜这个缘分，我觉得一定是上帝看我单身一个人太孤独寒冷了特意派她来温暖我的被窝。

才认识三天就发生这么幸福的事情，我觉得接下来的三十天也一定会很幸福，所以我决定将我们的幸福延伸到三十天，如果三十天也还是温暖的话，那再接下来或许就是三十年，最后就是三生三世了。

孙璐璐是一个勤劳的孩子，除了在学校读书之外，还在吴中人民医院附近的必胜客兼职做匹萨，当我得知这个消息后，我就带着小白狗去了她兼职的必胜客，点了一份匹萨饼，小白狗不喜欢吃匹萨，专拣牛肉吃，我就吃饼，孙璐璐手艺不错，做出来的饼松软可口很好吃，我拍照发给孙璐璐说："我和拉乌来买饼了，你做的饼好好吃。"

孙璐璐很惊讶也很开心地说："你怎么不早说，早说多加牛肉了。"

每次她还没有下班，我的微信就早早发了出去，"孙璐璐，今晚要不要来看拉乌？"

每次她还没有上学，我的微信就早早发了出去，"孙璐璐，早上要不要带拉乌去吃早餐？"

每次她休息在家，我的微信也就早早发了出去，"孙璐璐，今天我要给拉乌洗澡，你要不要陪同？"

为了培养和小狗之间的感情，孙璐璐还抽出时间带小白狗拉乌去了盘溪路的宠物店去洗澡。

那天，我陪同了半路。走到路口，我对她说："我去上班了，你带它去洗澡吧，有什么问题你召唤我呀。"

等我走后，孙璐璐不停地发短信给我说："你走了之后，小白狗拉乌老是朝你消失的地方瞅，怎么拉都不肯跟着我走。一边拉着走，它一边回头，它以为你会回来找它，看来它认你的。在宠物店，它一直不开心，一直哼哼唧唧的。洗完澡后，带它回家的路上，看到有个人长得很像你，它没命地往前跑，以为你来接它了。"

我说："没关系的，小狗这个年纪总归要有点记性的，慢慢地时间长了会认识新主人的。"

心里还是蛮感动的。

我心想：拉乌你要争口气，挺住啊，孙璐璐要是不喜欢你了，我就失去了和她谱写琼瑶剧的机会，你千万不要思念我，你要像我抛弃你一样地抛弃我，我不会怪你。你已经立了一个大功了，请继续温暖我的生活啊！

七

五一期间，孙璐璐又来看小白狗，一看它脏兮兮的，说："要不咱们再给它洗个澡吧。"确实，小白狗的身体实在有点太脏了，这也只能怪它，我半夜带它去蚕豆地里捉迷藏，这家伙一脚踩空，掉进了水潭里，两个爪子扑在水面上打着水花，我吓得差点跳了进去，没想到它居然悠然地游了两圈，爬上了岸，还甩了我一身臭水，上岸后,它还高兴地在泥地里打了两个滚儿,结果就变成了这个脏兮兮的样子。

孙璐璐前段日子带它去做的美容 SPA 全部没用了。

我赶紧去淋浴间打热水给小白狗拉乌洗澡,小白狗站到水里十分惊慌,不断咬我的手,我决定给它讲一个暖心的故事,舒缓它紧张的神经。于是摸着小白狗的头,对它说道:"来来来,拉乌,老爸给你讲故事,从前有一只狗,他喜欢吃屎……"

孙璐璐听到这里不乐意了。她说:"哎呀,你要弘扬正能量。"我说:"实在不好意思哈,那我重讲,从前有一只狗,它喜欢吃温暖的屎,后来根据它的故事写成了一本书,叫做《温暖的狗才能遇到温暖的屎》。"

我们笑成一团。

我们一边聊着天,一边给小白狗拉乌洗完澡。那天,我的心情很轻松,很久没有如此放松地去做一件在以前认为很无聊的事情了。在以往,我的时间都分配给了工作、客户、事业和赚钱,任何偏离这个方向的行为都被我认为是在浪费我的生命,如今我反而觉得这一刻的"堕落"让生活更有意义。

给小狗洗完澡,我拿起吹风机给它烘干。我告诉孙璐璐,"拉乌很可爱,从来不咬我的鞋子,而小周的鞋子都被它咬了一个个洞,看来这小狗对于谁亲谁疏也是心里有数的。"

孙璐璐笑着回道:"是的呀!"

几天后,小周的一个上海朋友来找小周玩,那个男孩子也是一个很喜欢小狗的人,见到小白狗后他也是喜欢得不得了,一边逗着小狗一边跟我介绍他养的那一只泰迪,唾沫横飞,看来喜欢小狗的人都是有爱心的人。

小伙子问:"我多久给小狗洗一次澡?"我说:"不一定啊,这只小狗比较顽皮,经常脏兮兮的,前几天我和隔壁小姑娘才刚刚给它洗过澡,你看这家伙现在身上又脏兮兮的了。"

小周的朋友瞪着大眼睛看着我说:"不会吧,你和隔壁小姑娘一起给这只小狗洗澡?"

我说:"是的啊,一起洗的啊。"

他不敢置信地笑道:"我认为这种事情只有亲密的人才会一起做,你们不会有什么吧?"

我也笑了。说:"哪有,人家是一个很可爱的小姑娘,看着很舒服,很温暖,就是因为大家都喜欢狗狗,所以才会在一个方向上倾注心血而已,没有其他念头。"

确实,自从有了这条小白狗以后,我发现我的生活变了,以前我邋里邋遢的,觉得一个人过,无所谓干净整洁,自从小白狗来了之后,我发现这家伙比我还邋遢,我就忽然爱起了干净,每天都打扫一遍房间,都拖一遍地,还把床单被单都收拾得很干净。

以前,没有小白狗的时候我经常有那么一段时间,心情非常低落,不知道干什么,心情怎么也高兴不起来。如今,看着小白狗疯疯癫癫地在房间里跑来跑去,摇着尾巴朝你叫,我的心情再也失落不下来了。

小白狗温暖了我的心情,我带着温暖的心情看到了一个温暖的世界,在这温暖的世界里遇到了温暖的纯真女孩孙璐璐,她如春风一般,让我觉得生活充满了奇迹。

对于这个单纯的女孩,我更多的是带着一种情感上的寄托,她燃起了我对未来人生的期望,她让我不至于对爱情丧失全部信心,在爱情上依然充满幻想,依然充满期待。这段日子我过得很开心,这就足够了,至于结局是什么,我根本不想去想。

八

这天晚上,我躺在床上,一边看着电影《这个杀手不太冷》,一边回想小周朋友的那番话,忽然觉得大叔和萝莉的爱情在现实中也是会变成可能的,她是那个可爱的马蒂达,我是那个孤独的里昂,我们是邻居,但是一次偶遇后会变成情侣。

我握着孙璐璐的手对她说:"其实你知道吗,第一次看到你的时候,就觉得在我这把年纪里能够碰到这么一双有灵性的眼睛,是一件很幸福的事情,你的出现让我的心不再寒冷,其实我也不喜欢一直待在冷的地方瑟瑟发抖,只是我不知道我还能去向何方?其实那只小狗它不叫拉乌,拉乌是love,是我对你说的!"

孙璐璐被感动了,羞红着脸转了过去说:"可是人家还没有做好准备。"

我说:"爱情需要准备什么?有两颗炽热的心就行了。"

她说:"我也是这么看待爱情的,可是当周围人的目光在注视着的时候,我就还是要思考一下。"

我叹了一口气,深情地问道:"孙璐璐,如果我手里多出来一张电影票,你会不会跟我一起看电影?"

孙璐璐低头不语。

沉默……

我开始打破沉默。

"孙璐璐,下个月我就要去常熟了,我想好了,既然你家里也养不好拉乌,那我还是带走它吧,这只小狗给我带来了温暖,我想即使今后的人生里没有你,只要拉乌在我的身边,我也会一直保持着这样温暖的心情,我相信像你这样温暖的姑娘我还是能遇到的,祝福我吧。"

孙璐璐转过了身,眼中噙满了泪水,她抬头看着我说:"如果你多了一张电影票,你会不会带我去看电影?"

我高兴地大喊一声:"就等着你这句话呢!"

说着揽住了她的腰,一起走向了远方……

这时,一阵巨大的嘈杂声将我的注意力吸引了过来。

只见小周站在客厅里扯着小白狗嘴里的皮鞋向我大喊:"老孙,你个没良心的还睡啊,你的小狗又咬我的鞋啦!"

我翻了个身,十分不悦地回道:"你的鞋又不是什么名牌。别打搅我,老子在看电影!"

我继续拥着身边的人,吃着爆米花看着大屏幕,屏幕上正放映着爱情大片——《四手,四脚,两个头》。

第二部 行有不得反求诸己

行有不得　反求诸己

我很喜欢一句话：你从别人对待你的态度上，可以看出来你是怎么对待别人的。

很多时候我们抱怨别人对我们不好，但是却不曾想到，对方只是一面镜子，镜子中照出来的其实是我们自己。

二零零八年冬天的一天，警方将徐叔住过的养猪场围了一个水泄不通，这里不久前发生了凶杀案，徐叔被人杀死在养猪场的卧室里，一同被杀的还有他刚刚年满十岁的孙女。

这也是我们姚庄历史上最黑暗的一天，这个平静的小村庄自建村以来第一次出现了凶杀案，村民们交头接耳，议论纷纷，都在猜测这个残忍的事情到底是谁干的，凶手到底是谁？

警察调查显示，徐叔和他孙女都是在睡梦中被人杀死的，也就是说，他们至死都没有见到凶手长什么样子，综合掌握到的信息警察推断：这肯定是一起寻仇案件，因为若是侵财的话没有必要把熟睡的人杀死再作案。虽然徐叔的房间被翻得乱七八糟，很像偷盗现场,但是警方认定,这是凶手故意制造混乱,企图扰乱警方侦查方向。

警方根据凶手遗留的足迹找到了凶手作案时所穿的鞋子,而这双鞋子的主人却让人大跌眼镜,大喊意外,原来鞋子居然是徐婶的。剧情发生了反转,警方立刻控制了徐婶,询问徐婶的时候,她虽百般狡辩,但是最后还是被警方看出了一丝端倪。

不久后消息传回村子,警方侦破了此案,凶手就是徐婶。

当我听到这个消息的时候,无论如何我都不敢相信,居然是徐婶杀了徐叔和她的孙女。脑子中一直有很多问号在问:"为什么会这样?怎么会这样?"

徐叔和徐婶结婚都三十多年了,他们一起携手走过了大半辈子。我是从小被他们看着长大的,也经常和他们打交道,在我的印象中徐婶一直是个善良的农村妇女,不像那种残忍的杀人犯。徐叔和徐婶之间虽然也有小矛盾,但是在我看来根本没有大到必欲除之而后快的地步。在我们农村,很多家庭都是在吵吵闹闹中度过的,谁家能没有点矛盾呢?小时候经常听到东家跳河西家上吊的事情,但这些大张旗鼓的人顶多也是做做样子,吓吓自己的家人。如演戏一般,丰富农村枯燥的生活。杀人这种事情却是闻所未闻,在我的认知体系里,是想都不敢想的。

随着警方调查的深入,我们才渐渐知道这个事情的前因后果。

徐婶被确定为凶手后,她的表现立刻由悲伤转为愤怒,歇斯底里的愤怒。警方询问她杀人动机的时候,她说出了这句话:"我恨死了他,他被杀活该!都是报应。"徐婶的脸上一点愧疚的表情都没有，牙缝中挤出来的除了仇恨还是仇恨。

徐婶说："老徐不是一个好东西，对待我和我的女儿自私无比，没有一点人情味儿。我的女儿得了肝癌需要钱医治，我去找老徐要钱，老徐一点感情也不讲，回了我一句冷冰冰的话——没有钱。

"我女儿的生命也是生命，为什么不去医治，而是眼看着她就这样去世。老徐不光对我的女儿冷血，对我也是无情。他都这么大一把年纪了，居然还在外面胡来。一年来，他经常夜不归宿，对我也是爱理不理的，我问他：你是不是在外面有人了。老徐态度蛮横，回我：要你管啊？我很生气，跟你在一起过了三十年了，我付出了我的一切，我得到了什么，凭什么不要我管。说多了他还跟我吵架。"徐婶的脸上写满了悲伤，泪水顺着她的皱纹流满了一脸。

"最后我搬出了养猪场，也不给他烧饭，就等着他能知错回心转意，谁知道他变本加厉，一两个月都不回家，也从来不联系我，我心都凉了。那天晚上，我去养猪场找他，发现他又不在猪场。于是我趁着月色去找他，谁知道找了一夜，居然没有半点影子。灰心丧气的我寒冬夜里来到河边，眼泪都快要流干了，就想闭着眼睛跳到河里算了。我三十年的付出，居然换得今天这个回报，我心不甘啊！

"那天我站在河边想了很久，越想越生气，我不能就这么便宜了负心汉。于是我又来到养猪场，推开门看到一身酒气的老徐居然躺在床上呼呼大睡，鼾声如雷，在我听来极其刺耳。我愤怒到了极点，拿起尖刀就捅死了他，老徐死的时候动静大，惊醒了隔壁床的孙女，孙女大哭，我一生气将孙女也杀死了。"

听村里老人说，徐叔和徐婶都是二婚，当年徐叔带着一个儿子娶了带女儿的徐婶，那时徐叔家很穷，前妻死后他的毛坯土房子也塌了，所以他算是入赘到徐婶家。徐叔的儿子徐娃子二零零七年因为一场车祸意外去世了，保险公司赔了二十五万元的赔偿款，徐叔拿到赔偿款不吃不喝好几天。乡亲们说："徐叔之所以不掏那二十五万元钱出来给徐婶女儿治病是因为那个钱是儿子用命换来的，是留给孙女的抚养费，他不能动那笔钱。"

就在大家对这对夫妻的行为无法判断是非的时候，我陆陆续续地听到了更多的细节。

原来，徐叔这一年来之所以经常夜不归宿，是因为他常常一个人跑到儿子的坟头喝酒哭泣，一哭就是一个晚上，村里很多人都在夜里路过坟地的时候听到那里有哭声，儿子死了，他这辈子实在是太苦了，实在是太悲伤了，他接受不了这个事实。

入赘徐婶家三十多年来，他在家里地位一直很弱势，村里人说徐婶很强势，对待徐叔随心所欲，呼来唤去，从来不在意徐叔内心的感受和心情，时间久了，难免形成隔阂。对于这个冷冰冰的家，徐叔也许早就失望透顶了，也许咬牙坚持的唯一指望就是能够让儿子孙女将来过自由的生活。案发当晚他又一个人跑到儿子的坟头，哭着跟他拉家常，也许他在告诉儿子他一定会好好看好那笔钱，那笔用儿子的性命换来的钱，把孙女拉扯大，供养她读大学。其实徐叔一直以来并没有什么外遇，而是徐婶想多了，徐婶活在自己的想象中，根本不愿意多花一分钟去为枕边人想一想。

知道真相的我们都唏嘘不已，原来这是一场乌龙，但这场沟通不畅的乌龙居然夺走了两条鲜活的人命。

牢狱中的徐婶还是仇恨不已，她觉得自己一辈子的付出不值得，她想不通，也无法原谅徐叔，她的仇恨散都散不去，永永远远。

而徐叔因为自己的护短变成了冤魂，还赔上了孙女的性命。

曾经有人指责欧洲白人对印第安人太残忍，肆意虐杀他们，完全没有人性。欧洲白人一脸的无辜——印第安人是人吗？不是猴子吗？我杀猴子有错吗？

是啊，当你的眼中别人都是猴子的时候，你会尊重别人吗？你会有礼仪吗？你会把别人的生命当生命吗？

人生这条路上，到底是谁在祸害谁？

到底是谁在辜负谁？谁能说得清？

以前听人家讲"行有不得，反求诸己"，我没有感觉，觉得这只是一种理想的情怀。后来知道"眼内有尘三界窄，心头无事一床宽"，也并没有太大感觉，直到我和精神科接触多年，看到那么多的病患，他们被精神疾病所困扰，一直在自己折磨自己，自己斗自己，残酷无情血流成河，我才明白，其实我们存在于这个世界上，很多时候虽然是和世界打交道，但是真实情况却是我们在和自己打交道。

一个老是给自己找麻烦的人，他的人际关系一定很差。

一个不想站在对方角度思考问题的人，一定认为全世界都不懂他，都辜负了他。

一个没有温度的人,他的世界都是冰封的。

世界的色彩完全把握在自己手里,想温暖它,请先温暖自己。

想解放它,请先解放自己。

只有解脱自己了,才真正解脱了。

就像那句歌词唱得那样——你好了,他就好了!

人生是一粒种

一

二零零九年在上海,我和小朱租住在宝山区的共康路。当时住的是合租房,认识了一个叫大斌的小伙子,一九八六年生的,比我小一岁。他长着一张标准的国字脸,眉毛很粗,肤色稍黑,五官棱角分明,挺帅的一个小伙子。他身高和我差不多,但是他的肌肉比我的饱满结实,一看就知道是个孔武有力的人。

大斌虽然身材魁梧,线条粗犷,但是话却很少,显得有点秀气。

那时我所在的公司经常发一些礼品,比如茶杯、笔记本、笔、日历等。送不出去我就送给大斌,大斌很高兴,欣然接纳,对我也一直很客气。

大斌没有正式工作,他买了一台豆浆封装机,一个大箱子和板凳,专门在共康路地铁口卖早点,他的早点都是自己亲手做的——豆浆加三明治搭配,生意好的话一个早上也能赚三百块,大斌的主要经济来源就是这个。

我挺欣赏大斌的，主要是我发现大斌很爱学习，对一切他不懂的东西总充满兴趣。大斌也挺有志向，一个对世界充满生涩感、保持谦虚的人是有前途的，他会选择进步不止而非原地踏步。

当时我对大斌十分看好。

我很喜欢喝酒，小朱那段时间去沭阳进了大红鹰制药厂，就我一个人住，喝酒也只能自斟自饮。有次看到大斌在家闲着无事，就邀请他一起共饮几杯，大斌客气了会儿，还是被我拉上了桌子。

几杯酒下去，我们聊起了各自对未来的打算。

大斌喝酒后很奔放，他学习成功学大师的语气咬牙切齿地喊道："我要学习马云，在创业的道路上不断努力，不断钻研，做大生意，做大事业，我要不惜一切代价成为亿万富翁，不惜一切代价，没有退路！"

年轻人多点豪言壮语也好，即使不成功，吹个牛也挺鼓气。一旦成功，中国历史上又会多一个项羽、刘邦之类的英雄，那"彼可取而代也""嗟乎，大丈夫当如此也！"之类的励志呐喊，又多了一个活生生的案例。

我也想借着酒劲试探下大斌，于是打击他道："大斌，坦白跟你说。我对有理想，有想法的人充满好感。但是跟你共住一个屋檐下半年多了，我对你还是非常陌生，大斌你太神秘了，不够Open，你的野心让我感到害怕！"

生活中，我们对一个知根知底的有理想的人并不畏惧，因为我们知道这个人根本威胁不到自己，而却对那些没有深交的有野心的人心存芥蒂，总担心这些人会把自己的理想建立在牺牲别人的利益之上。

而要不惜一切代价取得成功的大斌让我把他和张子强、周克华归于一档。

大斌沉思了一会儿说："唉，孙哥，很多事情没法跟你明说……不过我从心眼儿里觉得你是一个好人，如果时机合适我会跟你聊点儿深层次的心里话……"

看到大斌欲言又止，我也只能笑笑。

接下来的酒就喝得很无味，两个心灵无法走近的陌生人，总觉得面前隔着一道无法逾越的墙，大家小心翼翼，步步惊心，只能说些冠冕堂皇、无关痛痒的话，生怕说错话令对方不满意而造成不愉快。

从这以后，我再也不找大斌喝酒了。

大斌每天依然忙碌他的早餐生意，话依然很少，我们之间的距离仍旧那么远。

二

一个月后，看见大斌带着一个美女来暂住。美女长发飘飘，很漂亮很有气质，我和他们相遇的时候，大斌笑着给我介绍说："孙哥，这是我干姐，罗佳。"

我朝美女友好一笑，美女也回我微微一笑。

直觉告诉我这个女孩儿应该是个善良的女孩儿。

我看到过女孩儿停在楼下的车，是一辆红色的大众车，蛮高端的。大斌告诉过我，罗佳祖籍盐城，本科毕业二年了，目前在上海经营一家餐饮连锁店，她是他吃饭的时候认识的，她很看好他，想拉他去做店长。

我隐隐约约感觉到大斌和那个女孩儿的关系远非干弟干姐那么简单。对于神秘的大斌来说，他身边的一切都是神神秘秘的，美女经常来大斌房间玩，但是从来不在大斌房间过夜。

罗佳出现的这些日子，大斌也渐渐发生了变化。以前的大斌都是很安静的，就像他的人一样，躲避着世界的注视，没有声响，孤独地躲在阴暗角落。而现在，偶尔半夜我会从大斌的房间听到他的哭泣声，声音低沉嘶哑，充满无限悲伤。几次我想敲门询问他怎么了，但是最终还是停止了动作，也许大斌并不喜欢别人打搅他的生活，他不想我这个陌生人走进他的世界。

大斌开始酗酒，经常看到他喝劣质白酒，一瓶一瓶地喝，经常酩酊大醉。好几次连早餐生意也耽误了。

大斌没有去罗佳的店里做店长，而是选择继续在地铁口卖早餐。他的收入因为喝酒而受到了一定的影响。

一天，我半夜上厕所，看到大斌房门虚掩，推开门，我闻到房间一股浓烈的酒味，大斌躺在床上不省人事。

我喊他名字，结果无论怎么喊，大斌就是没有动静。

我慌了神，赶紧将大斌送进了对面的仁和医院。

最后检查，大斌酒精中毒，他整整灌了两斤白酒下肚，医生说晚送医院一个小时都有可能发生严重的后果。

大斌吊了一夜的盐水,我陪了他一夜,第二天早上他终于醒了,看到是我,很吃惊。我告诉他事情原委,大斌流着眼泪说:"谢谢你孙哥,谢谢你。"

当天晚上我把大斌接回出租屋的时候,罗佳在门口已经等候了很久,看到我们出现,她有点生气地说:"大斌,你怎么一天都联系不上?你去哪里了。"

大斌说:"孙哥有点事情,叫我帮他处理一下,手机没带,下次不这样了。"

罗佳一下子扑在大斌的怀里,哭着说:"我担心死你了。"

尴尬的我不知道该怎么办,只得默默地帮他们把门打开。

当晚,罗佳没有回去,住在了大斌的房间里。

我躺在床上,想着大斌,觉得这个神秘的男人很诡异,经常有新闻报道,有渣男为了骗取姑娘欢心,编造了很多眼花缭乱的借口,将女孩骗得团团转。大斌张口就是谎话,明明是他酗酒,偏说我有事,肯定不是一个好东西,或许他图罗佳的财产和美貌,准备骗财骗色。我翻来覆去睡不着,我有点后悔帮了大斌这个我一点都不了解的男人。

三

三天后我下班回来,看到大斌一个人坐在大厅发呆,见我回来了,他挤出笑容跟我打招呼:"孙哥,晚上有空吗?我想请你吃顿饭。"

我看着大斌那双真诚的眼睛没法拒绝他,于是答应了。

酒菜上齐了之后,大斌一直没说话,气氛显得有点尴尬和紧张,我都有点后悔来吃饭。

"孙哥,我敬你一杯。谢谢你救了我一命。"大斌终于打破了僵局。

"大斌,你最近怎么了?似乎有心事!"我问道。

"孙哥,其实……"大斌叹了一口气,咬了咬嘴唇说,"你还记得我五个月前和你说过的话吗?我说时机合适我想跟你聊聊心里话,今天我觉得挺好的……"

大斌看着我的眼睛,似乎下了很大的决心。

"我真名不叫段大斌,我叫吴虎,老家是山东微山湖的,和徐州临界,所以我跟你其实算半个老乡。"大斌看我意外的表情笑了。

"我上初三那年,我父母和邻居因为种树问题发生了口角,本来这是一件很小的小事,谁知邻居家儿子二娃仗着把兄弟多,打电话叫来几个痞子砸我家,还把我爸妈打伤了。我一个血气方刚的小伙肯定上火,就抄了一把铁锹出门迎上了。我从小体育就好,身体很有力量,那次又是气头上,我三下五除二撂倒了好几个人,那些痞子一看我抄铁锹玩真的,都吓跑了,只有二娃不要命,他还拿着刀子往我这冲,说要捅死我。我当时也气晕了,对着他的太阳穴就是一铁锹,人当场倒地不起……

"后来人送县里医院了,医生说颅内大出血,又送进了ICU,治了两天还是死了。二娃爸妈去派出所报警,警车刚进村头,我就翻墙头跑了……这么多年我就没有回过家,孙哥你算一下,八年了……从二零零四年到现在,我在外面整整流浪了八年了,这些年我去过西北,走过云南,去年办了一个假身份证来到上海。"

我被大斌的故事吓了一跳——面前的人居然是个杀人犯,大斌是我长这么大亲眼见到的第一个杀人犯。

"大斌,哦,吴虎。你跟我说这些不怕我报警吗?"我赶忙问道。

大斌满饮了杯中的酒说:"孙哥,你报警我不怪你。但是我希望你给我个机会,让我自己去自首好吗?"

四

我看了看眼前这个黝黑的山东汉子,终于明白了为什么他要像个耗子一样生存在这个世界上了。上海是个国际化的大都市,安检力度全国第一,有案底的大斌不得不小心又小心,谨慎又谨慎。

大斌在白酒的刺激下,情感宣泄得似乎更加猛烈了。

"孙哥,我现在唯一放不下的就是我的爹娘,我打算自首前回一趟家看看他们,这八年来我都不知道他们怎么样了,我好想念他们啊,每晚都想得睡不着觉……我下个礼拜就动身,我知道我一回家肯定会被警察逮捕,所以这顿饭也是我跟你吃的最后一顿饭……"

大斌的话很煽情,也让我感动,这种情感是上海这座钢筋水泥城市所少有的。

我内心里也为误解了大斌而自责。

"你走了,罗佳怎么办?你的事罗佳知道吗?"我问道。

大斌笑着说:"这个女孩子没有了我,人生只会越来越好!"

"其实看得出来,这个女孩子挺喜欢你的,这种只看人品不看其他的女孩子不多。"我回道。

"唉,这也是我最担心的……"大斌叹了一口气,"我也知道她喜欢我,她说我是个有想法,有潜力的好男人,会有未来的。但是我知道我这种有案底的人无论怎么努力都是水上的浮萍,我没有根,根本长不成参天大树。"

大斌眼睛红了。

"孙哥,你知道吗?我非常害怕我拼命努力得到一切之后,人生却轰然坍塌了……我是一个杀人犯,我也想做大事业,成大事,但是我要先为我的罪行付出代价,为过去做个了断,你说不是吗?

"认识罗佳之后,罗佳多次表示要做我女朋友,她说她不嫌弃我的一切,要跟我结婚,还让我带她回老家见我父母,我拒绝了……其实我也很喜欢她,但是我不能害了她,我什么都给不了她——经济、家、婚姻、温暖的胸膛、未来,一切的一切。

"想到我跟她的未来,我的心很痛很痛,那种绝望的感觉让我想死,唉!这些天我整夜整夜失眠,没有酒精我根本睡不着。经历过上次的事情,我想通了,我应该勇敢地面对过去的一切。"

我被大斌的话打动了,握着他的手说:"兄弟,你虽然犯过错误,但是你良心一直都在。回去看看父母,然后自首吧。"

在非黑即白的人眼里,坏人都是全方位的,一个杀人犯永远都是良心黑暗,残忍凶残的。其实善恶只在一念之间,很多好人一辈子只做了一件错事,却永远也没有回头的机会,一辈子成了渣子。

五

那天酒醉后的大斌掏出了一封信，上面用铅笔写满了蚯蚓一般的字，大斌把纸递给我笑着说道："孙哥，你文笔好，帮我改一改吧。"我看了一眼，原来是一封诀别信——这信写的不光字丑而且错别字连篇，本来挺感人，挺煽情的告别信，被错别字和语病搞得我差点笑出了声。

半个小时的功夫，我帮大斌完成了他的心愿，改好了那封信。

"亲爱的罗佳，我走了，带着爱你的心走了，请原谅我的狠心、我的绝情。我爱你，但是我没有资格跟你在一起。这不是经济问题，也不是感情问题，而是我和你根本不是一个世界的人，我是一个被公安机关通缉的杀人犯，我是一个罪人。

"读初三那年我失手杀死了邻居家的孩子，从此我就流落在外。一晃八年了，这八年来，我一直游荡着，每天活得战战兢兢，其实这不是最可怕的，最可怕的是想到年迈的父母在家为我泪流满面，我就心如刀割。我太想念他们了，好想跟他们在一起吃着热乎乎的饭，说着热乎乎的话。

"无数次我想回家看看父母，但是我知道我回去了只有死，我害怕！

"从十五岁开始流浪，被人误认偷东西打半死，我一滴眼泪没流；吃着垃圾堆捡来的烂桔子，我急性痢疾差点病死在马路边，我没有哭;下着大雪睡在天台烟囱边,差点被冻僵,我还是没有哭。但是,当你说出让我娶你,我却哭了,整夜整夜地哭,那种绝望的心情你能体会吗?

"我好想倾尽一切去爱你,可是我这条命都是赊欠的。

"那一晚,我们睡在一张床上,虽然没有和你发生什么。但是你却是我这辈子第一个也是唯一的女人,我满足了。

"人生是一粒种,落地就会生根。可是我根本没有根,我是浮萍,随风飘摇,四海为家。

"对不起,我肯定让你失望了。但是失望总比绝望好,你对我的好,我记在心中。

"罗佳,可能不久后我就离开这个世界了,落入尘土,为八年前的灵魂殉葬。你忘了我吧!对不起,罗佳,来生再爱你……你找个人嫁了,好好活着,替我去享受这个世界的自由和美好!"

六

二零一零年一月底,大斌离开了共康路,踏上了返乡的旅途。

一个礼拜后,大斌从山东打来电话说:"孙哥,我到家了。父母还好,只是头发白了好多,我明天就去警局自首了。"沉默了许久,他终于还是说出了那句话——罗佳现在还好吗?

我回道:"我把你的信给她了,她哭着不肯走。要我告诉她你到底去哪里了,老家在哪儿,我答应你的,还是没有告诉她。唉,她这个礼拜每天都来,待在门口很长时间不肯走,她很伤心。"

大斌那头很久没有声音,一会儿他开口了说:"现在伤心总比谎言被揭穿那天伤心好!孙哥,帮我照顾下她,让她走出那段时间就好了,她需要一点时间……"

据说大斌后来被判了无期。

三月十六号是罗佳的生日,我受大斌最后的委托给她买了一个生日蛋糕,蛋糕交到她手上的时候我有点内疚,我对她说:"罗佳,我是学医的,我了解大斌想得一切,他需要和你体面地相忘于江湖,原谅我不能告诉你太多。大斌虽然只被判了无期,他说他可能无法养老,但是争取有时间给父母送终,但是他永远没有时间来娶你了……所以你也别去追问了,重新开始你的生活吧!"

罗佳没有说话。

过了很久她抬起头,笑了笑对我说:"我知道了。"

那天生日蛋糕是在她的餐饮店里切的,罗佳吃蛋糕吃得很认真,每一口都吃得很干净,大家见她心情很好,就怂恿她表演个节目,把快乐增加到一个更高的高度。罗佳笑着说道:"那我就来给大家演唱一首我前男友最爱的一首歌曲吧,歌曲名叫《人生是一粒种》。"

罗佳的歌声响起的时候,大斌的脸庞一下子浮现在我的脑海里,因为大斌平时最爱哼的就是这一首歌。

吹落了思乡的尘,却吹不落额头的纹。

走完了天下的路,才想起回家的门。

追上漂泊的人,却追不上漂泊的魂。

做完了想做的梦,仍有颗思乡的心。

人生是一粒种,落地就会生根。

风吹年华的梦,落叶总要归根。

  唱着唱着,罗佳终于还是没能屏住,故作的坚强瞬间垮台了,她伏在桌子上大哭,哭得很伤心……

  她的泪水是为那个没有根的大斌而流。

  那个犯过错误的男人。

  那个经常哼唱《回家的人》的流浪者终于回了家。

  下半年,我离开上海准备前往苏州,罗佳送我,虽然岁月去了,但是她依然无法割舍,她对我说:"如果有机会,帮我带句话给大斌好吗?其实,我宁愿他骗我一辈子,感情世界何必那么清醒,睁一只眼闭一只就好了,只要选择的人是对的,世界就是对的!"

  我知道,罗佳一辈子都会记得大斌的,一定会的。

出租屋的故事

2013年我的人生发生重大变故,第一个五年计划瞬间全部灰飞烟灭,房子、车子、女朋友,都从我的全世界消失了。那一年我的人生跌到了最低点,为了化解痛苦,我不得不每天用酒精来麻痹自己。

一天晚上,我心情很差,又喝得酩酊大醉,我望着镜子中的自己,曾经那是一个青春勃发,英俊潇洒,才华横溢的青年男子,但是此刻他失去了一切,成了一无所有的人。对于一个漂泊的人来说,最大的刚需其实不是房子,也不是汽车,而是爱情,而我的爱情又不知道会在多遥远的地方。我越想越伤感,越想越难过,酒劲上冲,我的眼皮像铅一下往下坠,不久,我沉沉地睡了过去。

如果不是敲门声将我惊醒,我想我会一直睡到凌晨。

门打开,门外站着一个穿着时髦的陌生青年男子,他戴着眼镜,清瘦的脸庞显得有点营养不良,和他光鲜的搭配有点不协调。

"你找谁?"对于一个不和外界过多联系的我来说,门外站着谁对我来说都没有任何区别，我早已猜出了答案，来人根本就是误闯，因为我根本不认识他。

"你好，我能进来看看吗？说实话，这间房间我曾经住了四年，今天来上海出差就想过来看看，看看这个房间有没有变化。"来人显得彬彬有礼。

"可以，你进来吧。"

这个世界再残酷也有人写诗歌去歌颂它，这个房间再烂也有人对它念念不忘，也许有的时候并不是外面世界出了问题，而是我们自己发生了变化。

"房间还是变化不大，兄弟不瞒你说，这所房子到处都是我的记忆，你看窗户上的这块木头，当年窗户密封不结实，女朋友总是觉得冷，所以我楔上了这块木头；还有这个衣柜，是我从二手家具市场淘来的；这张床的摆放，都还是我当年离开时候的样子。你看这个灯泡是我亲手安装的，还有这个墙壁，也是我亲手粉刷的……"年轻人似乎有太多的感慨，一进门就说了很多。

看着眼前的这个人，我的记忆突然被拉回到熟悉的桥段，这一年来，我也有过类似的感慨，和他一模一样的语气。直觉告诉我，年轻人眼中看到的并不是木头，也不是衣柜，更不是灯泡和墙壁，而是他逝去的人生。

"如果我没有猜错的话，这间屋子一定有一段刻骨铭心的故事，你能说说吗？"我想即使我不问的话，他一样会跟我说的，但是我急切地想知道这个冲进门就给我讲故事的青年人，故事的最后结局是否圆满。

花开花落，又是一季，春夏秋冬，又是一年。四年过去了，故事应该不会像这个房间这么苍白空洞，一定是丰富且有质感的。

青年男子的话匣子继续打开，我想他不是有太多的话要说，而是他的话塞得太满了，不自觉地溢了出来。

"很多时候，人生就像吃火锅一样，刚上桌还是满心欢喜，吃着吃着就是一片狼藉。那年冬天，过情人节，我做了六菜一汤，买了两束玫瑰，点上蜡烛，将飘窗布置得就像喜来登大酒店的高级餐桌一样，而女朋友却说这顿饭不如酒店的好，说我不懂浪漫，那一次，她发了很大的脾气，这是认识她这么久她第一次跟我发脾气，而从这次之后，她的脾气越来越大。其实我倒觉得，这挺浪漫的，用心的付出总比流程化的操作要好，可是她并不理解。

"感情越到最后，抱怨也就越多。我越来越能感觉到她的不耐烦，她开始嫌弃我，嫌弃这所房子。其实你也知道，这所房子是背阴的，但是我们刚搬进来的时候它就是这个样子的啊，当年能忍受的缺陷如今却一刻也忍受不了，我想她一定是有了更高的要求。

"这主要怪我，四年来没有给她带来想要的生活。后来，她跟着一个广东仔走了，走的那几天，我爷爷突然去世，我含泪求她——念在四年的感情分儿上，等我处理完爷爷的后事再走好吗？再陪我最后一程！

"她还是拒绝了我，当一颗心决定离开的时候，往往都是迫不及待的。我很伤心，也很想不通，即使我的人生和这所房子一样不圆满，也不至于落得这样的下场啊，难道感情真的就像玻璃一样，完整的时候光滑平整，一旦破碎，就变成了伤人的碎玻璃渣子？"

陌生来客的故事果然和我猜想的一样，无论舞台上的演出曾经多么精彩，剧情多么跌宕起伏，但是结局却并无意外，这注定是一出悲剧。他的故事也再次印证了一句话的正确性——这个世界，只有苦难才是最容易被记忆的。我想这也是他一来到上海就想到了这所背阴的房子，一看到房子布局就想到那么多过往的真正原因。

"她走后，我也走了，现在我们彻底成了路人甲乙丙丁。后来我发现她经常有事没事就来我的QQ空间转转，我想一定是她过得并不开心，否则她为什么老往回跑呢。后来托朋友打听了一下，那个广东仔对她一点也不好，除了会搞一些噱头以外，根本不会帮她做任何实际的事情。"

"那她跟你联系过吗？或者表示重新回到你的身边？"我问道。

陌生来客没有回答，短暂的沉默后他突然问我："你搬来的这一年，有没有女孩子来看过房子，或者站在窗下不愿离开？"

"说实话，没有！"我很抱歉地回复道。

"我想她一定是对那四年太失望了，所以不愿意回头。"青年男子一脸的自责，重重叹了一口气。

古语云，"行有不得，反求诸己"，当一件不好的事情发生的时候，我们总是该先反思反思自己。

陌生来客这一点做得很好，对于他来说，那个失去的人，无论是悔恨还是恋念，都只是过去的人生，只有反思过往并向前看，才会拥有更好的未来。

陌生来客走了，这种朝圣般的缅怀我想他经历一次就够了，也许他从此再也不会出现。

人生路上，打碎一个旧世界往往是容易的，但是建立一个新世界却是很困难的！

生命中若没有遗憾，你怎么会珍惜眼下的生活；生活里若没有对与错，你怎么能了解人生的苦与乐。

失去的不再回来，即使回来也不会是曾经的模样，上帝有些时候会故意制造一些甜头让你上当，当你迷失自我放弃传统的时候，上帝再将你彻底抛弃，留你一个人独自悲伤。

每一个人都有一段回不了的过去，这个世界悲伤的人也并不只你一个。每个人都会有遗憾，这就是人生。我有时会突然冒出奇怪的思想，那个当年义无反顾想要逃离的女孩儿如今身在何方？她在夜深人静的时候会不会独自凭窗遥望？

一个月后，当我坐在桌前专心致志写我的书的时候，又一次被敲门声打扰，我想不会是陌生来客又回来了吧。

门打开，站在门外的是个瘦弱的女孩，她个子约莫一米六，扎着一个倒三角辫子，干净的脸上写满了沧桑，拘束的双手躲在背后，见我看她，头跟着低了下去。

"请问你找谁？"我问道

"不好意思大哥……我曾经在这个房子住过四年……今天突然想过来看看现在房子怎么样了……不好意思打搅你了……"女孩声音很低，结结巴巴地说道。

冬去春来，花谢花开，原来大家都是身体离开，而灵魂却一直都在原点徘徊！

世界变了

一

来上海参加公司GSP(药品经营质量管理规范)培训,一年多未见的大学同学小朱坐在我的旁边,看我津津有味地读着一本青春文学书,他拿起书本翻了翻,笑着说道:"咦,奇怪了,你怎么开始看上这种书了,你不是应该看《陈安之》《世界上最伟大的推销员》之类的励志吗?"

说着手攥拳头做了一个加油的姿势。

看着他搞笑的动作,我回道:"人的口味会变的,我也可以走清新路线。"

一年多没有来上海了,这里的变化很大。有的时候来一个城市不是因为这个城市的景色多么的迷人,食物多么的令人回味,而只是你觉得来了这里就找到了你的青春,找到了你曾经的人生。

上海的很多街道上都曾经留下了我身体上散发出来的青春荷尔

蒙,我一直以为我可以在这个城市立足,并且做出一番成绩。可是很遗憾,我当年还是离开了,灰溜溜地离开了。就像我当初没有把上海当做人生的一程一样,上海也并没有打算收留我。

我们彼此都不是心有所属,也无法白头偕老。

上海,这座国际化大都市,是我大学毕业后奋斗的第一站。在这座城市里我留下了太多的回忆,从人潮如织的徐家汇到高架林立的共富新村,从摩天森林的浦东到芦苇海洋的崇明岛,哪里我没有去过?哪里我没有播撒过汗水?一晃八年过去了,如今我再次来到这里,居然连山西中路和江西南路都傻傻分不清楚。

其实当年能来上海工作,也是一个意外。

我出生那年,周润发和赵雅芝合拍了一部《上海滩》,从此我在心中认定,上海滩是黑帮分子的天下,不适合我们这种社会主义共青团员。对电影中出现的城市我总刻意把他捧高到神坛上,总觉得那些城市不属于自己,所以能避而远之就避而远之。后来陆续听到别人议论上海人的排外,说上海人管非上海人都叫农村人,我心想这哪儿成,好歹我也是个大学生,高级知识分子,一肚子的墨水,去上海当农村人,我不服!

当初,高考结束分数出来的时候,我分数还是挺高的。对于填志愿我没有什么概念,于是找了一个懂行的亲戚帮忙推荐。亲戚是南京师范大学毕业的,对于各个大学学校的水平非常了解,他推荐我报考南京农业大学,说这个学校很好。我高兴地回家告诉我爸,我爸听后,眉头立马皱了起来,脸色显得非常难看

"农业大学,你好歹念出了名堂,考上了大学,光宗耀祖的,怎

么还搞农业呢。插秧？播种？喂化肥？打农药？哎，想学这个，叫你妈教你好了，费那个劲去大学干啥！换一个。"

于是乎，我只能放弃农业大学填了医学院。

要是给我爸知道我去上海当农村人，我爸肯定嗷嗷伤心到崩溃。当年他努力帮我洗脱农民身份，谁知毕业后又让上海人民给打回了原形，这是很令老人家沮丧的。所以综合考虑我和我爸的感受，我对上海说了声"sorry"。

二

二零零六年，我接受学校安排去张家港中医院实习，这家医院是我们学校的附属医院。

在医院实习最开心的事情就是可以和护士们打成一片。都说经济发达的地方生活水平高，来到张家港一看可不是咋地！这里的护士一个比一个水灵，一个比一个俊，在这种地方生活水平能不高吗！

我很喜欢张家港的实习生活，都想在张家港扎根了，可惜张家港医院编制已满，根本没有我容身之所，根扎不下去，不过我也并不伤心。我在二零零七年四月一号那天选择了来苏州寻找工作。当年之所以选择去张家港实习，就是因为张家港离苏州很近，现在离开张家港去苏州工作，也不算偏离我既定的人生目标。

有些时候，喜欢一个城市和喜欢一个人一样，被伤害得越深，反而越容易一辈子都记着它。

苏州，是我苦苦追求的一个美女，我对她掏心掏肺，爱得死去活来，只想投入她的怀抱，与她缠绵，和她共同谱写梁山伯祝英台般凄美爱情的新篇章，谁知道苏州她根本瞧不上我，我多次对她用三个字表白"我爱你。"她也多次跟我三个字回复"去你的。"

二零零三年，我高考报考苏州大学，分数够学校分数线了，但是专业分数不够，我被淘汰，于是去了南京。

二零零七年，我考研又报考苏州大学，这次苏州大学居然阴险地把专业课考试的次序给颠倒了，我再次和苏州擦肩。

考不上苏州的研究生，能在苏州找份工作也不错。于是乎，我把精力放在了寻找工作上。

我在苏州找了一个月，仍然没有找到我心仪的工作，那个时候我也不知道我到底想要什么样的未来，一个不知道自己想要什么样未来的人是找不到助他登高的合适梯子的。

一个月后的劳动节，上海水产大学的同学袁宝邀请我去上海玩。我心想，都离上海这么近了，就去看看。这么多年，侮辱了上海那么长时间，都没有近距离看看自己侮辱的对象长什么样子，实在是很不专业，于是乎我踏上了上海的征途。

一踏上上海的土地，我就感觉到这个城市不一般的魅力，当我穿梭在老鼠洞一般的地铁里的时候，我心里被深深地打动了，"这一车人比我们一个村的人加起来都多，真厉害！"

那段时间，袁宝陪着我去了上海很多地方，我们去了外滩，第一次看到外滩，袁宝指着东方明珠告诉我："当年浦东都是芦苇荡啊！那里很穷的，所以有句话叫'宁要浦西一张床，不要浦东一间房'。后来改革开放的总设计师小平同志来了，他说浦东是张大白纸，怎么画画完全由我们决定。要振兴上海，先发展浦东，几乎在一夜之间，浦东就开发起来了，现在算算也不过十多年的时间。上海这个城市，是梦想家的摇篮，只要你敢拼，就能取得成绩。留在这座城市，即使你只跑赢了城市发展的大盘，以上海GDP增速实现人生积累，你的人生也足够辉煌了。"

我被深深地震撼了，是啊，年轻人，除了奋斗和梦想，你还能谈什么呢？

梦想也是一张大白纸，想怎么画完全由你自己决定。

理想一定要有的，没有了理想，人类就失去了进化的原动力。我们的祖先从挂在树上到走在路上，不都是梦想在支撑着他们吗？

和上海同行，即使我超不过上海发展的速度，只要能跟紧脚步，我的人生一样充满无限希望。

看着我身边这个身单力薄，一脸青春痘，和英俊没有半点亲缘关系的袁宝同学，我忽然明白原来我是有多么的肤浅。我一直以为上海这座城市是黑社会的天堂，但手无缚鸡之力的袁宝却生活得如鱼得水；我自我暗示上海人会瞧不上我，把我当做农民，但是比我还土根的袁宝却被上海熏陶得如此有志向，如此有才华。我顿时觉得我对上海这座城市的误会实在是太深了。

就像我对苏州这个城市不了解一般，对于上海我也不是很明白。

王志文曾经有首歌，"什么是爱，糊里又糊涂。"年轻时候的我们对于爱总是有着太多的盲目，只要是自己看上的就不愿意服输，非要爱一个真理出来才会罢休。对于恨也是如此的发力,总要恨出一个天昏地暗,肝肠寸断才心满意足。其实完全是自己的人生哲学没有成熟,世界观还很幼稚。

重新审视上海,我决定,我要"移情别恋",从此为上海人民服务,死心塌地地为上海撒血汗!我开始对苏州摆手——去你的!我们不约!

三

我认真规划自己的人生,决定好好辅佐上海。六一儿童节那天,我回南京参加论文答辩,答辩结束后,我背包一挎,和同学们挥一挥手说:"再见了,同学们,我去上海滩打拼了,不要太思念我。"

看着他们羡慕的眼神,我就觉得我就是许文强。

多年后,在神经科浸泡多年,我深深明白了一个道理,你认为你是许文强,你就是许文强。你认为你是冯敬尧,你就是冯敬尧!你的世界和世界本身关系不大,和你的心态有关!

到上海后,生活一直很艰苦,但是我一直很坚定地贯彻自己的志向,我很喜欢那句话,"有些路是你选择的,哪怕跪着你都要走完。因为你不跪,没人替你跪,谁叫你眼瞎!"

没到一年,上海水产大学的袁宝同学跟我说他想回老家,我看着他有点不解,这个跟我讲浦东巨变的人居然不想跟浦东一起进步了,这个告诉我只要和上海同步发展人生就会辉煌的人居然抛弃了上海,我实在想不明白为什么。

"为什么走?"

"在一个城市待久了,总觉得心里有个声音叫我离开。"

"你不说要一辈子服务上海人民的吗?"

"上海有你就够了,我还是觉得徐州人民更需要我。"

"不走行不行?"

"不行。我必须要离开。"

"我会舍不得你的,你让我扎根上海,临走前有没有话要跟我交代的?"

"有,借我二百五十块钱买车票。"

"……"

袁宝走后,我在上海兜兜转转,跌跌撞撞,一晃一年过去了,到了二零零八年年末,大学同学小朱从南京来上海投奔我。

这个家伙大学毕业后在南京一家私立医院帮人打针,干了一年多,扎了无数个屁股,如今的他体重增了十多斤,养得肥头大耳,油光满面。我去上海火车站接他的时候都快不认得这个土肥圆了。

第二天,我把他带出来游玩,带他去外滩,我指着东方明珠告诉他:"小朱,当年浦东都是芦苇荡啊,那里很穷的。所以有句话叫——宁要浦西一张床,不要浦东一间房。后来改革开放的总设计师小平同志来了,他说浦东是张大白纸,怎么画画完全由我们决定。要振兴上海,先发展浦东,几乎一夜之间,浦东就开发起来了。现在算算也不过十多年的时间。上海这个城市,是梦想家的摇篮,只要你敢拼,就能取得成绩。留在这座城市,即使你只跑赢了城市发展的大盘,以上海 GDP 增速实现人生积累,你的人生也足够辉煌了。"

小朱也像我当年那样开始心潮澎湃了,我看到他暗暗握紧了拳头。

于是我继续励志:"小朱,人生很短暂,一定要辉煌,不然枉来人世一遭。我们都是有理想的人,有理想的人就应该去有前途的舞台才有广阔的人生,才会增值,上海无疑就是这样的一个平台。你留在上海吧,咱们一起奋斗!"

我看到小朱的额头开始冒汗,仿佛喝了羊肉汤一样散发出热量。于是更加来劲了:"人,一定要敢于做梦,有了梦,才会有梦想,有了梦想,才会有为梦想而奋斗的人生路程……"

话还没说完,小朱开口了:"别废话了,哪里有厕所,我要上厕所,快点,憋不住了!"

"你憋不住你也要忍,我在跟你谈理想哪!理想,很神圣的好不好!喂,我说,什么从你裤裆里掉下来了!"

小朱后来留在上海发展了,我们一起在宝山住过,在共康路住过,后来去了天馨花园,一直到二零一一年七月份我离开上海,我和小朱都一直在一起。

为了帮小朱找到心仪的工作,我们彻夜做角色扮演,我扮演面试官,他扮演求职者,第二天小朱顺利过关。那个时候我很喜欢看书,所看的也都是励志型的脑补书,我经常对小朱说,你应该每天都朗读《羊皮卷》,这样既可以锻炼口才,还可以锻炼毅力。那个时候我能熟练背诵《羊皮卷》,什么"今天是我新生命的第一天。""我要加倍重视自己的价值!""我是世界上最伟大的奇迹。"等等,我都能倒背如流。我们买第一台电脑的时候,立刻就去地铁口的地摊上买了碟片,回家慢慢欣赏,我们经常为放哪一个电影而争吵,小朱喜欢的女主角我不喜欢,我喜欢的女主角他不喜欢,他跟我说——那个女主角的对白更感人。

去你的!日本电影女主角的对白不都是一样一样的啊,还狡辩!

这三年来,小朱恋爱,结婚,结婚后他的老婆慧慧还在老家给他生了一个儿子,他现在的日子过得朴实无华,波涛不惊,充满了传统味道。他在中科院下属的一个学院做研究生,为药厂和研究所提纯原料药,而我这个曾经发誓要留在上海为上海人民服务一辈子的人却在二零一一年七月份离开了,去了苏州。

那一年,我认识了我的女一号——小胖子。她给我下最后通牒,如果我不去苏州,那么她将对我们的感情采取必要的措施,届时我方要对感情恶化承担全部责任。为了爱情,我只得选择离开上海。我掸一掸屁股,对上海挥一挥手,"撒由那拉"。告别的时候,我去黄浦区取公积金,工作人员告诉我——取了公积金以后,你下半辈子就不能在上海公积金贷款买房了。我想也没想回道——没关系,上海永远在我心中。当初没有把上海当作人生的一程,上海最终也没有收留我。

分别那天,和小朱喝酒,小朱炒了一桌子的菜。豆芽还是那么的咸,烤麸还是那样的酸,红烧肉依然那样的甜腻。

"为什么走?"

"在一个城市待久了,总会在另外一个城市有个女人叫我离开。"

"你不说要一辈子服务上海人民的吗?"

"上海有你就够了,我还是觉得苏州人民更需要我。"

"不走行不行?"

"不行。我必须要离开。"

"我会舍不得你的,你让我扎根上海,临走前有没有话要跟我交代的?"

"……"

不知不觉,在苏州都已经五年了,五年都没有过出什么味道,时间就已经从指间偷偷地溜走了。这五年,我本可能走在另外一条道路上,可是如今,我却行走在这条道上,前途是什么,我也看不清。我不知道我的人生为什么会这样,就像我不知道为什么兜兜转转我又回到苏州了一样。

当年,我对小胖子说:"亲爱的,我被苏州抛弃了两次,可是因为你我还是拥抱了苏州,看来苏州和我还是很有缘分的。"

如今,我还能感叹什么呢。

苏州,三起三落,我不知道我还有没有机会再去拥抱她。

这个城市的那个人,她和城市都是我记忆中一辈子都抹不去的符号。

对于苏州,我的记忆更多的是伤心,很伤心。

你见过凌晨两点的苏州是什么样子的吗?我见过,我有一百多天都能目睹她的风采,带着一双朦胧的眼睛,一脚深一脚浅地走在已经走了无数遍的道路上,寻找着那些跨越时空的印记。

可是那些过去再也找不回来了。

曾经以为自己很厉害，一言不合就"咣当"一声掀了桌子，砸烂了所有瓶瓶罐罐。待到人走光了，周围都安静了，才发现只有自己一个人一脸泪水地站在原地，久久不愿离开……

二零一五年四月十九号，公司安排我去山西南路参加GSP学习，我打电话给小朱叫他过来陪陪我，他坐地铁从浦东赶来，一个多小时的路程。现在的他和二零零九年比起来还是那么的胖，只是头发少了好多。

"看来当年的霸王真的没有什么效果啊，真的是加特效的。"我开玩笑道。

他回道："那个东西真的好贵啊，四十多一瓶呢。"小朱回道。

小朱有点秃顶，听信广告，用了一段时间霸王，当年还扒拉着秀发跟我说："咦，真有效果，看，头发浓密了！"现在他的毛发更加稀松了，仿佛酸雨过后的森林，原来霸王的广告不是给洗发水加特效，而是给他的心里加了特效。

那天，培训老师的课讲得很枯燥。我掏出《从你的全世界路过》认真读着，小朱坐在我的旁边玩手机，看我津津有味地看着一本青春文学书，他拿起来翻了翻，笑着说道："咦，奇怪了。你怎么开始看上这种书了，你不是应该看《陈安之》《世界上最伟大的推销员》之类的励志吗？"说着手攥拳头做了一个加油的姿势。

我想了想回道："人的口味会变的，我也可以走清新路线。"

这个世界会变的，一切都会变的。

你面前的这个人已经不是八年前那个少年了呀！他的心已经不同了……

武警老袁

一

二零零七年,我站在上海徐家汇最繁华的美罗商场门口,指着肇家浜路对老袁说:"兄弟,你知道吗,徐家汇以前就是三条小河的交汇点,所以叫汇,肇家浜就是其中一条河,所以叫浜。你能想象得到吗?这条上海最繁忙的大马路居然曾经碧波荡漾,船流如织。我告诉你这些,不是炫耀我除了长得比你英俊之外,知识还比你渊博,我只是想告诉你,这个世界上所有的东西都是可以发生翻天覆地的巨变,人也不例外,如果我们也希望自己沧海变桑田,必须要多读书,多学习先进经验。"

武警老袁一愣一愣地看着我,脸上写满了"去你的吧!"如果说我是学术派的话,他就是一名彻头彻尾的实践派。他的口头禅就是"学什么玩意儿,读什么书啊!书看多了脑子被套住了,脑子被套住了胆子就变小了,胆子一变小了,人就没种了,人一没种了,未来就是扯淡了。"

我和老袁达不成共识的事情很多,所以我们经常争辩,没想到因为这个,我们反倒成了八年多来感情一直很好的好朋友。

刚到上海的时候为了省钱,我搬进了位于天钥桥路的大学生求职驿站,这是同济大学一个法学博士开的住宿中心,为那些来上海逐梦的追梦人提供一个便宜实惠的落脚点。当时我们房间住了八个人,武警老袁和我前后脚入住求职驿站。

老袁那时候梳着板寸头,走路步速很快,说话嗓门洪亮,很阳刚。他的骨架很大,虽然个头不高,但肌肉很饱满,穿起西服器宇轩昂,十分的精神,第一次见到这个人我就对他就印象颇佳。

我清楚地记得当晚和他去了楼下的沙县小吃,两个人吃了两笼蒸饺和两碗面条,还喝了六瓶啤酒,吃了三个鸭头。那晚,两个并不熟悉的室友坐在一张桌子上吃饭,我们有一句没一句聊着天。第一次和老袁聊天我就发现他的思维和我不一样,具体怎么形容呢,就像人体里面两条不同的血管,他是静脉,我是动脉,虽然传输的都是同样的血液,但是成分和性质完全不同,并且两条血管基本无交叉可能。当晚我们说出去的都是语言,但是表达的内容和表达的方式完全不同,俩人扯了一个晚上,肚子都喝大了,一拍脑袋,完全不知道聊了什么鬼东西。

和老袁沟通简直是鸡同鸭讲,但是我还是很喜欢和他聊天。就像唱歌的时候不一定要看懂歌词一样,光听旋律也是不错的享受。他撒欢地吹着唢呐,我放肆地飚着小号,这也是一种境界。为了这个境界,我们多次光顾了那家沙县小吃。

习惯了在一个地方吃饭之后，我们潜意识地下次还是想光顾这个地方，没有缘由；习惯了跟一个人在一起吃饭之后，我们潜意识地下次还是跟他一起随行，没有刻意。也许交一个朋友就是从多吃几顿饭开始，即使你们无法交流顺畅，也能渐渐混成朋友。

二

那些年，我们很穷，穷到只能吃沙县，越到年底越落魄，一度沦落到和楼下的建筑工人一起去工地买炒米饭，甚至到了只能吃包子的境地。

我对老袁说："这样的人生经历不好吗！以后回想起来多么浓墨重彩的一笔，虽然生在二十一世纪，但我们却可以过上一九五八年的生活，正所谓——天将降大任于斯人也，必先苦其心智，劳其筋骨，饿其体肤……我坚信我们的未来一定会越来越辉煌。"

老袁却慢悠悠地回复道："也许明天会更差，有可能连包子都吃不上。"

果然未来三年我都是越来越苦逼，辗转于上海各个区县吃包子，吃方便面，吃上等榨菜和优质萝卜干……

人生就像股市一样令人难以捉摸，当你认为已经跌到谷底了，该触底反弹了，谁知道它只是在峡谷中短暂停留一小会，然后继续自由落体般下行。

记得最穷的时候和老袁两个人一人买了一袋方便面。回到宿舍把佐料扯开,直接加入袋中,倒入开水,捏着袋口三四分钟,然后就着袋子把方便面消灭掉。这样的吃法很常见,一个礼拜能吃个三四天。乞丐至少有个钵钵,而我们只有塑料袋。

晚餐,我们去买包子,一买就买六七个,又充饥又省钱。吃得时间长了,老袁说:"这样吃法不健康,我们要适当地补充维生素,才能提高免疫力。"于是乎和他一起来到了附近的菜市场,买了生菜、黄瓜、胡萝卜,这些蔬菜维生素含量又高,又可以生吃。再次吃包子和泡面的时候直接就着这些蔬菜,很是带劲。

那个时候,经常一边聊天,一边从口袋里面掏出一根胡萝卜,啃一口,大叫一声:"你刚才那一句讲得真好,理想一定不能打折,要坚持下去,直到成功!"然后"咯嘣咯嘣"把维生素补充完毕。

理想一定不能打折,是啊,不能打折,要坚持下去!可是你知道你的理想到底是什么呢?

老袁的理想一直很坚定,那就是做老板。这个骨子里很有主见的人一门心思要做老板,他说:"老子就是去上海体育馆前卖烤红薯也不要给人打工,打工是没有未来的,是浪费生命,是磨光棱角安心做奴隶。我要学习温州人,宁可睡地板,也要当老板。"

我挤兑他说:"你去当老板吧,赶紧的。上海这个地儿老板最多,你看上海体育馆那些卖冰糖葫芦、倒腾儿童玩具、摆地摊卖色情杂志、卖盒饭的、做黄牛的……"

老袁也不生气:"格局不一样,境界也不同,不能一概而论。"

老袁说他每次去餐馆吃饭都会看人家墙上写的规章日程,他觉得这是人家玩游戏的套路,他要好好琢磨琢磨,从中悟出点什么。

做生意就像练武一样,任何一个行业都是那一套基本功,扎马、扎马、出拳、出拳、踢腿、踢腿、过肩摔、过肩摔、扫堂腿、扫堂腿……有什么武林秘籍呢?

老袁把眼光瞄准于门槛最低的服务行业,当然不在乎什么武林秘籍。我说:"你堂堂一个大学生,为什么非要和那些没有学历的人抢工作呢,你眼光应该更高一点,格局应该更大一点。"

老袁说:"我和你们不一样,你们读了四年大学,至少还有大学同学,我读了三年,却一个大学同学都没有。我这个人是野路子出身,文化基因里就是不拘一格的,何况在我看来,赚钱门槛什么的重要吗?拿到手的都是人民币,一样可以使鬼推磨,我的眼里没有等级之分,也没有高低贵贱。"

老袁是军人出身,他初中毕业后就进入了部队,做了一名武警。后来在部队训练的时候,出了意外,身体受了重伤,差点死在训练场上,康复后他被派到图书馆担任文职。后来他通过远程教育考取了江西一所大学的远程教育本科文凭,所以这个有大学文凭的小伙子一辈子都没有大学同班同学。

那个时候,刚从大学校园出来的我,一出来就被社会人杀得丢盔弃甲,抱头鼠窜,才发现大学学习的那一套知识和社会严重脱节,必须要推翻大学那一套认知体系重新来学习,来适应社会。所以我买了很多书,认真钻研,认真提升自己。当时我好好分析了自己未来职业发展的方向,觉得在社会上混就是和人打交道,既然到哪家公司都免不了和人打交道,那么为什么不选择一个专门和人打交道的工作呢?

最终选择了销售行业,走上销售的道路。

我经常拿着书本对老袁说:"书还是要读的啊,要不然都不知道怎么去做生意,怎么去搞定客户。"

老袁听后很不屑地说:"我就觉得这些东西作用不大。"

老袁一直很有自己的观点,他坚持着自己的一套认知体系,谁的话他都要来一句"but",以表达自己不同的看法。

这个发誓不惜一切代价也要当老板的人,一个月后进入了一家销售黄金的公司,主要职责是向那些已经退休的上海老头老太太推销黄金。这个吃着袋装方便面、包子、生菜、黄瓜和胡萝卜的人怀揣着一个做老板的梦想,开始了短暂的打工生涯,我知道,这份工作他一定不会干得很长。

三

老袁是安徽人,出生于一九八二年,属狗。他很喜欢跟我聊他在部队的生活,他说:"你没有当过兵,不知道当兵的苦啊,我们那个时候经常拉练,负重跑十几公里,有的时候早上天不亮就把你从被窝里面薅出来,一直练到日落西山,繁星满天。一天折腾下来,身体都散架了,灵魂都出窍了。上厕所拉屎的时候,蹲都蹲不下去,只能用枪支撑着地,慢慢拉。"说着他双手抱着一个拖把下蹲,做了一个艰难的动作。

老袁还说,有一次训练,他不小心从几米高的检阅台上摔到了地上，脑部受伤很严重，后来在部队医院住了几个月一直昏迷不醒，差点就去了另外一个世界，很幸运的是他居然奇迹般地慢慢恢复了知觉，活了过来。这件事情给他的心理影响很大，他经历过死亡，反而对人生更加淡定，他觉得命都可以没有，那还有什么东西是不可以失去的。在人生这个赌盘上，我们动辄押上一年两年的青春，来赌一段未知的前程，谁知道老袁这小子却横着一条命一躺——来，老子押条命。

这条命是他赚来的，所以重生后的他毫无思想负担，每一天都没有什么压力，都很随性。他那个时候有句口头禅挂在嘴边："我的奋斗底线是我的生命。"出院后，老袁在上级领导的安排下进入了图书馆工作，也就是从那个时候起他开始写日记，几乎每天都写，而且一写就是很长一大段。他有两个QQ，其中一个空间是加锁的，除了他自己，谁也进不去，另外一个是不加锁的，我们可以随意进出。但老袁每次写日记都跑那个加了锁的空间写，所以我们都不知道他到底写了什么。对于这点，我一直很好奇，多次询问他："嘿，袁总，你到底写的啥，给我们瞅瞅呀。"

老袁说："这个不能看，你看我日记干啥，有些私密是不能暴露的。"我不听他的，逼着他告诉我们密码，老袁被问急了，对我吼道："我在日记里面骂你们呢，你们一个个讲道理一套一套的，我不骂出来心里不舒服。"

我愕然了，雷锋做好事从来不留名，都写在日记里了。老袁骂人从来不出声，也都写在QQ日记里了，这小子也确实够阴险的。

因为这点神秘，我对老袁有点担心，担心他成为第二个马加爵，哪天他实在憋不住了也把我们都弄死了，他这种体格的武警，徒手杀死我们也并非难事。但随着友谊的深入，发现我的担心完全是多余的，老袁还是有胸襟的。

虽然我们经常争辩，但是对于一些是非问题，我们永远也辩不出来对错，那个时候我们的视野和格局都很有限，能看到的仅仅就是眼前的那么一点儿，我们所坚持的所谓是非，也不过是眼前的那一点儿而已。

二零零八年那年大雪，我和老袁身穿单薄的西服行走在斜土路上，城市到处都是厚厚的积雪，风吹着法国梧桐的叶子呼啦呼啦地旋转，望着白茫茫的上海滩，忽然想感慨几句——谁说上海不能堆雪人，谁说上海不能打雪仗，世界会变的，就像肇家浜会变成肇家浜路，天钥桥会变成天钥桥路一样，一切的一切都会以让人不可想象的面貌呈现在面前，时间会改变很多，也会改变你和我。青春勃发的少年，穷一点有什么，你还有时间；苦一点怕什么，你还有时间；看不到未来有什么，你还有时间。只要像老袁那样拥有重生的心态，那么余下的每一天都是新的一天，我们不畏惧，不退缩，倔强且顽强，迎着凛冽寒风，勇往直前。我们没有高远的目标，也没有精准的路子，但我们心里明白人生要摸着石头过河，走一步看一步，我们相信那句话，未来是要坚持的，万一真的有了未来了呢！

我们心里暖洋洋的，脚步是豪迈的，踩得积雪咯噔咯噔直响。

人生路上，有个对未来同样热情似火的人陪你走一程，有他陪伴，这一程你并不孤独。

四

经济基础决定上层建筑,我敢发誓这句话绝对是非常有道理的。

钱,很重要。尤其是对于没有钱的人来说,更是如此。

钱买不来爱情,但是可以节省你的时间,解放你的双手,让你腾出手来给爱人摘一朵玫瑰,写一封情书。

钱买不来尊重,但是可以买来成堆漂亮的衣服和温暖的鞋子,送到山区孩子们的手中,送到孤寡老人的家里。

钱买不来幸福,但是可以让你爱人在连续加班了一个礼拜之后,飞到三亚的沙滩上,喝着椰子汁,晒着日光浴,彻底放松疲劳的神经。

钱买不来孝顺,但是可以让你父母在得了重病之后,及时交上医药费,免除了他们的痛苦,延长了他们的寿命。

钱不重要,最大的价值无非是解放一个人的手和脚,以及那颗疲惫的大脑。

心比天高,但是却命比纸薄,老袁这个想做老板的人居然连每天的生活费都捉襟见肘,所以,当经济问题来袭的时候,老袁也只能屈就于现实。不久后,他离开了那家销售黄金的公司去了一家收入更高的壁纸公司,他要努力积攒创业启动资金。

老袁进入壁纸公司的那一年,我也离开了嘉汇求职驿站,来到了宝山,从此和老袁只能电话联系,偶尔周末也能见上一面,见面了我们就喝酒,每次喝酒,这家伙都把双眼喝成了红灯笼。

酒酣的时候，我问老袁："兄弟，你谈过恋爱没？"

老袁回复："应该谈过。"

我说："你大爷的，这个事情不能应该。"

他说："那就谈过。"

我说："你讲讲呢，嫂子美不美？"

他说："没看清。"

我说："你大爷的，这个事情不能没看清。"

他说："真没看清啊，忘记了。那一次吧，我还在部队，她在围墙外面，然后呢……我对她招招手，她就过来了……然后我们就去了小黑屋，完事后就分开了。"

我有点震惊了，这样的爱情是什么鬼？这也算爱情，我几乎想在同一时间大声质问他："你完事后付钱了吗？"

老袁的爱情和他的 qq 空间一样，都是莫名其妙，乱七八糟的。这个不拘一格的男人虽然有着大学文凭，但是却没有一个大学同学；他立志要当老板，却来到壁纸公司当跑腿的赚启动资金；他对待爱情粗暴且简单，不仅爱情只维持了五分多钟，而且连他女人的长相都没有记住，他对待自己的贞操和对待自己的人生一样随便且轻浮。

除了当老板，老袁对这个世界全都是不屑，就像他一遍又一遍轻佻的言辞："学什么玩意儿，读什么书啊！书看多了脑子被套住了，脑子被套住了胆子就变小了，胆子一变小了，人就没种了，人一没种了，未来就是扯淡了。"

我和老袁最大的区别就是，他太野蛮了，我太文明了。对一个文明的人来说，世界都是有章法的，有秩序的。比如爱情，规范的流程是喜欢上一个姑娘,也许她样子可爱,也许她嗓音动人等等,总之她打动了你的心,让你为之神魂颠倒,然后就是一段时间的放电和暧昧,接着表白,表白失败继续追求,终于在反复的拉锯战后牵手成功,然后接吻,山盟海誓……

而老袁的爱情完全不符合国际惯例,他的爱情绕过了所有"防线",更像不正经足浴房操作一样,五分钟草草了事。这让我对他大老粗的形象定义又多了一个口实,我跟他说:"老袁,你是个感情粗糙的男人,你一辈子都得不到爱情。"

老袁显得很随性,说:"爱这种东西吧,我感觉不到,我也不相信爱情。"

我笑着看着眼前这个男人说:"你到底是不相信爱情,还是不相信自己?若是相信自己,为什么说话老是迷迷糊糊,欲言又止?难道你是害怕别人窥破了你的隐私令你缺乏安全感?担心别人看到了你内裤上也有好多洞而伤自尊?"

对于一个落魄的男人来说,尊严也许是他唯一的最后的能捍卫的能守护的,尊严多的人秘密就多,秘密多的人就神秘,神秘的人讲话都是小心翼翼的。

五

二零零九年,老袁从壁纸公司跳了出来,他在那家壁纸公司干了九个月,积攒了三万七千元。老袁说:"我终于可以出去闯荡江湖了。"

从壁纸公司出来后，老袁在闵行租了一间毛坯房，开始批发销售壁纸，走上了自己当老板的漫漫征途。他和一起跳槽出来的同事去苏南拿壁纸，然后去上海的建材市场推销，同时利用之前的客户资源在网上销售。这个每次去餐馆都会看人家规章日程，研究人家游戏套路，不在乎什么武林秘籍的粗鲁之人在壁纸公司浸泡了九个月，具备了自立门户的能力。

做了大概半年的时间，老袁不亏不赚，因为生活开销的缘故，他当初的三万七千元启动资金缩水成了二万五千元。他兴奋地告诉我，壁纸行业有搞头，他要去河南发展。于是第二年他就和朋友去了河南，那年是二零零九年。

从此直到二零一二年，三年内我再也没有见到过他，偶尔我们也打打电话，不过相比在上海的时候频率也少了好多。老袁经常去我的QQ空间看我写的文章，我经常在里面发表一些激励自己的感言，还有一些人生总结。

有次他打电话给我，胡扯了一通后跟我说："知道我为什么去看你写的文章吗？虽然这么多年和你一直见解不同，谁也无法彻底说服对方，但是我知道我们都是有想法，有志向的人。看到兄弟你在成长，我不能输在你后面，你就仿佛我的一面镜子，如果说你是肯德基的话，那我就是麦当劳！"

我心里骂道：你才是肯德基，你全家都是肯德基。

我很理解老袁的心情，其实我的态度何尝不是如此呢，我打听他的消息，也是在鼓励自己——坚持下去，当我懈怠的时候，听到他又在事业上取得了进步，我感到很欣慰，这个落魄的少年是自己的另一面，他能取得的成就我同样可以，所以这么多年老袁也成了我挂在嘴边最爱向别人讲述的一个励志模范。有的时候，榜样的力量是无穷的，尤其是来自于身边的榜样。

经过三年的发展，老袁的壁纸生意发生了翻天覆地的变化，他也取得了不错的成绩。当初他去河南的时候是单枪匹马，三年后已经发展成了十二人左右的小团队；当初他只带了二万五千元的启动资元，三年后他的流动资金已经接近一百五十万。二零一二年，需要更大舞台的老袁离开了河南，回到了安徽。他借了一笔钱在安徽开了一个厂，他不想仅仅把市场锁定在一个省，他的思路是安徽设工厂，上海设营销中心，面向全国销售。

工厂建好后，老袁一直很忙。有一天，老袁又打电话跟我聊天，他的言语显得有点沉重，舌头含糊不清，很显然，他又喝酒了，虽然此刻我看不到他的容颜，但是还是觉得面前有两个红灯笼在闪烁。

"袁总，怎么了？有心事？"我问道。

"这次开厂没有问银行贷款，很多钱都是七大姑八大姨凑起来的，这些日子他们都来帮忙。但是嘴巴多了，就会有很多意见要发表。唉，听也不是，不听也不是，很头疼。"老袁抱怨道。

以我对他的了解，他之所以头疼无非是因为那些人是亲戚，又用了他们的钱，无法耍流氓，如果不是亲戚，我想绝对不会存在令他头疼的事情。

过了几天老袁又打电话给我，说事情处理好了，我问他怎么处理的，他说我知道他们说的那些也对，如果按照他们的建议也能做出一套完美的方案，但是现在是我当老大，他们虽然有说话的权利，可不管怎么样最后还得听我的，我说怎么干就怎么干。

我毫无半点惊讶，这完全在我的意料之中。对于老袁来说，他身上的那些野性和棱角，这些年都一直完整地保存着。三年了，这个人在我心中，还是熟悉的那个人。

六

经过一年多的挣扎，老袁的新公司终于开了起来。二零一二年他在闵行区又租了一间民房，商住两用，并招聘了几名新员工，队伍不断扩大。

二零一三年，老袁又通过各种渠道集资了一百多万，他看好了一个花纹壁纸的市场前景，引进了一条新的生产线，开足马力进行生产。那个时候他变化很多，思想压力也很大，经常半夜打电话给我，说他头顶着二百多万的债务，一天都不敢轻松，一刻也不敢清闲。更有几次他说他已经做好随时跳楼的准备，那个时候他资金需求比较大，他到处找人借钱，因为急于求钱还被骗子骗走了好几万。

我知道老袁是个坚强的人，这个口口声声讲"自己的奋斗底线是生命"的人。是不会那么容易被击垮的，之所以说出这样的话，说明他一定是遇到了很大很大的麻烦。这个曾说过"也许未来的日子比现在还难熬"的人终于把自己逼上了绝路。

但是，那段艰难的日子老袁还是咬牙熬了过去。

二零一三年，我去看他，和他一起喝酒。酒过三巡，老袁两只红灯笼眼睛盯着我，悠悠地说道："兄弟，你不知道，再差那么一点点时间我就押不下去了！"

看着憔悴的他，我有点动容，老袁从来没有在我面前流过泪水，此刻我好想代替这个硬汉放声痛哭一场，一路跌跌撞撞，杀出了一条血路，而这条血路就是他口中的那个豪言——宁愿睡地板，也要当老板。他这个老板我给他打一百分。

我说："老袁，兄弟没有白认识你一场。你一直很带种，如果换作是我，兜里揣着一百五十万，我肯定买套房子，找家公司安心上班，不会再借二百多万，冒那么大的风险，每天都把脑袋掖在裤裆里，过着战战兢兢，如履薄冰的生活。我很害怕冒险，因为我害怕失败，小的失败害怕，大的失败更害怕。"

老袁笑了笑说："没什么，换作是你，你一样会折腾的，我知道你的性格。"

有的时候，一个人有什么样的思想就会有什么样的语言，因为语言是思想的外延；一个人有什么的语言，他或许就有什么样的人生，因为人生是语言指导下的轨迹。这中间只缺了一个叫拼搏的发酵剂，没有拼搏，那语言就变成了吹牛，有了拼搏，那语言就成了理想。

奋斗也和吃饭一样，习惯了在一个地方吃饭之后，我们潜意识里下次还是想光顾这个地方。习惯了用奋斗慰藉自己，也会下意识地习惯了奔跑，再也不愿停下来……

那个时候，我的爱情已经盛开了鲜花，对于感情粗糙的老袁，我不光关注他的事业，也关注他的爱情。

老袁在河南谈了一个女朋友，这个女朋友还跟随他来过一段时间的上海，女孩儿照片我见过，很居家的那种。老袁告诉我，女孩儿是大学一毕业就跟着他一起打拼的，后来他离开河南没有多久两个人就分手了。分手原因他也没有跟我说清楚，反正给我的感觉就是有点故事。老袁离开河南后，将河南的生意留给了那个女孩，并且给了她五万元分手费。

重新回到上海后，大学生求职驿站的朋友们聚了几次，一次饭局上，老袁又遇到了大学生求职驿站的站花——作家，他曾经表示喜欢这个女孩子。这个时候作家还没有嫁人，依然美丽动人，风姿绰约。政委有意撮合他们，老袁也在他的撮合下和作家试着相处了一段时间，但是最后还是没成。那个时候老袁打电话给我的时候，经常抱怨作家这也不好，那也不好，一个都三十好几的人了，想法还跟个小姑娘一样不切实际，我默默地听着，由他尽情发泄心中的烦躁。

那个时候，他公司的盘子已经铺开，而前方的前途并不明朗，他一只脚都迈进鬼门关了，哪有细腻的心情啊？这样的心态，他不可能看到爱情的甜蜜。

二零一四年愚人节，我再次来到上海。此时老袁的公司已经从住宅楼搬到了一个创业中心了，他租了一间一百多平米的办公室装修成公司，那天我们在他办公室喝功夫茶聊天，这是自从他开了公司之后我和他的第二次正式见面。

他坐在我的对面，盯着我看了半天说："哎呀，你胖了，都给你老婆养肥了。"我回道："在苏州长的膘我都会瘦下来，一克也不带走。"他晃动着手机说道："我现在每周都看《逻辑思维》，每天六十秒的音频也按时收听，讲得真好，很有收获。"

《逻辑思维》是一个脱口秀讲座，讲的内容很有深度，我也经常看，很有营养。那天去上海路过铁路书店的时候还买了一本《逻辑思维》的书，还买了一本《毛泽东传》。我掏出书来晃了晃："喏，来的时候还买了两本书！"

他翻了翻书，两眼放光道："你送给我呗。"我说："你别扯了，你不看书的。"他说："哪有，你看我的书，还是蛮多的，这些年陆陆续续看了好几本。"

我听后有点吃惊，眼前这个人还是二零零七年那个厌恶读书的人吗？还是那个说读书有什么用的狂妄少年吗？四五年没有和他近距离接触了，我以为他的一切都没有改变，棱角和野性依然锋利，谁知道是我对他不了解，这个曾经野性野蛮的男人，也开始往儒雅文明靠近了。

聊到感情的时候，老袁似乎打开了话匣子，他一拍手，笑着说道："兄弟，最近我遇到了一个姑娘，很好，她让我体验到一种心动的感觉。"这下我更加坐不住了，老袁这个爬行动物开始直立行走了，开始主动谈起爱情的甜蜜了，看来我对于他粗糙的定义也将更改了。不禁好奇地问道："怎么个不错法。"

"她是上海交通大学的，长得很水灵，是我在交友网上认识的，都交往两个多月了，很单纯很单纯的姑娘，英文可好了，我正想以后如果开拓中亚和非洲市场可以找一个外语好的伙伴，这下子爱情和事业双丰收了。"

老袁说他们吃过几次饭,有一天晚上,他带她出去兜风,故意开车带她去了很远的地方,差点跑到杭州。人走得远了,心就靠得近了,这是孙子兵法的战术,"凡为客之道,深则专,浅则散。"大致意思就是谈恋爱跟打仗一样,在上海瞎逛游她心就散,老想回家,离开上海深入到杭州,她心就专了,相对于这个凶险的世界,身边这个至少还算认识的男人就是唯一的依靠。这个臭小子,现在谈恋爱都一套一套的。

那一晚,我和老袁睡一张床,我们彼此都没有睡意,聊到很晚,直到凌晨三点才睡去。分别了那么久,确实有太多的东西要聊,有太多的话要说。

话题终止的时候,我心里在想:这个男人不光开始看起了书,也终于记住了他喜爱女人的相貌,对于爱情他有了十足的自信,愿意向别人袒露自己,他的心态已经改变,心门也已经敞开,他不再粗糙地刻意抹去一切细节,而是把那份甜蜜挂在脸上,展现给大家。

男人的自信大都是由内而外的,这个心底牛气的男人也开始焕发太阳般的温暖。不知道老袁还记不记得我曾经美罗广场前说的那句话:徐家汇以前就是三条小河交汇点,所以叫汇,肇家浜就是其中一条河,所以叫浜。这个世界的所有东西都是可以改变的,河可以变成路,路可以变成河,人也可以。

和肇家浜路一样,老袁也变化了。

二零零七年老袁说过:"也许明天会更差,有可能连包子都吃不上。"

但我依然坚信，人生是一个螺旋式上升的过程，有高峰也有低谷，高峰低谷交替出现，但是整体来看趋势是向上的。就像沿着中国东部往西走，即使在唐古拉山山谷底，我所处的海拔还是比上海高出好几千米。既然人生是在登高，那还担心什么，振作起来，往前走，或许再坚持那么一点点，我们就会开启另一种幸福模式，打开另一扇温暖的心门，有另一颗温暖的心灵扑进我的怀抱。

滞后性

父母的爱到底有多伟大，一般人都是在有了自己的孩子之后才能深切体会到。他们在照顾自己孩子的过程中，仿佛看到了自己在记忆缺失的那段时光里是如何成长的，才恍然慨叹道——原来做父母的这么不容易。当年父母含辛茹苦把我们拉扯大，真的是太辛苦，太操劳了。因为看不到那段成长的岁月，所以不懂得父母的付出，成年后还对父母那么粗鲁，实在是太不懂事，太不应该！

这个道理整整迟到了二十多年才第一次以前所未有的面貌呈现在世人面前，让世人警醒。

二十多年后，这些人的子女开始发出同样的慨叹。

人生就是这样，很多道理并不是我们当时就能够明白的。

前同事小张，也是一名销售代表，被公司安排到一个县级城市做销售。

开始的时候小伙子劲头十足，干劲朝天，总想做出一番成绩，他早上六点起床跑市场，晚上九点后才回家，三餐不准时，作息不规律，为了客户他甚至周六周末都上班。

为了工作他付出了所能付出的最大能量。

坚持了两个月后，小伙子发现，市场和以往相比业绩并没有如他期望的那样，实现销量大幅度增加。小伙子很气馁，"为什么付出了这么多，一点回报也没有？"

小伙子的积极性受到了很大的打击，开始渐渐失去了动力。

从第三个月开始，小伙子的作息改成了朝九晚五，第四个月甚至改成了朝十晚四，有些时候都不愿意跑市场了，窝在家里看电影。

而让他意外的是，第三个月，第四个月市场表现良好，销量居然大增，远远超过历史数字。小伙子十分欣喜，思来想去他得出结论，市场好与坏随机性很大，不努力反比努力要好，那还不如在家睡大觉。

从此对工作完全不上心。

而从第六个月开始，市场开始出现萎缩，很快被竞争对手占领，销量一泻千里，不可逆转了。

望着市场的惨状，小伙子欲哭无泪，他想不明白为什么会这样。

其实，很多真相并非我们肉眼所看到的那样。

前两个月小伙子那么卖力，所有的客户都看在眼里，记在心里，觉得小伙子挺不错，勤劳踏实，但是因为彼此并不熟悉，所以暂时并不帮他。第三个月开始，客户和小伙子熟悉了起来，他们觉得应该帮一帮这个勤劳的人，帮他实现梦想，于是乎市场全面发力，一片欣欣向荣之象。但此时小伙子的心态却发生了变化，思想出现了懈怠，看到自己不努力市场反而更好，于是总结出了错误的结论：市场努力不努力都一样。

客户连续帮了小伙子两个月，发现小伙子不仅不像以往那么待他们，反而越来越懒惰，意识到小伙子并非一个做大事的料，于是乎就对他产生了意见，彻底不用小伙子的产品，很快小伙子的产品急剧萎缩，最后被逐出了市场，并且客户发誓从此再也不和小伙子合作。

这个道理，就是市场营销中的滞后性原则。

其实，在生活中，感情上这样的事例也随处可用。

有个高中女同学，人长得很漂亮，也很文静，被一位心仪的男生追求，出于矜持，她没有马上答应，而是在一点一滴间逐渐靠向他。男孩苦追女孩一年，慢热的女孩才在心里完全接受他，正当她敞开怀抱迎接男孩拥抱和亲吻的时候，他却离开了，离开原因是"看来这个女孩并不喜欢我！我还是放弃吧。"

女同学大哭了三个月，始终走不出感情漩涡。

滞后性对于女性心理来说是个普遍现象，不懂事的男生总是在最接近成功的时候永远地失去了成功。

我很喜欢安迪·苏瓦，他是一名格斗冠军，十年来得了无数的冠军头衔。他衡量一名格斗选手是否是优秀选手的时候，第一个考量的因素不是他的体格，也不是他的技术，而是他的意志。他说："只有意志顽强的人才能在残酷的格斗比赛中忍着剧痛坚持下去。其实你的对手没有想象中的那么强大，他也在苦撑，只要你坚持住，他一定会倒下。"

明白了滞后性原理,你就知道为什么意志很重要了。

不要被自己的眼睛欺骗了,很多基于眼睛得出的结论往往并不可靠。

对于一个未知的未来,如果方向没有问题,那么迎着敌人的拳头勇敢坚持下去,屏蔽掉一切负面影响,坚持一下,再坚持一下,实在坚持不住了,想想滞后性,再坚持一下,成功可能就在下一刻!

无力讨好全世界

当一个人内心有所牵绊时,他总是显得那么的懦弱。

师姐准备离职,去一家更好的公司发展,她是和她的领导一起跳的槽。跳槽前,她在常熟陪我跑市场的时候跟我说:"来利,我是一个简单的人,只想在公司里好好地做事情,不想搞复杂的人际关系,而且我这个人的性格也根本搞不来。能跟着一个知根知底的老板工作,我可以省掉很多不必要的心思。"

师姐是一个简单的女人,总把人想得很单纯,把这个世界想得很简单。

二零一四年四月份,小胖子和新男友好上了之后,虽然我早已经和她没有半点联系了,但是心中还是如针扎一般,非常难受。那个时候脑子很乱,不知道未来该怎么办,也没有心思上班,这里走走,那里逛逛,仿佛心头有一团火在那里烤着,浑身燥热。想做些事情让自己安静下来,思来想去,最后想到了酒精。那些日子,我拼命喝酒,拼命喝,只要心里不舒服就喝,喝得自己都不知道东西南北了。

一天师姐打电话询问我的工作情况,那时酒后的我正蒙着被子流泪,声音有点呜咽。

"孙来利,你怎么了?"她关心地问道。

"师姐,我和小胖子彻底分手了!"

和小胖子分开后,我一直对外封锁消息,任何人都不知道我们的事情,所以师姐听到这个消息也非常震惊。我哽咽着告诉了她事情原委,她一个劲地叹息道:"唉,你媳妇多好的一个女孩子,你太糊涂了。你也不要太伤心了,事情发生就发生了,好好过好余下的生活,小伙子还年轻,还有大把的机会。我明天去虞城,一起吃个饭,当面跟你聊聊。唉,你说这事。你如果心情不顺的话,这些日子休个假好好休息一下,工作的事情就不要考虑了,我来处理。"

师姐是我出事后第一个走进我内心世界的人。

多年的不如意,在自尊心的作祟下我将一个脆弱不堪的自己彻底包装成一个貌似强大的人,其实外强中干,虚弱得不得了。而我只愿把这份虚弱展示给我信任的人,师姐无疑是这样的一个人。

所以,得知师姐有意离开公司的时候,我跟她说:"师姐,如果你新团队缺人手,带上我吧。"

就像她曾经跟我说的那样,其实我也想跟着一个知根知底的老板,开心地工作,至于升职加薪,我不抱太大期望,我想只要给我一个有安全感的工作环境就够了。

临走前,师姐请同事们吃饭,饭桌上告别演讲很煽情,气氛也一下子伤感起来。

接着就是同事们举杯畅饮，怀念过去，展望未来，觥筹交错中，一切都显得那么温馨和让人不舍。

而我，一个人坐在那里，默默地夹着青菜，菠菜，土豆丝，花椰菜咀嚼个不停，我已经变成了热闹景物中唯一的静物。

因为已经确定要和师姐一起去新公司，所以我也没有必要和她告别。

我静静地吃着我的饭，孤独地存在着。

来这个团队两年了，这两年是我这辈子最难熬的两年。

刚来团队的时候，我和小胖子的感情还很稳定，那段时间我们一直在谈论新房子装修的事情，而现在即将离开团队，我和她也早已经成为了陌路人。

刚来团队的时候，我很有野心，非常期望在公司内有一个大的发展。所以无论是对老板、同事、客户，我都倾注了极其大的热情，我太渴望做出成绩了。谁知道能力一般的我总是遭受客户百般挑战，有很多次客户直接找到师姐，让她把我换掉，师姐最后都顶住了压力，没有听从客户的指挥，她还安慰我——这个市场就这样，客户在省内影响力很大，难免会提出一些苛刻要求，你别往心里去。

那段时间，我坚持着，但业绩的惨淡还是让我对公司的职场未来失去了信心。

我在一条错误的道路上讨好了全世界，却并没有迎来我期望的结果。更要命的是因为我的心态失衡，导致情绪不稳定，最终伤害我身边最爱的人。

而她才是我最应该珍惜的全部。

小胖子走的时候，哭着说道："你整天在外面讨好这个，讨好那个，回家就知道对我大呼小叫的。你这种男人就这点儿本事了！"

是的。但是请你理解，如果没有房贷，如果没有对你的承诺，我谁也不需要讨好。

和小胖子分开后，一身轻松了。脑子中也没有了负担，我不再逼着自己达成指标了，反正没有房贷，自己饿不死就行；也不觉得心头亏欠谁的，反正没有姑娘，我不需要为她的青春负责；也不督促自己做那些自己不擅长的工作，反正自己不喜欢，我不需要一辈子耗死在此。

我得到了极大的自由，无论是心态上还是工作上。

没有负担的我虽然经常想到过去还是以泪洗面，但是心里很轻松。那种轻松是跟小胖子在一起从来体会不到的。

和小胖子分开后，不明就里的同事们觉得我最大的变化是安静了好多，都很好奇，纷纷询问。

确实，和之前我刻意迎合世界相比，此刻的我才是真正的我。我躲在家里敲击键盘，写我喜欢写的文字，而不再把时间花在陪客户聊天上，微信圈喜欢的话题我就聊两句，不喜欢我一概不理。

小胖子都不在了，我为啥还委屈自己，没有必要且相当愚蠢。我的心态已经超然。

苏芩说："宁可孤独，也不违心。宁可抱憾，也不将就。能入我心者，我待之以君王。不入我心者，不屑敷衍。往事浓淡，色如清，已轻。经年悲喜，净如镜，已静。"

我想我正在行走于这条路上。

慎独

慎独这个词我还挺熟悉，曾经我的老板就经常提醒我们——要有慎独精神，要学会自我管理！慎，即是谨慎，独就是单独，意思就是要谨慎对待单独一个人的时光。做销售工作的，经常都是一个人管理一片市场，要对自己有高标准的要求，即使无人看管也要好好跑市场认真做销量，别当着领导面勤劳积极，背着领导就回家睡大觉。

因为工作原因，我经常接触到护士，认识的护士长多了，也会经常从他们嘴里听到这个名词——慎独。我很好奇地问她们："护士长，慎独我听过很多医院的护士长提过，这个是我们护理职业一个共性的价值观吗？"

护士长回道："是的啊。护理工作是和病人的生命和健康息息相关的，护士们通常也是在无人监督的情况下单独进行着各项护理工作。所以需要护士们用'一日三省吾身'的态度，经常审视自己的行为，加强自律，防微杜渐，并不断修正她们身上那些与这个行业格格不入的'小节',并从细节中把自己培养成为一个高素质的人。

"就拿最简单的一个例子来说,我们会要求护士们在操作护理器械时候,要勤洗手,这虽然是小事情,但是却至关重要,因为一旦无菌的器械被带细菌的手污染后,细菌随着器械进入人体后会导致病人出现血流感染,这不光耽误病人的治疗,严重的更会要了病人的性命。所以在和病人生命打交道的时候,没有事情是小事情,护士在家吃饭不洗手顶多是搞坏自己的肚子,但是做护理,必须要有职业精神,不能偷懒,这需要慎独。"

我曾经认真百度过"慎独",发现这个词出自《中庸》,原文是"莫见乎隐,莫显乎微,故君子慎其独也。"意思是当独自一个人而没有别人监视时,也要做到表里如一,严守本分,不做坏事,不自欺。一个人在独处的时候,即使没有人监督,也能严格要求自己,自觉遵守道德准则,不做任何不道德的事。

一个人在公开场合不做坏事比较容易,而在独处时也能一样不做违反道德准则的事,就需要有很高的道德修养。现实生活中,常有这样的现象:有的人在熟悉的集体中还能保持谦恭有礼,君子风范,一旦置身于陌生的环境就各种低劣面孔,小人嘴脸毫无下限;有的人领导做到一定地位时就失去自我约束力,当面一套背后一套,白天是人,晚上是鬼;而有的员工上班时道貌岸然,一旦下班后就出入声色场所,花天酒地……

有一个慎独的故事很出名,《后汉书·杨震传》中说杨震调任荆州刺史,上任路过昌邑的时候,他曾经推荐过的荆州秀才王密正在做昌邑县令。夜里,王密去拜见杨震,怀中揣了十斤金子,送给杨震。杨震说:"我了解你,你不了解我,这是怎么回事呀?"王密说:"深夜没有人能知道的。"杨震却说:"天知,神知,我知,子知。怎能说没人知道呢!"王密羞愧地退出去了。

俗话说"举头三尺有神明",其实这神明不就是我们的本心吗?信奉"致良知"的人一定是慎独的人。而所谓的无人知晓不过自欺欺人罢了,还有什么比欺瞒自己的本心更让人觉得可悲呢?

优秀是一种习惯,慎独是个人修养提高的必经之路,只有人前人后都把好的习惯保持下去,才能避免塌方似的灾难。当年我在宝山区跑市场,听到一个故事:一夜之间,几家大医院的大领导都被逮捕了,影响很大。事情的经过是这样的,当时银行内网跟踪到一笔大额汇款在很短的时间内流向了市内的几个私人账户,银行觉得可疑,怀疑是洗黑钱,于是调查了一下,结果一调查就发现不对劲,这些收钱的私人账户户主都是各大医院业务部门的负责人,银行赶紧报警了,最后警察破获了这个案件,原来是某药企将一笔回扣打给了他们的客户,警察最终以受贿罪将这批高官都逮捕了。所以后来《人民的名义》出来后,我特别理解为什么剧中的贪官赵德汉会在家里藏那么多的现金,但是这样就能躲避曝光和惩罚了吗?一个人如果总是存有侥幸心理去玩火,倒霉也只是时间问题,最大的区别也只是早和晚而已。真正的解决办法还是在源头上,那就是用慎独的精神约束自己方方面面。

慎独是最高的自律,每一个希望拥有美好前程的人首先该是个慎独的人。

第三部　小人无过君子常错

小人无过　君子常错

孔子说："君子求诸己，小人求诸人。"遇到问题的时候，君子会反躬自省，从自己身上找原因，而小人则会怨天尤人，把原因归结于他人。孟子继承发扬了这一修身哲理，自省思想，提出了"行有不得，反求诸己"。他说："爱人不亲，反其仁；治人不治，反其智；礼人不答，反其敬。行有不得者，皆反求诸己。"孟子这句话告诉我们——事情没做成功，遇到挫折困难，或者人际关系处理不好时，要自我反省，一切都从自己身上找原因。

我非常喜欢"行有不得，反求诸己"这句话，并一直把它当做自己的处事原则。但是因为修为不够，我还是经常违背了这句话，一度伤害了很多人。曾经有一年，我炒股亏了很多钱，那段时间心情很烦躁，我见谁都觉得贼讨厌。坐公交的时候，别人声音大一点，我就会投去愤怒的目光，觉得这个人好没素质；去饭店吃饭，谁吸面条猛一点，我也会瞪他一眼，骂声没教养；女朋友多说了一句不好听的，我就想撸起袖子找她吵架，说她不理解我的艰难。后来我意识到了是自己的情绪问题，如果你看一个人不顺眼，那有可能是双方问题，如果你看两个人不顺眼，也有可能是你木秀于林，遭人排挤。如果你看这个世界所有人都不顺眼，那肯定是你出了问题。就在心里默念：这是你小子的问题，不是全世界的问题！

安徽有句老话：你一身绿毛，你瞅谁都是妖怪！是啊，当你是怪物的时候，你看到的世界不可能是正常的。

"小人无过，君子常错"让我想到了一个历史故事，说大唐再造之功臣郭子仪有次在家里陪家人玩耍，有说有笑的，气氛十分融洽。这时侍卫报门外卢杞大人求见，郭子仪听后立马收起了笑容，叫所有家人侍从退下，家人十分不解，于是问道："以前有朝臣求见的时候，不管官位多大你都不让我们回避，为什么这次卢杞这个小官你反而让我回避呢？"

郭子仪说道："你们有所不知，这卢杞长得特别丑，脸泛蓝光，和鬼一般，但是他这个人心胸又特别狭隘，报复心极重。我担心你们看到他的时候会笑，这样他会以为你们看不起他，于是记恨于心。他这个人权力欲望很重，不甘人下，又擅于钻营，我看早晚有一天会位居高位，一旦大权在握，他肯定会打击报复那个他认为曾经看不起他的人，为了避免灾祸，我只得让你们离开啊。"

果然，多年之后卢杞位高权重之后，杀了一大批人，而郭子仪得以幸免。

这个故事完美地给我们诠释了"小人无过，君子常错"这句话的意思，小人卢杞用变态的复仇逻辑维护了自己的性格缺点，而郭子仪因为及早发现自己家人的"未知过错"而保护了一家人的性命。

因为一些小矛盾，朋友菠萝经常和他媳妇吵架，随着吵架问题的不断深入，矛盾也渐渐升级。后来问题开始上交，交到父母层面裁决，父母一开始肯定骂儿子：菠萝你这个瘪犊子就不能让让你媳妇吗？骂得次数多了，还是解决不了问题，菠萝就开始闹情绪了：你们每次都向着她，明明都是她的错。

菠萝父母一想也对哦，要批评批评儿媳妇，谁知道一批评出问题了，儿媳妇也是一肚子委屈，还被教训，一下子发飙了，把气都撒在公公婆婆身上。结果公公婆婆火大了，你们闹了那么多次，我批评儿子那么多次，为什么说你一次就不行了呢？还跟父母闹上了，太不孝了。

上纲上线，问题开始跑偏。结果菠萝父母和菠萝媳妇闹翻了，菠萝和他媳妇吵架还能床头吵床尾和，而他媳妇和父母吵那可无法缓解啊，结果矛盾继续扩大化，最后菠萝为了平息战火，搞得焦头烂额。

我知道后，对菠萝说道：你家庭到今天这一步，你应该多想想是不是你自己的问题。你媳妇比你小五岁，你上初中的时候，她还是个穿着开裆裤的小丫头，作为一个更加成熟的成年人，你没有很好的用自己的人生经验影响她，让她变得更好，反而和她斤斤计较，指责她的错误，是不是你能力和境界不够呢？

菠萝大叫：她无理取闹，简直不可理喻，而且她根本不听话，撼泰山易，改变这个臭婆娘难。

我愤怒道：那你就不能有点胸怀包容一下吗？你自己的媳妇你不包容，你指望别人来包容吗？现在她和你父母如此吵闹，你夹在中间两头受气,岂不是更加痛苦,早知今日何必当初。你要用你的爱去温暖她,中医讲,不通则痛,通则不痛就是这个道理,你用爱心温暖了她的心,她心里通了,就不痛了,就不会四处发动战争,荼毒生灵了,你说是不是呢?

如果菠萝的家庭情况变成下面这样,也许他们就不会演化成不和谐。每次菠萝媳妇发火闹离婚,菠萝都哭着抱着她唱刘德华的歌曲:"都怪我,都怪我,看不到事情快另有个结果……"菠萝媳妇听后也叹了一口气,唱道:"都怪我,太执着,却也拼不回那撕碎的承诺……"站在大门口的菠萝父母也有感而发,流泪唱道:"都怪爱的故事太多完美,你们的今天才这样狼狈,付出等于收获那是自以为,都怪爱的故事太多完美,你们的今天才充满后悔,短暂等于永久那是自以为。"

都怪我,让你自律,让境界不断提升;

都怪我,让你宽容,让胸襟日新月异;

都怪我,让你温暖,让别人也充满了温暖。

我强烈建议菠萝全家定期举办"都怪我"喊麦家庭联欢晚会,这样才能避免家庭灾难,将"小人无过,君子常错"的指导思想落实。

还有一个小段子:

一个人抱怨新来的同事不懂礼貌,老是当面给他难堪,让他下不了台。朋友问他:"后来怎么处理的呢?"这个人淡定地回答道:"我管他了?我还是安静地趴在办公桌上吃我的榴莲。"

还有一个故事,一个人经常抱怨村口的井太深,每次他去打水都打不到。村里有人扯着他的绳子喊道："你用一米五的绳子去打水，当然打不到了，你为什么不去买一条长一点的绳子？"

是啊，有的时候世界真的就如这个故事一样，不是井太深，而是我们手头的绳子太短。

"小人无错，君子常过"是一种修身，也是自省，倘若反观自身，看到自己要提升的地方，不仅可"大事化小，小事化了"，也会赢得别人的尊重，也会温暖别人的生活。

"常错"让人不断反思，不断进步，"无过"让人无所长进，原地踏步。一切都从自己身上找原因，你的人生会不断变好，你好了，你的世界就好了。

人性

一

一天,老板把我叫到办公室,劈头盖脸地就问我:"孙来利,你为什么在我背后说我坏话?"我看着愤怒的老板,咬咬牙回复道:"老板,背着你说不是怕你开除我吗,如果你敢对天发誓不开除我的话,那我以后就当着你的面说。"

老板更加愤怒了:"你还来劲了,那你就不能不说我坏话吗?"

我扯出一张 A4 纸,一边写辞职报告一边回复道:"老板,你要是这么说的话,那这个工作我可没法干了,我强烈要求辞职。凭良心说,你有没有在背后骂过你的老板?骂老板本来就是人性的正常需求,也是职场正常的娱乐文化,你不能压抑人性。"

老板点点头,一副茅塞顿开的样子:"恩,你说的也对哦。"

我回道:"本来就是。"

老板拍了拍我的肩膀:"但是孙来利,我希望你以后背后说我坏话别再传到我的耳朵里,这有点伤人你知道吗?"

我问道:"老板,是谁告诉你我背后说你坏话的啊?"

老板说:"是小王。"

我说:"老板你应该开除小王,这小子不守规矩,再这么下去,估计都没有人再给你干活儿了。"

老板的脸气得通红,愤怒的手重重地捶在办公桌上,茶杯被震得跳起来老高,说道:"我要开除他!我现在就去开除他,这小王真是太浑蛋了,真不是东西!"

二

团队新来一个小姑娘,九五后,没有男朋友。老板开会就问她:"你找到男朋友了吗?"

小姑娘红着脸说:"还没呢,老板。"

老板低头看电脑说:"那你要抓紧了啊,这事不能拖。"

小姑娘开心回道:"好的老板。"

第二次开会老板又问小姑娘:"找到男朋友了吗?"

小姑娘依然害羞地回道:"还在找呢,老板。"

老板头也不抬:"你赶紧的。"

第三次开会,老板又问道:"丫头,找到男朋友了吗?"

小姑娘有点慌了:"老板,我还在找,已经有几个候选人了。"

散会后,小姑娘趁人都跑开的时候把我拉到阴暗角落说:"孙哥，问一下，你是老员工，你知道老板的脾气，他怎么一见面就让我找男朋友啊，是不是有什么潜台词？"

我看着一脸天真的她回道："你啊，一个人在上海……"

小姑娘抢答道："是不是老板怕我小姑娘在外不安全啊，老板对我真的是太好了！"小姑娘差点被感动了。

我接着说："想什么呢。老板的意思是你一个人在上海，都没有男朋友，亲人也不在身边，你的工作又做得那么烂，他怕直接骂你，万一你想不开，所以他才催你找男朋友，把你骂哭了回家至少有男朋友哄哄你。他昨天还跟我说到你，他说，刘海棠怎么还没找到男朋友，他都快憋不住了，下次开会一定要对你发飙，管你有没有男朋友。让我看你交给他的报表，评价是：什么东西……"

三

公司的事情多如牛毛，每晚我们都要干到很晚才能上床睡觉，有的时候公司一个命令下来，老板就跟在我们屁股后面天天催："你们几个，赶紧给我出结果。"跟《半夜鸡叫》中的地主一样一样的……

我们每天都因为无法跟上他的步伐而被他侮辱和挑战。

刘海棠有几次会后跟我说："孙哥，老板好蠢啊，他是怎么升上去的啊，市场一点都不了解，天天只知道问我们要销量，你说他是不是有后台啊？"

我说:"你别瞎说,老板这不叫蠢,蠢不是这样的,蠢的背后是可爱,就像猪一样萌萌的。老板这叫流氓,耍流氓哩,厚颜无耻啊……"

六个月后,刘海棠因为试用期间业绩不达标被公司辞退,那天老板把刘海棠约到浦东金茂大厦八十八楼吃自助餐,刘海棠心情不好,只拿了一点点甜食。老板看了看她说:"你怎么就拿这么一点东西啊,一顿饭不便宜呢,八百多块呢!"

刘海棠撩撩头发说:"吃不下……"

老板回道:"你吃不下也要吃,不能浪费啊,我去帮你拿。"

结果拿来了一桌。

老板说:"我这次谈话时间很长,你吃完这堆东西再走。"

刘海棠说:"那吃完也可以,不过有个问题我要问你,公司决定辞退我的时候,征询你的意见了对吧?其实你当时不签字我是可以留下来的。"

老板一边啃蟹脚一边回道:"字是我签的啊,我想都没想就签下了我的名字。"

刘海棠愤怒地说:"我被你骂了半年了,你对我一点感情也没有吗?"

老板换了一条蟹腿,说:"我对你有什么感情,你是用来干活的,你见过农夫会对驴子产生感情吗?荒谬……"

刘海棠生气地把盘子一推,说:"那驴子不吃了,你自己吃吧。"

老板继续换了一只海螺,回道:"你消消气,来公司都干了半年了,还没找到男朋友,你还有理了啊?我就问你,以后还要不要在这个行业继续干下去?"

刘海棠回道:"我大学就学这个专业的,当然要在这个行业干下去。"

老板吃着生蚝说:"我在这个行业待了十年,我换过四家公司,每家公司其实都差不多,老板都死变态死变态的,大爷的,祖上缺德啊。他们个个流氓还不要脸,对,就跟你们私下里形容我的那些一样一样的。

"其实,每个老板都是从一线销售一步步升上来的,什么道理他们不懂?他们之所以装傻耍流氓,就是因为没有办法啊,你以后要是还想在这个行业吃这碗饭,你就得适应这个节奏。我让你们轻松就是害了你们,你今天之所以业绩不达标就是因为我对你还是不够变态,所以我今天请你吃饭喽。"

刘海棠面无表情。

老板用纸巾擦擦手,说:"别光听我说,你也动手吃啊,吃完了我带你见见我的朋友,他也是这个圈子的,他那里正好缺头驴子,这家公司不错哦,压力虽然也很大,但是待遇奖金都比这里好太多。不过我丑话说在前头,你到了那里可要卖力干活儿,起早贪黑的,再不过试用期我可不再帮你找工作了啊!"

刘海棠的眼睛忽然亮晶晶了起来,感动的泪珠在里面转啊转。

四川妹子

一

我对于四川人一直都怀着好感,大学有一个同学阿兵就是四川的,个子长得跟邓小平一样,脸庞长得和张国荣一般,他是大学毕业后和我一直保持联系的同学之一。大学毕业后,我去了上海,进入销售行业,他留在南京,在一家生物科技公司做 GMP,那一年,我们都没有姑娘,都没有成功,有的都是对前途的渴望,有的都只是天马行空的幻想。

有一年,他来上海找我,我带他去浦东玩,十一月的黄浦江波涛汹涌,江水拍打着河岸,带着泥沙腥味的水珠四处飞溅,阿兵像个伟人一样紧蹙眉头,陷入沉思。我问他想什么玩意呢,他说没想什么,我说没想什么你望着江水发什么呆,他说你不觉得面对这么有厚重感的江水不应该认真阅读一下吗?

阅读黄浦江?你开什么玩笑,你考英语四六级的时候做阅读理解把脑袋烧焦了吧。

那你告诉我，这滚滚黄浦江水奔流中在传达什么信息，它老家是哪里的，毕业于哪所大学，学什么专业，生肖如何，什么星座？

你只是一个从四川遂宁出来的毛头小子，你还学人家邓小平跑到黄浦江边做学问呀。我总觉得他在不知不觉中跟我装相。

阿兵还喜欢讲大道理，经常让我无言以对。

我跟他抱怨在上海生活压力大，一直干不出名堂，五年计划根本实现不了，也许平平庸庸就走了一程，也许默默无闻将会是一辈子。岁月给了我们太多苦难，从来没有问我们受得了受不了。

以前读大学的时候，根本想不到那么多，想不了那么远。那个时候上体育课阿兵选择跆拳道，我选择踢足球，这选择有什么根据吗？当然没有，无非是喜欢，仅仅喜欢就坚持了四年。现在不一样了，在上海生存，生活压力那么大，根本不给你选择的机会。扒拉手指算一下，住宿费、伙食费、交通通讯费，其他开销又一大堆。所以不玩命奔跑早晚会被这座城市淘汰，这个钢筋水泥一般的现代丛林比原始森林都冷血残酷，眨眼间都是物竞天择，优胜劣汰！

我们都是食草动物，只能战战兢兢如履薄冰般地活着，压抑着情感，隔离着喜好，只因为没有选择，没有退路，没有机会试错。有的时候活着不再是为了理想，而是为了吃饭，为了睡觉，你才知道什么叫现实，什么叫心酸了。

理想太遥远了，你得先养活自己，这个很重要。

我还跟他说："大学同学小辉结婚的时候叫我去喝酒，我没去，之所以没去是因为不想带着穷困潦倒的心情去赴宴，一个不开心的我不想在人家婚礼上强装开心，即使强装开心我内心也不快乐，那还不如让我躲在家里悲伤好了！"

我在生活中强装快乐已经很辛苦了，不想将这份心情传播给其他人。我也不想让别人看到自己不堪的一面，大学毕业都两年了，一直在栽跟头，头都肿得跟猪头一样，还要每晚都照镜子忽悠自己："你是世界上最伟大的奇迹，你是世界上最帅的男人，加油！"

曾经陪客户吃饭，客户讲了一晚的冷笑话，那一晚我的脸真的笑僵了，坐在地铁上一路按摩回家。后来想想，觉得自己真的挺好笑的。

曾经也想对一个对我大呼小叫，毫无一丝尊敬的老板发飙，说一声——去你的吧！后来想想自己没有存款，找工作又需要缓冲时间，大吼一声下个月有可能连房租都交不起，还是忍耐吧。

我也想浪迹天涯，四海为家，可是我连走出上海滩的火车票都买不起。

他开始跟我讲道理，说："人活着就是为了自己，你自己活着开心就好。上海不好你可以去别的地方，别的地方不好你可以回家，家里还有你的父母，不信父母养不了你。老是给自己设计今年要干什么，明年要干什么，累不累。"

我说："好的阿兵，今晚我请你吃大餐。若干年后你再把这话跟我重说一遍，我们再吃一顿，如果你的人生真的活成你期望中的样子，我就把你装相的标签给你取掉。"

二

就在阿兵来上海的这年，我认识了加菲猫。加菲猫是我人生中印象良好的第四个四川人。她很喜欢猫，她的微信头像就是加菲猫，于是我就给她起个外号叫加菲猫，加菲猫除了具有猫的属性之外还具备胖的品质。

二零一零年七月左右，我在上海市第一人民医院跑业务，突然接到老板打来的电话，她跟我说有个四川妹子中午来，让我帮忙接待下，她将是我们的新同事。

刚放下电话，还没有来得及思考，一个陌生的号码打了过来，电话刚接通，对白就迫不及待地从电话中跑了出来，"喂，孙哥啊，你在哪里啊，我是加菲猫啊，你的新同事，我现在在医院附近大门口，第四个电线杆后面的报刊亭边，穿着灰色外套牛仔裤，你在哪里呢，我过去找你啊……喂，喂，喂……为啥你不说话呢？"

"哎，你等等！我认识一个人是需要时间的，你别搞得这么刻不容缓好不好。"

慌乱中报了一个地址，她说："好的，马上到。"

在电梯口和她照面的那一刻我还是有点吃惊，这个说话跟机关枪一样的四川女孩个子挺高，人又瘦，长得还算漂亮，最大的印象是她的头发有点稀少，松松散散的。

不知道是我当时太注视她了还是她头发确实太稀少了，反正她身上的这个细节被我捕捉到了,并且一直记得很清楚。

我看着她的脸庞,心想这四川妹子还挺带劲,一起共事蛮养眼,挺好的。

中午吃饭的时候,我问她:"猫猫,你哪里人!"

她说:"我四'蹿'的。"

我说:"我知道你是四川的,四川哪里?"

她说:"绵阳。"

我说:"哦。你是哪个学校的?"

她说:"我四川XX医学院,学临床医学的。"

我问:"那你为啥不当医生啊?"

她说:"当医生很无聊的,不能到处跑的撒,我喜欢东跑跑,西跑跑。这样的人当医生早晚会把病人消灭掉的,那样我会内疚的。"

问了五个问题,了解了她五个点。

人和人之间的关系大抵如此发展,当我了解她五十个点的时候,成为了朋友;了解了她五百点的时候,成为了恋人;了解到她一千个点的时候,成为了夫妻,再继续了解下去,成为了仇人。

我想我和加菲猫应该是了解到第四百九十九个点的时候,彼此停止了前进,保持了一段时间的止步不前,随着时间的流逝,岁月的侵蚀,又渐渐地漏掉了一些点,现在我只能记住她五十多点的东西了。我想再给我一点点时间,她就会消失在我的人生中。再见面我依然会继续问道:"你老家哪里的?毕业哪所学校,专业什么?为什么选择这个行业?"

相处的时间久了,我发现这个女孩真的非常好玩,好玩到我想象不到的程度。她是家里的独生女,可能从小就放荡不羁爱自由习惯了,所以她的性格相当开朗,相当自信。她很喜欢旅游,经常满中国到处跑,她一个月赚那点钱也不够她消费的,最后只得把爪子伸到她妈妈那里,她经常打电话给她妈要钱,她妈气得够呛,多次推心置腹地开导她说:"丫头,你也老大不小了,该找个男朋友了,早点找个男朋友你就可以花你男朋友的钱了,你不能老是问你妈伸手呀,我问我老公要点钱花也不容易的!你省点心,你妈也想看看外面的世界。"

"妈,没有合适的男的塞,遇到合适的我资助你好了。"加菲猫也很无奈。

她妈妈气得耳朵孔冒烟,以后再打电话回家,她妈妈就焦急地对着电话喊:"喂,闺女,信号不好,你说什么啊?啊?听不清,你晚上再打来。"晚上打过去,关机了。

说实话,我也想满世界走走看看,但是那个时候我的经济条件不允许我这样。所以对于加菲猫的旅游,我的态度一般是羡慕地流眼泪。

三

古人云,人穷志短,马瘦毛长。

钱可以改变一个人的思想和人生选择,这是我的总结。

一个人被从海中救到船上,他会偷偷地藏起一部分淡水,因为他知道没有淡水的滋味,所以害怕,越害怕越有危机意识。

志短的人大都穷怕了,所以要为人生留条后路。

我从来不打加菲猫的主意,虽然那个时候加菲猫还没有肿起来,还是那么苗条,那么迷人,还是像波斯猫那么高贵。但是我知道这只猫不属于我。我是一个农夫,我必须要种庄稼,我一天不除草庄稼就会长不好,我没有时间和精力去做和生存无关的事情。我去不了缅甸,到不了拉萨,无法在松花江上冬钓马哈鱼,更无法在雅鲁藏布江体验过山索,我只能留在上海的"老鼠洞",好好打工,好好赚钱,先养活自己,然后再找个能过日子的老婆过完一生,我的手只有两只,我的人生路只有一条。

加菲猫像个诗人,她的生活随性且没有烦恼,唯一的忧虑就是人民币不够花,她没有我身上的老气横秋,也没有成功人士身上的那种挥斥方遒,更没有流浪歌手的为赋新词强说愁。

那段日子,我每天都能看到一个开心阳光的加菲猫,迎着灿烂的阳光咧嘴大笑,笑声飘过了四川北路,飘向了虹口道场。我没有见到她一次不开心,没有听到她一次类似的抱怨:"唉,人生怎么这么漫长!"

从某种意义上说,她配得上加菲猫这个称号。加菲猫没有心事啊,动物哪有那么多东西要顾虑的,除了吃、喝、玩、乐,剩下的就是交配,什么房子、车子、事业、出人头地、扬名立万、衣锦还乡,都没有的事……

我不知道一个喜欢猫的女人心理是什么样的,她每天在思考什么，因为我不是女人，更重要的是我喜欢的动物不是猫，而是狗。

我一直很认真地喜欢狗，曾经在上海出差的时候拣了一只，后来实在没时间照顾就送给了一个烤鸭店的老板，主要觉得那里伙食好，不会亏待它。后来我去虞山出差，经常吃饭的那一条街上，很多条狗都认识我，我一去吃饭，他们都朝着我摇尾巴，跟我打招呼。很多买菜的阿姨看到我和狗熟成一片，很吃惊地说："小弟，你真有本事，这狗不咬你！"

你把它当朋友，它为什么要咬你呢？

《集结号》中张涵予饰演的谷子地有这么一句台词："你知道狗为什么会咬人吗？因为人害怕的时候身上会产生一种气味，那种味道会被狗捕捉到。"同样的，你喜欢狗的时候，你的身上也会散发一种味道，也会被捕捉到。

人和人之间不是也如此吗？

你喜欢一个姑娘的时候，除了眼睛会放电之外，身上也应该会散发出一种味道，对方无需嗅觉灵敏也能捕捉到。所以有些时候喜不喜欢一个人，并不一定要说出来。

四

加菲猫是我职场生涯的第一个徒弟，虽然她从来不叫我师傅，后来连哥也不叫了，而是直接叫我名字，她的声音很粗犷，加上她个子高，所以声音总能传得很远。

我能教给她的东西真的不多,所以跟她在一起就随便扯扯,她会"突突突"地跟我讲一堆我听都没有听过的东西,我听她说的这么开心,心情居然也好了起来。

在我的印象中,四川人是喜欢唠叨的,他们说话不是为了要表达观点,也不是讲一个故事引人思考给人启迪,而是他们就喜欢嘴巴动起来的状态,这跟兔子即使不吃东西也要歪唧歪唧嘴的道理是一样一样的。

加菲猫超级喜欢吃东西,是个十足的吃货,加上她个子高,食道长,东西吃了很长时间了肚子还是扁的,等感觉到肚子鼓起来的时候总是说:"哎呀!食物都卡着喉咙了。"

我那个时候已经意识到,如果按照她这个吃法,体重早晚会吃成两个人。

三年后,看到她的照片,这货真的变成两个人了。

二零一零年那年,我谈恋爱了,就是小胖子。

不久后,小胖子来上海培训,那天我跟加菲猫说:"晚上请你吃大餐,介绍我女朋友给你认识,然后请你唱歌。"

加菲猫听后很纳闷:"你什么时候冒出来一个女朋友?"

我说:"什么叫冒出来一个女朋友,我不该有女朋友吗?"

她说:"太突然了,怎么没跟我说呀?"

你也没有问我啊!再说,我做师傅的交个女朋友还需要向你汇报吗。

那天吃饭的时候,我去了一趟厕所,出来的时候我看到小胖子的脸色不对劲,晚上送小胖子去酒店的时候,她突然问我:"你和那个加菲猫什么关系啊?"

我很纳闷地说:"同事关系,很纯很纯的同事关系啊,就像两个小孩子一样,从来没有越界的那种,她这个人挺可爱的,缺心眼缺到家了。"

"你知道她今天跟我说了什么了吗?"小胖子严肃地问道。

我吃惊地看着她问:"说了什么?"

"她对我说我和你根本就不合适,让我和你赶紧拉倒吧!"

我非常震惊,这个缺心眼的丫头居然试图拆散我们的感情,那晚小胖子很生气,骂了我一宿,我哄了很久都没有哄好,心理防线差点彻底崩溃了。后来小胖子给我下了最后通牒:"和这个人保持距离,否则这事儿没完。"

几天后,我在第四人民医院门口碰到了加菲猫,这家伙刚想咧嘴对我笑,我就生气地教训起她来了:"你跟小胖子说那话合适吗?你这不是找事吗?"

她低着头,看着怒火中的我,像个犯错误的孩子,轻声说道:"对不起。"

我不知道当时加菲猫是什么心情,也不知道她在想什么,但是我认为她是一个思想很简单的女孩子,一个爱旅游、爱瞎逛,没有长远打算的阳光女孩。她的心灵没有污垢,所以她一定不是在搞破坏。她的爱情之花虽然没有盛开,但是用不了多久,一定也会盛开的。在上海这种地方,一个人要想让另外一个人死心塌地地跟随他一辈子,至少得有点资本,而加菲猫这只高贵的猫,是有资本让很多人追随的。

我不知道她的爱情观，也从来不试图去了解她理想中的爱人是什么样子。我宁愿很多事情没有发生之前就已经结束，这样就可以避免很多不必要的伤害。我没有处理复杂感情的经验，也不想看到不圆满，最重要的是我从来没有打算去伤害加菲猫，我希望她开心快乐过她想要的生活，而我过我想要的生活。在各种维度上，我和加菲猫的价值观并不一样，也不可能有爱情上的碰撞。

浪漫败给现实，就像我向阿兵抱怨的那样，我无法洒脱地行走，必然会拒绝掉很多诱惑。

一个不自由的心不止约束了身体的奔跑，也限制了情感的怒放。世界只会按照我的所想给我一个和我思想相匹配的生活，而加菲猫不在匹配中。

五

去了苏州后，和加菲猫的联系就少了很多。偶尔打打电话，也只是询问最近团队怎么样，有没有什么好消息，毕竟在那个团队待了一年多，还是有感情的。加菲猫经常问我："你有没有升职啊？升职了带我走啊，我在你手下干活。"

我说："你别扯了，跟你这个扫把星打电话我都是偷偷摸摸的，带你走我不被小胖子分分钟消灭啊。"

二零一二年去上海培训，想到我上海那张医保卡里还有六千多块钱，于是我打电话给加菲猫："徒弟，帮师傅办点事，帮我配点药。"

"好的。配什么药？"

"多烯磷脂酰胆碱，晚上我请你吃火锅。"

当晚约定的时间，约定的地点，加菲猫出现在我的眼前。那天下着雨，天气有点冷，这样凄冷的上海街头我们并肩行走，一年多过去了这个姑娘还是没有多少变化，岁月的刻刀在她脸上没有留下什么风霜的印记，她的面容依然娇嫩青春，笑容依然灿烂轻松，只是身材相比于以往有些微微发福。

她告诉我，最近有个小伙子在追求她，小伙子比她小两岁，大学刚刚毕业，还非常单纯，非常稚嫩。小伙子跟她表白说，他没有谈过恋爱，也没有牵过女孩子的手，希望她可以做他的女朋友。加菲猫说的时候很平静，我完全感受不到她的兴奋，也许她生活中值得兴奋的事情太多了，这种感情上的小事反而促进不了她体内雌性激素的分泌。我说："如果男孩子人品好的话可以考虑，毕竟你也不小了，有段姐弟恋也不错，何况人家是这么一个涉世未深的男孩，你作为老前辈也应该帮衬一下子。"

她点了点头，说："其实你说的话也并不全部都是放屁啊，可以听听一二。"

那天，我们吃着火锅，聊着天，时间似乎又回到了两年前，在四川北路，和她一起跑市场，教她做销量。

吃着吃着，加菲猫忽然抬起头，认真地看着我："问你个问题啊！"

这家伙问问题从来不会说——我问你个问题啊，她能说我问你个问题啊,说明这个事情她很慎重,她要调动你的全部注意力,来郑重其事地向你发问。

我看着她严肃的表情,放下了筷子说:"你说啊。"

"假如,我是说假如……假如你和你老婆没有未来了,你会不会选择我?"她讲完话头低了下去。

我的心"扑通扑通"乱跳,说实话,我没有想到是这个问题,我也知道我这辈子能回答这样的问题机会很少,但是真的有问题摆在面前,我居然没有半点兴奋,有的都是恐慌。

我跌跌撞撞地回答道:"不会的,我们会好好地走下去的。你别想那些乱七八糟的,你这种丫头配得起更高荣誉,没有必要低头。"

我不知道我的回答是不是美满,这种场合的任何回答都不会美满,因为这就不是一个美满的问题!

她没有说话,我看到她低着头吃着东西,"咯嘣咯嘣"吃着藕,咀嚼的声音很大。火锅的水汽很弥漫,扑到她脸上,把她的眼睛都熏出眼泪了,我递了一张纸给她,她回说:"你把火关小一点。"

我叹了一口气,对于一个被苦逼生活欺压的我来说,不解风情是我无上的标签,我也无法解风情,这不是生活窘迫之人的核心需求。加菲猫,如果你知道我是怎么想的,你就会知道我为什么这么回答你,可惜你无法知道我是怎么想的,就像我无法体会你的悲伤一样,所以我无法给你一个温暖的拥抱。这种事情和优秀无关,和美貌无关,所以你无需难过,无需悲伤,你依旧是独立、高贵的加菲猫,而我只是一只哈巴狗,人生这趟呼啸的列车上,我并没有为你预备猫粮。

我不知道当我把这个文章写好发给她看时,她是什么感觉,她会不会笑话我自作多情,我想以她的性格她会咧着嘴说道:"去你的,写得一点也不感人!"

很多时候,我一直在思考一个问题,那就是为什么有的人可以有那么多的忧愁,而有的人有那么多的快乐。就像我和加菲猫之间的区别一样,我脑子中想的都是无穷无尽的社会压力,而她脑中出现的都是无拘无束的阳光人生。经济的窘迫让我自我矮化,总觉得低人一等,越是这样想我越是看不起自己,就越是约束自己的行为。而加菲猫即使看不到任何灿烂的物质未来,依然可以坦荡地问我:"假如那个女人不在了,你会选择我吗?"

我深深意识到,世界永远都是按照你的心态给你布置景致,你的所有一切都是你应得的,你的现在和将来都和别人无关,无论是悲伤、快乐,还是金钱、荣誉、成功,这都是你应得的。

六

和小胖子分开后,我很伤心,经常在 QQ 上大呼小叫,伤情留言。加菲猫知道了我的处境后,显得很从容地说:"一个大老爷们儿整天呼天抢地的有意思吗?想好了下一站去哪里了吗?来上海吧。"

"算了,上海已经彻底回不去了。"

"问你个问题!"加菲猫又一次用同样的一句话调动了我的所有

注意力。

我屏住呼吸,说道:"你说。"

"我……我可以大笑吗?"

"可以,请放声大笑,不要停下来。"

此时此刻,这是我听到加菲猫最美满的问题,而我这次也回答的很美满。

如今岁月都过去了,很多东西再次面对也不是当初的心情了。我知道我们是两个彼此独立的动物,生活在不同的笼子里,二零一二年如此,二零一四年了依旧如此,未来人生恐怕也是如此。爱情是一个干脆利落的选择,任何的拖泥带水都是伤害,我不是情场浪子,我只是一个有思想局限的小人物,而她一直都是阳光灿烂爱自由的乐观女孩。

依然记得,她的笑声飘出外滩,回荡在黄浦江上……

那个四川妹子将永远都是我人生中一道亮丽的风景。

七

就在我离开上海来到苏州的第二年,阿兵辞职开起了一家小公司,主营室内无土花卉和盆景,那一年他认识了一个常州姑娘,俩人商量准备一起大干几年,赚点钱把婚给结了。我们依然联系频繁,和以往轻松胡吹不同,他开始向我抱怨钱难赚,现在一个月虽然也能赚两万,但是除去开销基本没有剩几千,而且花卉季节性影响很大，风险很高，做得很累。当年做 GMP 的时候还攒了几万块钱，现在基本没有什么结余，每天都活在心惊肉跳中，心情很烦躁。

他说老婆因为经济问题，经常和他争吵，"唉……唉……唉！"他的叹息声不断。

看着又一个无忧无虑的少年变得老气横秋，我一下子想起了他在二零一零年黄浦江边和我说过的那句话"人活着就是为了自己，你自己活得开心就好。老是给自己设计今年要干什么，明年要干什么，累不累。"

我开导他，说："你可以和你老婆一起回常州发展啊，她是常州人，反正你以后也不回四川。"阿兵叹了一口气："没有那么简单啊！"

是啊，没有那么简单的啊！生活怎么可能就是一句话两句话能说得清楚的。

当你的心灵被栓起来的时候，你的语言都是不自由的，阿兵的灵性被生活镇压住了，宛如当年的我。

"阿兵，下次我去南京，一起吃饭，你来买单！"

沪上游侠

一

我有一个朋友,自称"沪上游侠",意思就是——一个在上海漂泊的人。他为人倔强固执,不易改变,他很不喜欢阿拉伯数字"8",并且发誓不和"8"有关系的人交朋友,为此,我们的关系日渐疏远,因为我的生日是1985年8月8号。

那年的七夕情人节,他带一个女孩子去下馆子,那家餐馆比他的租住屋大不了多少,朋友点了一桌子的菜,有鸡,有鱼,有肉。

女孩说:"我想吃清淡点的,再加盘空心菜吧。"空心菜上桌,她却一口也没吃。女孩说:"我陪你喝点酒吧,我嗓子不好,喝不了档次低的酒。"朋友要了一瓶五粮液,女孩说:"我想吃龙虾了。"

朋友又叫了一盆龙虾。

那天的饭菜很丰盛,但是女孩吃了没几口就起身离开了,临走的时候说了一句话——我在人民广场等你,你大概多久可以到。

那天朋友整整一个半小时才到。

"你为什么用了一个半小时才到，是不是兜里没钱买单。你兜里只有八百多元，而那顿饭却要一千二百多，你的人生因为一顿饭白白损失了一个半小时，而你未来损失的必将更多。"

那天，女孩指着人民广场一块八十平方厘米的瓷砖对他说："如果你有一天赚到的钱可以买下我脚下的这块地，我就跟你走！"

朋友说："我可以做到。"

而当他赚到那笔钱找到那个女孩的时候，女孩却已经嫁人了，他比原计划整整晚了八天，那天他冒着雨，绕着人民广场走了十几圈，他不明白为什么说好的承诺却转眼就变。

女孩哭着告诉他："你来晚了，对不起，我不可能把一辈子青春都用来等你。"

食物过了保质期就不会再新鲜，而爱情过了期限就变成了下辈子。八天是如此漫长，一天都等不了，朋友说他永远都不相信承诺，因为你承诺的世界也许大不过一盘空心菜。

朋友说，那次打击让他一下子想明白了好多，对这个世界也有更多的领悟。

女孩子愿意跟他走，有前提条件——那就是完成游戏。在他眼中那是浪漫，而在其他人看来根本就是浪费时间，就像那盘吃了没几口的空心菜，也许换成别的蔬菜会更好一点。

朋友叹气着说："爱情就像苹果一样，当你看到苹果出现烂斑，也许不过八天时间，而苹果的心早在二十天前就已经腐烂。有些时候，做一个空心菜，远远比拥有爱情更潇洒，因为空心菜要烂也不会超过八天。"

二

从此就很少听到他的消息。

听说他去了小学同学那里,娶妻生子,进了世外桃源。他的那个小学同学曾经在他人生最困难的时候穷尽一生财力资助了他,在农村那笔钱可以买整整一套大房子,而在上海,也可以买人民广场一平米的土地。

我真心祝福他,像他这个脾气的人行走江湖的话,连乞丐都会看不起。

而他,终究做不了"沪上游侠"。

二零一六年八月八号那天,他出现在我的世界里。那时我正在徐家汇星游城高歌——回不到我们的从前,一眼望不到边!

我对着电话吼道:"你找我有事吗?我在陪客户唱歌,走不开。"

他说:"我在上海体育馆八号口等你,见你一面我就离开,如果上海是一面峭壁,你是我唯一的挂栓!"

那天我准时出现,我知道一个把尊严看得比命重要的人是不轻易低头的。峭壁是没有挂栓的,即使有,那也是万分之一的概率,而之所以出现了挂栓,也一定是比生命更重要的事情出现。

"这三年你很坚持自我,从来不做自己原则之外的事情,但是你今天的出场方式有点让我意外,意外到我不知道怎么开始跟你聊天!"我举起杯子有气无力地对他说道。

杯子中的酒虽然都是一样的价码，但是和客户碰一次杯我可能收获很多的销量，而和他碰一次杯，下一秒趴在马桶上呕吐的就有可能是我。

这个世界分秒必争，时间也是资源。

"看来我不应该跟你见面，你在这个城市生活了那么多年，都变成了这个城市的一部分，我一直以为你是一轮明月，谁想到如今变成了混凝土。"他叹了一口气。

我冷笑道："如果我完全失去了曾经的模样，你今天根本见不到我。混凝土有什么不好，至少给我提供住宿的地方，而流浪的人才会夜夜与明月相伴。"

"我一直以为我和成功之间只差了一瓶酒，后来才发现我和另外一个世界之间不过差了几箱酒。这八年我经历的事情很多，但是对比这八天经历的事情来说，才发现我的世界并不丰富，其实你也一样！""沪上游侠"渐渐表明来意。

他从挎包里掏出一包东西交给我说道："这是你朋友让我转交你的礼物，他说你没事了就回家看看，家乡的麦地抽穗的时候特别好看。不要老是待在自己的世界里，这样的话好朋友去世了都看不到你最后一面。"

我这辈子朋友不多，好朋友就更少，而他的话一下子让我想到了一个人，那就是我的小学同学牛壮壮，一个憨厚的人，肌肉发达，笑容亲切，他是在留级的那一年成为了我的同学。

牛壮壮曾经问我："你知道这个世界上什么是最平的吗？"

我说："玻璃。"

他沉默了许久回道："是平静的水面。"

我愤怒地转身离开，一个玩体力的人就不要老是往智商世界靠近，否则会破坏这个世界"优等人"和"劣等人"之间的尊卑关系。

我打开礼物，那是一罐咸鸭蛋，和我猜测的一样，毫无意外可言。牛壮壮平生最爱的食物有两个，一个是咸鸭蛋，一个就是柿子，当年我在南京读书，他坐车从苏州看我，带了一大包柿子，结果到了南京全部变成了柿子饼。

这个世界狡猾的人会给你你想要的东西，而实在的人总是把他最爱的东西带给你。

聪明和实在其实就差了一道脑筋急转弯。

包里还有一封信，一看字迹就是牛壮壮亲手书写，因为第二个字比第一个字大三倍，第三个字比第二个字小七到八倍。

我想，字丑也许算是我跟他保持这么多年友谊的一个原因吧，因为他有缺点，让我放心。其实最大的原因应该是他很信任我，从不质疑我动机的纯洁性。

信很短，但是似乎写得很吃力，因为有的字明显刺破了信纸，如果没有猜错的话，他写这封信的时候健康状况一定不佳。

"来利，你还好吗？好久不见，你一定特别忙。你说过春天会回来看我的，可是两个春天过去了，我还是没有见到你，挺想你的。我准备秋天动身去找你，谁知道到了夏天我的身体就不行了。不知道什么东西在我身体里面，压得我身体无法动弹，我以为歇一歇就好了，可是越歇越觉得毫无希望，还有八天就冬天了，我想也许这个冬天是我人生最后一个冬天，我想见你最后一面，可是我已经没有时间了。

"你曾经建议我在农村养鸭子，确实你的思路让我赚了一大笔钱。可是自从村口多了一个大烟囱后，很多情况都在改变。现在我的场子也关闭了，鸭子也深埋处理了，只剩下了这最后一坛咸鸭蛋。是我去年腌制的，总共三百六十五个，现在还剩下八十八个。你是学医的，帮我托人验一验，是不是重金属超标，他们都说是烟囱造成的麻烦，我是我们村第七个死去的，我不希望第八个人出现。"

如果说这封信有什么意外的话，结尾处最让我意外。

一道晶莹的亮光划过，我想那是我的眼泪。

三

"听说你现在娶妻生子了，祝福你。"我心情很差，有气无力地转移话题道。

"你也早点开始自己的人生吧，别苦苦支撑了，很多时候人生就像画画，好东西都是一笔一笔添上的，你不可能像打印机一样，一下子把你要的人生全部打印出来。""沪上游侠"回复道。

如果时光重来，谁都觉得自己一定会成功，可是如果时间真的重来，我们也不过是换个方式继续失败。

"沪上游侠"真的变了，对于习惯了一个人生活的人来说，多一个家庭相当于换了一个世界；当一个人的心不愿意漂泊了，我想他一定是累了。

"你知道吗,这八天我悟到了很多道理,我觉得我一直在逃避的东西别人一定看不见,其实可笑的是大家都知道我心里在想什么,而只是我自己不愿意承认罢了。"沪上游侠"继续说道。

"父亲重病的消息我是直系亲属中最后一个知道的,当我赶到他病床边的时候,他的精神状态已经很差了,我心里无比内疚和悔恨,这么多年来对这个家庭我一直逃避着,试图割断一切联系,当死亡逼近才发现逃避根本解决不了任何问题!

"父亲看到我居然毫无怨恨,反而十分开心。他对我说:'孩子,你能回来真的太好了,还记得家门前那棵杨树吗?那是你八岁那年亲自种的,去年都几十米高了。前些日子我让你姐带人把树砍了,做成了棺材,真的挺好看的,我很喜欢!那是我儿子给我留的礼物,我心里很满足。

"'你这么多年过得肯定不顺利,你太倔啦,这点脾气随我。总想着用自己的方式把自己包裹起来,越不如意你包裹得越紧,越失败就越听不到你的消息。其实当爸的怎么不知道?我只是不想打搅你的世界,我以为给你时间你会慢慢自信起来,可是突然发现我等不到那一天了!'"

"沪上游侠"述说着自己亲人的离去,自始至终没有落泪,一个心情悲伤的人没有落泪只能有两个原因,第一是他的心已经死了,第二就是他的泪水已经流得太多了。

爸爸还告诉他:"去年你一个很要好的朋友得了癌症,治疗到最后还缺一大笔钱,想到有个朋友还欠他一笔钱,本想打电话催一下,后来还是忍住没有打,不久后他就去世了。"

爸爸握着他的手说："那笔钱我已经帮你转交给他的家属了，如果不是我要咽气了，这话我是不愿意对你说的。你要面子，我只是想让你不要太内疚。"

"沪上游侠"猛喝了一杯酒，心情显得无比沉重，我知道此刻的他心情一定比我好不了哪里去。

四

"你姐姐也回去了？"我问道。

"嗯。"

"沪上游侠"的姐姐我有所耳闻，她是一个很有个性的女子，相貌美丽，知书达理，形象特别的端庄，性格特别的贤淑。可是就在她亭亭玉立那年，她居然跟着我们镇上一个有妇之夫私奔去了新疆，从此再也没有回来。

那时她和村里一个养鸭场的小伙子已经订了婚。

闲言碎语淹没了她的家门，最可怜的就是一对老人，出门之后乡亲们笑脸相迎，转身后，却是指指点点，闲言碎语。

"姐姐得知父亲病重，哭着说道：'爸爸要走了，无论他原不原谅我，我都得回来见他最后一面。'

"我们都以为以父亲的暴躁脾气他肯定不会原谅姐姐，谁知道他看到姐姐居然激动地直抹眼泪，说：'闺女，能看到你太好了！幸好你当年离开，要不然你也一定活不到今天！'"

原来，一年前，当年和他姐姐订婚的养鸭场小伙子因为癌症离开了人世，而小伙子的妻子也在丈夫离开不久后离开，成了村子中第八个因为癌症死去的人。

"姐姐大哭，这么刚烈的老头居然这么通达，实在太让她意外。

"我们总把这个世界想得很坏，因为不想得那么坏就无法说服自己去坚持自己的路。

"父亲临死的时候，叮嘱姐姐说：'去人家墓上看看吧，当年你辜负了人家，总归要说一声对不起，倒不是说给他听的，因为他也听不到了，你也让自己解脱吧！'

"曾经的未婚夫墓碑在父亲墓碑的不远处，父亲是第八排第十四号，他是第三排第七号，那天姐姐立于墓前，献上一束花，道了一声：'对不起，牛子，我回来看你了。'而后眼泪直落。

"当年我不懂事，总觉得你离我理想中的配偶差距太远，其实你真的挺好的，只是你太老实了，如果你当年狡猾一点，霸道一点也许我就是你的人了。走过这么多年，才发现那个我选择的人还不如你好，只是在那个年纪我看不清罢了。"姐姐边说边流泪。

"这么多年，其实我每天都在想你，我这辈子最开心的日子还是跟你在一起的每一天！"

当年姐姐在月光下指着八十米乘以八十米大小的鸭场对着未婚夫说："如果你能在这块地盖一所大房子，我就嫁给你。"

可是当未婚夫把鸭子卖掉准备盖房子的时候，姐姐却跟着镇上一个有妇之夫跑去新疆种棉花了，姐姐临走之前打电话给他："对不起，牛子，你来晚了，我不可能把我的青春都用来等你！"

五

那天姐姐从坟地上回来，又去了曾经的未婚夫家，想寻找她脑海回想一遍又一遍的旧景。

一个十岁不到的男孩子抱着一坛东西交给了她，说这是他爹爹转交给她弟弟的礼物。

"沪上游侠"把该说的话都说完后，起身准备离开，显然他喝得有点多，步履蹒跚，随时都有可能倒下。

"谢谢你今天来看我，今天是我的生日，我以为在这一天永远不会再看到你！"我对他说道。

"沪上游侠"背对着我停了下来，长久的沉默后他再次开了口。

"临走前有一事我还想告诉你，其实我根本没有娶妻生子，这么多年我一直躲在一个没有熟人的角落里假装活得很幸福，其实我一点也不开心，一个人要想欺骗世界是很简单的，要想骗自己很难很难，尤其是当夜深人静的时候，你才知道什么叫孤独！前段时间我认识了一个姑娘，挺好的一个姑娘。来上海前她哭着求我带她一起走，她对我说：'你带我走吧，我可以帮你洗衣服，帮你做饭！'你也知道，在上海洗衣服和做饭是最没有用的本领，所以我拒绝了她，现在想来，挺后悔的，我觉得我这辈子都活不过自己这座五指山！"

医学上有句话叫医者不自医，对于他来说我觉得这句话实在太贴切。一个人嘴里的自己和他真实的自己总是不一样的，想象中的自己和别人看到的他自己也大相径庭。

这个世界有太多的假象，太多的虚幻。

那晚，我喝了很多酒，喝了很多很多，估计有好几箱。

酒醒后，才知道自己差点去了另外一个世界。昏迷的这三十天我一直在 ICU 挣扎，庆幸的是我居然奇迹般地活了下来，还能看到明天的太阳。

我看着屋外的蓝天忽然豁然开朗了许多，一种新生的力量顶破了我自我设限的生命禁锢。

"如果我不自欺欺人，也许我好朋友就不会死，他的妻子也不会留下十岁的孩子离开人世，也许爸爸不会那么早就去了另外一个世界！我不能再这样自欺欺人下去了，其实我幻想中的所谓的世外桃源根本就不存在！"

出院的当天，我就收拾东西离开了上海，我要替"沪上游侠"去寻找那个姑娘，那个姑娘曾对他说过"如果死亡可以编号，你若做第七，我就是第八"的姑娘，这样一个好的姑娘真的太少了，如果洗衣服，烧饭在上海是没有用的本领，那么我为什么还要留在上海？

"我要开始自己的人生，我不能再苦苦支撑了，这段爱情远比其他更重要，只是我自己不懂而已，现在懂了就要珍惜！很多时候人生就像画画，好东西都是一笔一笔添上的，我不可能像打印机一样，一下子把我要的人生全部打印出来。

"和自己较了一辈子的劲，一直分不清楚哪个才是真实的自己，哪个才是游侠，走过了鬼门关，经历过生死，才发现在我最美好的岁月里很多美好的东西都错过了。

"一个驾驭不了自己的人怎么可能驾驭得了世界，从今以后，我将不再错过……"

洗脑和反洗脑

一

和小胖子确定恋爱关系后,我对她的了解更加深入了。小胖子是个有强烈事业心的女孩儿,并且她对于新本领的学习有着我意想不到的欲望。她也是一个可塑性极强的女孩儿,所谓可塑,就是容易被洗脑。有一次我逗她说:"你知道世界上最幸福的事情是什么吗?"

小胖子那个时候傻呆傻呆的,还略微有点忧郁,她不搭调地回道:"我的世界里没有幸福。"

这个童年被父亲活生生毁掉了的女孩儿确实没有多少幸福可言。

我只得强力灌输给她我老板的幸福观——我老板是学俄语的,后来改行做起了医药销售,那个时候医药销售在中国还处于萌芽阶段,所以很赚钱。有一个月他赚了三万多,在一九九七年三万多可是一笔巨款了。他把这笔钱带回家后,关门上锁,拉下窗帘,将屋内灯光调到最低，觉得还是不放心，最后和他做会计的老婆躲进卫生间，小心翼翼地打开了书包，从中掏出厚厚的人民币，一张一张数过，数完一遍觉得不过瘾又再数一遍。其实三万多也用不了数多久，可是他们愣是来来回回数了一个晚上，数到手抽筋了才罢休，这可是他们自己的钱啊，好兴奋。数完之后他们把钱"哗啦"一下子撒出去，看着自己的人民币满天飞舞，四处飘散，好幸福啊！"

小胖子听后频频点头道："哦，这是幸福啊！"

第二个月，一天晚上我俩吃完晚饭，她突然神神秘秘地关门上锁，拉下窗帘，并且将屋内灯光调到最暗，我正纳闷她要干啥，是不是准备睡我，就见她从兜里掏出一沓人民币，"哗啦"一下子抛向空中，又蹦又跳道："哇，好幸福啊！"

小胖子当天发工资，老板为了避税发给她们现金，总共三千元，三千元在空中零零散散飘着，十分的寂寞和凄凉。

我一脸鄙夷地看着她说："幸福你妹啊！这点钱很寒酸的好不好。"

小胖子又记住了我说的话，哦，很寒酸。

二

一天，她皱着眉头跟我说："唉，工作干得不开心，好想跳槽，跳出我们那个老板娘的魔掌，赚更多的钱，不要过寒酸的日子，我要过幸福的生活。"

按照小胖子给我的描述,她的老板娘就是一个魔鬼,一个十足的李莫愁。

她们老板和老板娘一起辛辛苦苦地打拼了十年才终于创下了一番基业,开了一家装修公司。公司一年也能盈利近千万。有了钱之后,老板就开始花心,老板娘不放心,老板在外面花花花,老板娘就后面查查查,你查,我躲,你躲,我继续查,两个人每天都你来我往,刀光剑影,十分精彩。两口子猫捉老鼠的游戏玩得不亦乐乎,却让很多无辜员工受到牵连,小胖子首当其冲。

小胖子精致的五官赢得老板的欣赏,老板很喜欢带她出去跑业务,给她的抬头也是——总经理助理,而她无疑成了老板娘重点打击对象。

在中国职场,总经理助理与老板娘的关系确实和婆婆与儿媳的关系差不多。

所以老太婆经常去套她话,比如——今天和老板都拜访哪几个客户了呀?每当此时,小胖子都故意把话说得充满想象空间,老巫婆气的鼻孔冒烟,四肢乱颤。小胖子说:"她老公丑成那个鬼样子,看一眼都吊胃口,搞暧昧还不如一刀捅死我算了,我就是要气那个人老珠黄的老女人。"

其实,这点破事倒不是让小胖子最痛苦的,最痛苦的是老板娘的管理方式。实在太低级了,和古代地主婆差不多。

她规定,所有员工必须做六休一。小胖子抱怨道:"我们的客户大都是政府部门的,周六去上班根本没事干,这心灵阴暗的老女人,宁愿我们待在板凳上长痔疮，也不想让我们好过！"

小胖子恨恨地道："我必须要弃暗投明，给她一个华丽转身。"

为了让小胖子的人生不再寒酸，在我的推荐下，很快小胖子就跳槽来到了我所在的公司。

小胖子很开心，从此笑容开始挂在脸上，幸福得像朵花儿一样。

三

有人说，建立良好情人关系的最佳办法就是洗脑，当你把自己的恋人洗得跟自己一模一样，肯定就没有分歧了，就吵不起架了。对于这个观点我是认可的，所以我加强了对小胖子的洗脑工作，急欲把她洗成和我价值观没有任何冲突的另一半。

那个时候的小胖子，观点非常偏激，动不动就愤世嫉俗：男人有好东西吗，天底下的男人都不是好东西。

我很愤慨，都二十一世纪了还有这种顽固不化的人和这种缺乏辩证的思想，要洗，要坚定不移地洗！

于是我上升到哲学高度对她进行彻底的抨击："小胖子，不是我批评你，看问题角度不能一元论，不能因为某些男人的行为而一棍子把所有男人都打翻，这种归纳是极其错误的，极易造成冤假错案。比如，古人在诗里明明白白，清清楚楚地写了"一枝红杏出墙来。"那么多红杏，就一枝红杏出了墙，大部分的红杏还没有出墙的吗，为什么要一棍子敲死，把所有红杏都打成反革命！你有没有考虑红杏的感受，它有多大的委屈你能体会到吗。你不能老把眼光盯着墙外的，你瞅瞅墙内的，大把大把的好男人多了去呢，比如我这种，多棒啊。"

小胖子点头称是，从此在演绎归纳上不再一刀切。

小胖子是大专毕业，她侄子不愿意读书，总是想早点混社会，她得知后第一个站出来表态支持，并且现身说法：你瞅我这也是大专毕业，不是也进了世界五百强公司，和"211"的"985"的不也站在了同一个起跑线上啊，读书没有用的。现在很多不上学的出来照样做大老板，而很多大学生毕业了都照样找不到工作。

我对小胖子继续鞭挞："你这纯属扯犊子。你用自己现身说法有说服力吗，就你那样，我都不屑批评你。读书有没有用不能看个案，要从大数据上进行分析。比如说同样的十个人，没上大学的人里面肯定有两到三个混得灵光的，但是还是有七到八个混得很惨；同样，上大学的十个人里面肯定有两到三名有混得很凄惨的，但是大部分的人还是很牛的，这样的人占到七到八个。你用没上学的那两到三名成功者去对比上大学的两到三名失败者，你田忌赛马的呢？要比就都比混得好的，看到底哪个厉害。实在不行，你去看看CCTV那些中国国家领导人，有哪几个是初中毕业的。"

小胖子如醍醐灌顶，不禁为自己不成熟的思想而汗颜。

我更加窃喜。

小胖子大学学的是数控，跳槽到我们公司后开始做医药，因为是跨界工作，所以她很多东西都不懂，需要来请教我，而我确实可以给她带来帮助，所以对于事业上的很多问题她更愿意听取我的意见。

有一次，小胖子对于她的老板十分不满，歇斯底里要跟老板翻脸，她生气地说道："凭什么这么对我啊，这个老板就是偏心眼，她给我分那么高的指标，比团队里面任何一个人都高，却给我这么一点销售费用，比那几个老员工低太多了，凭什么欺负我这个新员工啊，这点钱怎么做市场，这太不公平了，我不想干了。"

我立马动用我的先进思想和无与伦比的说服力对她进行深层次的洗脑和再教育，最后我教育她："小胖子你记住，在职场混，老板是你的第一个客户，你一定要有长远眼光，要像栽树一样要学会陪着老板成长。"说得小胖子频频点头称是，后来小胖子不光从老板那里要到了钱，还让老板看到了她解决问题的能力。

有了成功经验之后，小胖子思想一百八十度大拐弯，从此唯老板马首是瞻。两年后，这个老板在她事业上给了她飞跃式的帮助，当年上海招一个管理岗位的时候，她第一个推荐了小胖子，小胖子收获了职场发展道路上更大的成功。

与此同步的是，小胖子的思想越来越成熟了。在这期间我还动用了哲学界的大规模杀伤性武器——历史唯物主义世界观和辩证唯物主义世界观，彻底清洗小胖子的小猪脑袋。反反复复清洗后，让小胖子在看待问题上更加理性和客观，越来越少出现漏洞，也更少说出授人以柄的言论。

四

可惜的是，无论一个人有多么的上进，总有一些死角是通过学习解决不了的。事业上的成功让小胖子的野心更加膨胀，但是生活上的不安全感却让她加紧了对物质的守护。我可以教会她用长远的、发展的眼光去对待老板，却根本无法教会她用长远的、发展的眼光去对待我。小胖子对男人天生的不信任感是从骨子里抹除不了的，加上她之前长期的生活不如意，也让她产生强烈的危机意识，对于到手的物质她不愿意再失去。

你可以通过洗脑让一个人能力越来越强，而你却无法通过洗脑让一个人越来越爱你，即使你最后做到了，你也一定不会开心。爱情上，感情上的很多事情是完全靠自觉的，恳求一个人来爱你，就不能称之为爱情。

周星驰在《喜剧之王》里和莫文蔚有一段很精彩的对白：

"你怎么老是踩我脚？"

"是不是你的步伐太快了呢？"

"那你可不可以迁就我？"

"好的，娟姐。"

我经常踩小胖子的脚，但是我却根本迁就不了她，因为她的步伐实在太快了，我跟不上。有些时候，欲望一旦插上了翅膀，脚再怎么狂奔也是追不上的。

我需要时间，可是没有人给我时间。小胖子可以踩在我的肩上，多快好省地突飞猛进，而我却在职场清零后如蜗牛般地爬行，再也无法追上她的步伐。

洗脑终于在反洗脑的作用下失败，这就是人生，其实人生是什么，是不好草率定义的。你无法用个案来归纳全部人，每个人的生活都不一样，每个人的思想也都不一样，这个世界你能以一推二的只是大部分有共性的人，而绝大多数人个性是需要花时间去好好了解，慢慢适应的。

如果有未来，我想找一个不需要我洗脑的人，我想，那个时候我一定是个成功人士，我一定拥有广阔的胸襟，可以包容一切……

抑郁的黄总

一

生物学家在研究野生动物的时候,会采用这么一个办法——把野生动物捉住,收集其身上的信息,完后在身上标记号牌,然后将其放生掉。过了一段时间,再把它捉住,再重新收集一遍信息,和之前的数据进行比较。

在不断的比较中,就会发现很多的问题,得到很多有价值的情报。

黄总是我二零零九年在上海放生的一只"野生动物",放生的时候,我跟他说:"老黄,你老是这么钻牛角尖,早晚有一天你会把自己搞抑郁了。"

为了验证我对黄总的判断,我会定期从阿财那里收集关于黄总的反馈。

二零零九年，阿财告诉我，黄总跟了一个他自认为很有前途的老板搞保温板，黄总干劲很大，他经常像老袁那样谈创业，并立志当老板。

二零一零年，阿财告诉我，黄总和那个有前途的老板感情破裂了，闹翻了，黄总威胁要对那个"有前途的老板"整武力。

二零一一年，阿财告诉我，黄总和那个老板闹得鸡飞狗跳，他在网络上贴大字报要发动全国人民打倒黑心老板，还他一个公道。

二零一二年，阿财打电话给我说黄总抑郁了，老袁为了帮黄总治疗抑郁天天给他讲笑话，讲得口干舌燥、鼻孔冒烟，还是不好使，黄总依然顽固地抑郁着，至今还闷闷不乐。

对于黄总的抑郁我一点也不意外，我意外的是老袁怎么这么有爱心，他这个大老粗是个会讲笑话的人吗？更重要的是，他俩啥时候关系这么好啦？

阿财说你不知道，黄总想帮老袁销售壁纸，但是他一抑郁就没办法好好工作，就不能和客户正常交流，影响了壁纸的销量，造成了老袁的经济损失，所以老袁帮黄总也是在帮他自己。

阿财还告诉我——黄总即使抑郁了，还是没有忘记你，还是说了你的好话，说当年和你在天钥桥路厚味川菜馆打工，一起端盘子的时候，即使在关系不熟的情况下你还帮他垫付了一百元押金，所以他挺感动的，觉得你很信任他。

我听后叹了一口气。

二

要想弄清楚黄总为什么抑郁,就要先了解黄总的性格,因为只有了解了黄总的性格,你才能知道为什么他会走上抑郁的道路。

我和黄总也是认识于大学生求职驿站,当时我们宿舍总住了八个人,我、老袁、阿财、老何、小川、小军、小林还有黄总。那个时候我们睡有上下铺的双人床,我和小林住上下铺,老袁和小军住上下铺,阿财和小川住上下铺,黄总和老何住上下铺。

本来黄总是住下铺,老何是睡上铺的,一天黄总找到老何,跟他说:"老何你屁股太大了,睡觉一挪屁股就地动山摇的,不断住下面掉灰,全掉我脸上了,我们要换过来,你睡下铺,我睡上铺。"

老何是贵州人,黄总是陕西人,我们都没看出来贵州人屁股哪里比陕西人大,但是黄总看出来了,他理直气壮地比划着道:"你看着吧,就是大,一动就掉灰。"

老何说:"你要换床我跟你换,但是你不能说我屁股大。"

黄总说:"这不行,我必须要名正言顺,要不然人家以为我欺负你,你就是屁股大,掉灰,我才要求换床的。"

老何气得不行,争辩道:"我屁股一点也不大,而且我翻身不掉灰。"

黄总卯上了,说:"你就是屁股大,翻身掉我一脸灰。"

我们看着这贵州人和陕西人讨论屁股和脸的问题,都觉得十分有趣，一个个都竖着耳朵认真听着，暗暗看这俩人哪个能较过哪个。

谁成想，还没等我们看过瘾，老何妥协了，认栽了，说道："行了行了，我屁股大，我屁股实在太大了，我跟你换床，你屁股小你住上铺，我屁股大我睡下铺，不能因为我屁股的事情让你脸受罪。"

黄总赢了，从此大家都尊称他为黄总。

黄总的坚持和固执在我们心中留下了深刻的印象，此后我们暗暗警告自己，千万别让黄总看出来我们身体有哪个部位不正常，否则到时黄总会想出一百个方法证明我们身体的那个部位是畸形的，并且花费无数日夜劝说我们接受那个部位是畸形的事实，就像老何明明屁股一般般，最后只得承认屁股大一样。

我们宿舍八个人中，我是来自江苏的，小军和小林是四川的，老袁是安徽的，阿财是江西的，小川是湖北的，老何是贵州的，黄总是陕西的。随着老何的败退，从此贵州人是大屁股就成了铁板钉钉的事实，并具有法理学上无可争辩的依据，至少贵州人的屁股比陕西人、江苏人、安徽人、湖北人、江西人、四川人的都要大。

黄总太有能量了，屁股大不大他说了算。

三

二零零八年我们一边找工作，一边找兼职赚点生活费。不久之后老何进入了深圳银行，帮人家办理信用卡，底薪一千五百元一个月，办一张信用卡有一定提成，他经常搬着小板凳在天钥桥路路口招呼人家办信用卡,但是来来往往的行人从来不因为他是大屁股而给他任何面子,老何的生意很清淡,业绩很一般。

小军和小林去了台湾人的房地产公司卖房子,底薪两千元每个月,是我们宿舍底薪最高的,他们很满意,干劲很大。但是那家台湾公司一周除了晚上可以休息外,其余时间一律不给休息。

来自于江西的阿财毕业于山东一所大学,他一直很坚持地找和他专业对口的工作,所以那段时间他不是去做做群众演员,就是疯狂地投简历,在《木乃伊3》客串完士兵甲的三个月后,他离开大学生求职驿站,去了同济大学搞氢气能源研发。

老袁去了一家销售黄金的公司,做电话销售。他整天带着易拉宝四处开讲座,忽悠上海的老头老太太拿出退休金投资黄金。而我则进了一家重庆的制药公司,满上海的卖喷昔洛韦这种人体敏感部位的用药。

小川去了一家中法合资的保险公司,除了上厕所可以享受上海甲级写字楼这种高标准待遇外,他的工作还非常的有前景——他月薪三万,其中底薪为零,浮动工资三万,前提条件是一个月他得卖三十万寿险。

只有黄总没有就业,他也不急,整天抱着园林绿化的书籍看个不停,黄总的爱好是把这个世界弄的越绿越好。

小川被保险公司忽悠得挺彻底,整天找老袁谈保险收益率,想让老袁也买一份寿险。老袁在部队当兵的时候差点死掉,他一点不爱惜那条命,所以他根本不会买寿险。老袁被小川唠叨急了,就对小川说你该找陕西人聊聊,陕西人有洁癖,这种人肯定爱惜生命。

小川一想也对，就跑去找黄总，黄总研究了两天后，直接对小川说道:"你可真是个傻瓜，做这份没有前途的工作，你被洗脑了还不知道，赶紧跳出来吧，保险是骗人的。"

心直口快的黄总一席话把小川噎得够呛，那个时候小川确实迷上了保险，觉得那玩意能赚大钱，听黄总这么一说，心里很不服气。他对黄总说:"你可以否定我的保险，但是你不能否定我这个人，我又没得罪你，为啥骂我啊。"

黄总又较真了，说:"当了傻瓜还不能说了是不？你要是不傻你怎么会上当，保险公司就专门骗你这种没有脑子的傻瓜。"

小川说:"你才傻，我不是。"

黄总说:"你不是才怪，你就是傻瓜，还跟我推销保险，我有钱也不买你的保险。"

小川也头一横，说:"你有钱我也不卖给你，我不跟脑子一根筋的人较劲。"

说着躺床上睡觉去了，他知道跟黄总这种人打口仗没有劲，也讲不过他，主要是小川觉得黄总脑子一根筋，认死理，不转弯。

黄总倒不乐意了，说:"你说谁一根筋呢，我说你是为了你好，你看这一屋子麻木不仁，事不关己的冷血动物，哪有一个人敢跟你这样说实话，只有我不怕得罪你劝你从良，你还不识好歹，所以说你这种人就是活该被骗。"

江苏人，四川人，安徽人，江西人，贵州人都保持沉默，谁都不想掺和进来，谁都不想主动把坏人的头衔揽到自己身上。

贵州人还假装哼起了歌，虽然歌声很难听，但是我们心都得到了安慰。有点声音就好,有点声音就好,还是贵州大屁股懂我们的心,这无疑等于主动表态:陕西人说吧,我们无所谓。

大家都不想惹上黄总。

湖北人没想到保险没卖成,还得罪了黄总。于是小川就不理他,没人理黄总就在那边叨咕,小川还是不接茬,黄总就叨咕个没完,说着说着还把园林绿化上升成了人类最崇高的事业。大家都被他唠叨烦了,最后老袁忍不住了,发话了:"小川啊,黄总也是为了你好,你说句话表个态呗,别让黄总瞎操心了。我明天还要去公司卖黄金呢,还要早起打卡。"

小川叹了一口气说道:"好吧,我明天考虑下去重新找份工作。"小川也认栽了,自从贵州人承认自己是屁股大之后,湖北人也开始承认自己是傻瓜了。

大家都舒了一口气,终于可以愉快地睡觉了。

正在大家准备进入梦乡的时候,黄总又发话了:"哎,当兵的,你那份工作也是昧着良心的,你不能为了赚创业启动资金就忽悠人家上海老人啊。"

老袁一口鲜血差点喷了出来,这时我分明听到贵州人打起了呼噜,不一会儿湖北人的鼾声也响了起来,接着江西人,四川人,江苏人都跟了上去,一时间房间内鼾声此起彼伏,仿佛交响曲一般。可安徽人坐不住了,说:"妈的,就你那工作好,老子哪里昧着良心了。"

听闻老袁爆粗口,陕西人叹了一口气说:"唉,秀才遇到兵,有理也说不清,跟你这种人就是没法沟通,不光没文化,素质也低!

唉，睡觉。"

说着屁股用力一撅，正对着老袁的脸以示抗议，灰哗啦哗啦掉了下来，全掉在贵州人的脸上。

还是老袁这个大老粗有本事，能镇住黄总。我们都挺佩服他的。

四

当年我去川菜馆兼职端碟子，是和黄总一起去的。

第一天去上班，领班对我们说，服装要交一百块钱押金，黄总说没带。我说我帮你付了吧。当时觉得这种小事没有什么，没想到黄总却把这个小事记在了心上，我还纳闷为什么自打和黄总一起端了碟子之后，他从来不给我上课呢，也不为难江苏人呢，原来是这个缘故。

现在想想，其实想赢得一个人的信任也很简单的，那就是你先给他一个温暖的表达就行了。

渐渐地，和黄总接触的多了，发现他其实也蛮可爱的，做事情挺孩子气，和年龄并不相符。黄总是一九七九年出生的，是我们宿舍年龄最大的，比属狗的老袁都大三岁，但是他的思想远没有老袁成熟，思想和年龄无关，与性格有关。

在大学生求职驿站，黄总看得起的人只有阿财，他觉得阿财那工作才是本分工作，为国为民，问心无愧。他对老何也是蛮欣赏，毕竟老何很温顺，说他屁股大他就屁股大，从来不跟他抬杠。对小川就不同了，黄总觉得小川口是心非，明明跟他说好从保险公司跳槽的，结果小川并没有做到。黄总私下跟我们说，这小子敷衍我倒没有什么，敷衍他自己的人生就是傻瓜。

一副小川长辈的口吻。

老袁抬杠了，说："你呀别整天说这个，说那个，你自己都没有工作你拿什么资格给人家上课。"

黄总气得脸红脖子粗，说："你这个当兵的怎么这么不讲理，我说他是为他好，不为他好谁说他。我想工作分分钟的事，就你那种没有门槛的销售黄金的工作，我点头就有一大把，只是我不想去而已。"

老袁不服了，说："别整天说大话，就你那性格来这个公司也干不下去。"

黄总最怕跟老袁这个大老粗辩论，两个都喜欢抬杠的人真抬起来两败俱伤，而且老袁是当兵的出身，上了大学还没有大学同学，黄总是正规大学毕业的，所以他认为在素养上他还是要高老袁一等，虽然说不过老袁，但是黄总有心理上的自信。

黄总说："就不愿意跟你当兵的讲话，没劲。"

说完他就去找老何玩了。

老袁笑得大牙都快掉了，转头跟我说："走，今天纽崔莱有课，咱们去听听，听听这帮孙子怎么给人洗脑的。"

所以当二零一二年阿财说老袁讲笑话帮助黄总走出抑郁的时候，其实我是很惊奇的。

黄总后来终于找到了心仪中的园林景观设计的工作，搬去了浦东。而我也在不久后搬出大学生求职驿站，去了宝山，就很少和黄总一起玩了，那个时候我和老袁，阿财，华仔等人接触的多一些。

五

二零零九年，黄总打电话给我，说他跳槽了，公司现在不包他住宿了，想去我那住一段时间。那个时候我和小朱租住在共康路，小朱那时正好去沭阳出差一段时间，我对黄总说你来吧，分开一年多没见面了，正好聚一聚。

刚住过来的黄总还是以前那副老人家的面孔，讲话老气横秋，没有亮点，没有正能量，还经常叹气，倾泻负能量。他脸上因为内分泌失调而油光满面，还长了满脸的痤疮。

黄总想继续找份工作，我觉得该帮帮他，于是就想像帮助小朱那样帮助他。我拿到黄总的简历，看了没几眼我就笑了起来，黄总的简历实在是太好笑了。我对黄总说："老黄啊，你简历不能这样写，你看你的工作经历——第一份工作从二零零一年到二零零三年，底薪一千五；第二份工作从二零零三年到二零零五年，底薪一千五；第三份工作从二零零五年到二零零七年，底薪一千五。未来期望底薪还是一千五。"

我说："你这样给用人单位看到会觉得你很没有上进心。"

我劝说黄总修改这份没有亮点、和他本人一样无聊且偏执的简历，没想到黄总却一口拒绝了，他说我要找的工作是园林绿化，和你那种没有门槛的销售工作不一样，所以你那个套路对我不好使。

"雷锋"碰了一鼻子灰，但是"雷锋"知道黄总的脾气，"雷锋"忍了。

第二个礼拜，黄总还是没有找到园林绿化相关的工作，他开始急躁了，再不工作就吃不上饭了。我厚着脸皮继续劝说他："黄总啊，别一门心思瞄准园林景观设计了，为了生活改变思路，做销售吧，销售门槛低而且就业快，再不改变观念也许你理想还没实现人就被饿死了。"

最后实在迫于生活压力黄总妥协了，几天后他接受了一家做保温材料公司的召唤，去做了一名销售员。

这个曾经把老袁贬得一文不值的老学究最后还是走了和老袁差不多的路子。

那时候，黄总的父母经常打电话给他，让他别在上海待了，回陕西吧。他们只有黄总这么一个儿子，如今他都三十岁了，还在上海没有头绪，父母劝他赶紧回老家结婚生娃。

黄总心情很烦躁，对父母也没有好气，大叫着说不回去，你们别打搅我的事业。父母被呛了几次之后，还是不放心，他们对黄总说："你深圳表姐给你介绍个对象，你赶紧跟人家视频下，咱不谈事业，咱们聊爱情，可以吗。"

爱情，对于黄总来说可是个冷门话题，但是我看得出来黄总还是非常渴望爱情的。

那天,黄总和他表姐介绍的对象视频聊天的时候我也在场,视频中的女孩子很时髦,个子也很高,容貌也绝对算得上是个美女。黄总视频结束后心花怒放,睡在我旁边的他翻来覆去,无法入眠,像只发了春的小野猫。

我一度觉得黄总有可能会回陕西老家结婚生娃了。

谁知道,睡到后半夜,黄总把我摇醒了,一边叹气一边对我说:"唉,我不能和这个女孩子结婚。"我被弄醒很光火,说:"你想了一夜怎么得出来这个浑蛋结论呢?"黄总支支吾吾扯了一大通,先是说这个女孩子漂亮是漂亮,讲话呢也很有文化,气质呢也很得体,但是总觉得有些不对劲,尤其是聊了几条短信后,心里更是慌慌的,对于这份爱情,总觉得没有对园林绿化有那种亢奋的感觉。这个女孩子以前谈过几个男朋友,而且都同居过好几次了,这样的女孩子一定见多识广,不一定能跟他好好过日子……

我听了大半个小时才听出来黄总的潜台词是什么,我直截了当地问道:"黄总,你是不是有处女情结啊。"

黄总被猜中了点了点头,说:"是的,所以不能跟这个美女谈下去。"

我说:"你这八字都还没一撇的你考虑那么远干啥,你这不是自己吓唬自己吗,再说了,你都这把年纪岁数了,能挑的也不多了啊,别那么一根筋了。"

谁知道我这话一出口,黄总就不说话了,那一晚就没有继续跟我讨论任何问题。

偏执的黄总在感情道路上也是认死理,所以我能影响他的根本不多,也无法改变他。我小心翼翼地避免和黄总的价值观发生冲突,我有自知之明，我心里深深知道，撼泰山易，撼黄总难。

六

没想到我即使如此小心翼翼，但是不到一个月，我和黄总还是发生了矛盾。

具体的经过是这样的——那天我心情很好，下班后我请黄总在仁和医院附近的餐馆吃饭喝酒，好酒好菜上桌以后，我跟黄总把酒言欢。一开始聊天还是比较和谐的，聊着聊着我就跟黄总聊起了我们公司最近发生的事情。我告诉他我的大区经理兼我的贵人老朱最近想开除浙南的一个地区经理，因为这个浙南的地区经理薄待了对老朱很忠诚的小兄弟，于是老朱开始写文章号召我们要讲政治，以前不知道政治是什么东西，为了响应运动专门去研究了一下了，《孙子兵法》中就有明确的注释，政治从大的角度来说就是道，所谓道，令民与上同意也，故可以与之生，可以与之死。就是说政治就是和老板保持一个步调，和老板同仇敌忾。往小了说就是毛主席讲的那个话——把我们的人搞得越多越好，把对方的人搞的越少越好。老朱主动提出讲政治，无非就是暗示我们要紧紧团结在他的周围，高举老朱的伟大旗帜。那我也就紧紧跟随老朱的步伐，听从他的号召和派遣，他需要我干什么我就干什么，他指哪我打哪，不分对错，不讲是非，埋头苦干。

我讲这番话的时候是发自肺腑的，那个时候老朱在我心中一直是我最尊敬的人，所以我要听他的。

黄总一听我这话就不同意了，他义正词严道："你这哪是政治，分明是整人啊，这不就是联合大多数人整倒少部分人，这种行为和四人帮无异，你老板不是个好东西，你赶紧离开他。"

我有点尴尬，就解释说："黄总，你不知道我们老板脾气，他是个好人。"

黄总说："你肯定被你老板洗脑了，他给你一些小恩小惠，然后就把你当枪使，当炮灰，你还太年轻啊，看不清是是非非，看不清游戏规则，会吃大亏的啊。"

我心里很不爽，跟黄总说道："我看得清呢，我看对人就行，人没有十全十美，我知道我要的是什么就行，这个人有我需要的品质我就跟着，他的利益我就帮着维护着，他整谁那是他的事情，我只做我该做的。再说看清了又有什么用呢，我还能跳槽不成？"

黄总说："你做人不能这样，做人要有自己的一套是非观和立场原则，反正这种整人的老板我不跟，我做人两袖清风，一身正气。"

我火大了，心想还能愉快聊天不，我请你吃饭，请你喝酒，你老是跟我抬杠，我知道我的观点不成熟，可是至少我懂点人情世故，知道察言观色，你为啥跟我较真呢，我总不至于什么话都得说对吧。

我和老袁聊天观点也不一致，但是至少大方向可以聚拢，但是我和黄总聊天完全没有一根线能搭起来的。和老袁的争辩是建立在志同道合的具体战术上，我们的方向是没有问题的，但是和黄总的争辩完全就是南辕北辙，鸡同鸭讲，方向和方式都完全没有共同点，就连讲话时的标点符号也完全不一样。

这一顿酒气得我肚子生疼。

回到宿舍，我就跟黄总说："黄总，你赶紧去找个房子搬出去吧，我不想跟你住同一个屋檐下了，你老是负能量，还聊不到一起，而且你身上的棱角太坚硬了，我受不了了。你要是找不到房子的话，这个房子给你了，我出去找房子。"

黄总没有生气，他叹了一口气说："好吧，我一个礼拜内搬走。"

搬家那天，我跟黄总说："老黄，你老是这么钻牛角尖，早晚有一天把自己整抑郁了。"

黄总没有再和我抬杠，他什么话也没说，提着他的保温材料默默地走了。

从此黄总搬去了浦东，不再和我有联系。

但是我一直没有忘记黄总，他是我二零零九年在上海放生的一只"野生动物"，我一直关注着他的动向。

七

我来苏州后，陆续听到了黄总的一些消息，听说他去了一段时间陕西，没有多久又回到了上海，后来还在起点中文网写起了小说，经常在上海求职驿站的QQ群里打广告，求点击求打赏，后来还注册了一个皮包公司，准备拍微电影。

二零一零年，阿财告诉我，黄总和一个他认为很有前途的老板闹翻了，黄总威胁要对那个"有前途的老板"整武力，那次黄总闹得挺凶的，和跟我们较劲不同，毕竟还有些交情，属于人民内部矛盾，而他和他的老板，黄总认为是敌我矛盾，这是你死我活的较量，黄总对外人可是冷酷无情的。阿财还告诉我，黄总在网络上贴大字报要发动全国人民打倒黑心老板，还他一个公道，还要动用司法力量来维权，看来黄总这次真的被伤到了。

二零一二年，阿财打电话给我说黄总抑郁了，他开始跟自己过不去，整天把自己弄得闷闷不乐，还要死要活的，老袁为了帮他治疗抑郁天天给他讲笑话，但是黄总依然没有什么起色，至今还愁容满面。

抑郁症的致病原因很复杂，但是总结下来不过于外因和内因两个。有一个非常著名的大猩猩实验，把两只大猩猩关在两个不同的铁笼子里，彼此能互相看见对方，实验员给其中一只大猩猩每天喂食香蕉菠萝等名贵水果，而给另外一只大猩猩喂食烂菜烂叶脏水，没有过多久，那只喂食烂菜脏水的大猩猩就抑郁了。这和我们人类不是一样的吗，每天看别人过得那么精彩，而自己却活得那么苦，当然闷闷不乐，抑郁寡欢了。

外因我们姑且不论，但我们有没有问过自己，为什么我们会过成今天这个样子，是能力不行？心态不好？还是性格有问题？抑或是品德不够好？那我们能不能反求诸己，寻求改变，将自己变得更好更优秀呢？而不是像黄总这样将自身不足原封不动地从二十世纪带到二十一世纪呢？

这个打完外战，接着打内战的黄总，终于不再将枪口对准身边的人，而是和自己掐了起来，对于这个结果其实我并没有多少意外，我想如果黄总能够认识自己，也许他的人生会有不一样的结果。一个温暖的你可以看到一个温暖的世界，一个挑剔的你就只能看到一个不完美的世界。其实很多时候不是我们想不明白世界，而是我们想不明白自己。

关于黄总为什么会抑郁，江湖上还有另一个版本的传说，据说这个版本可靠度比较高，那天老袁和黄总喝酒，黄总说："壁纸有前途啊。"老袁说："那可不是咋地，要不我也赚不到那么多钱，我是一个有眼光的人。"黄总说："你说出了我想说，但是还没来得及说就被你抢先说了的话。"

这么多年过去了，黄总和老袁终于能够达成共识了，开始欣赏老袁。

老袁说："黄总你是不是处男。"

黄总叹了一口气。

老袁说："那我带你去见识一下外面的世界。"

黄总叹了一口气。

后来他们去了闵行区一个偏僻的洗头房，老袁说整个闵行就这家最漂亮。谁知道那天黄总是提着裤子从屋里跑出来的。一边跑一边骂道："还说是小姐，说老姐都是在夸她，我老黄还是有追求的！"

后来黄总就抑郁了。

我把这个版本讲给阿财听，阿财生气地说道："就你心理最阴暗，你就继续编吧。"

我追着阿财的小屁股后面解释道："就允许生活对我开玩笑，我不能对生活开玩笑了对不！还有天理不，还有王法不？"

其实，我没事的时候还是会想起黄总，想起当年的大学生求职驿站。

大学生求职驿站是我人生的中转站，在那里我认识了形形色色的人，也接触到了很多完全不同的世界观和价值观，在和他们碰撞的过程中我发现了自身的问题，完善了自己的思想和性格，让我由不成熟走向了成熟。

当年之所以立志要瞄准医药行业进行深钻，就是受到求职驿站一个小伙子的启发，当年那个小伙子向我和老袁吹牛，说他干过了不下于十个行业——化工、塑胶、印刷，还开过网店，摆过地摊，开过创业公司，零零总总十几样。后来我们打听他来上海准备下一步做什么，结果发现他还是去八万人体育场投简历，找一千二百元一个月的工作。

老袁说："这种工作干多了白干，想做出成绩就要瞄准一个行业深钻，钻得比别人深，才能比别人牛。"所以后来老袁一直在从事壁纸，而我一直在医药界，我们从不越界。我想我们都是把别人当作镜子，照出了一些人生道理，避免走一些人生弯路。

我希望求职驿站的每一个朋友都有光明的未来，对于黄总我也希望他早点摆脱抑郁，拥抱一个温暖的未来。

安慰剂

一

二零零九年的一天小学同学李波打电话给我,问我上海哪家医院治疗肿瘤最牛,我说当然是上海肿瘤医院啦!他问我:"你认识那里的专家吗,我有个片子要找专家看一看。"我说:"不认识,不过你要是来上海我带你去医院找专家。"

原来,李波的爸爸得了淋巴癌,十年前在老家切过一次,这次做检查,医生怀疑癌细胞扩散到肺部了,建议去南京大医院细致检查下。于是他带着爸爸去了南京鼓楼医院,检查结果显示,癌细胞确实已经扩散到多个脏器,老人家时日不多。

李波一副愁容,他不知道该怎么办,于是打电话给我,看看能不能来上海再次确认一下。他说他爸爸坚持认为自己身体没什么问题,李波也没把南京的检查结果告诉他,只说是简单的小肿瘤,已无大碍,不过他还想私下里偷偷再找个医院确诊,癌细胞是不是真的扩散了。

后来他来了上海，和我去了肿瘤医院。肿瘤专科医生看了他带来的病理报告，建议做活细胞切片重新检查。李波犯难了，本来他是瞒着他爸来确诊的，就是怕老头子知道，如果通知他来做切片，老头子去过南京又来上海，他心里指定认为自己的毛病很严重，到时候根本兜不住。他担心老爸没有让肿瘤给折磨死，反而会被自己的病给吓死。

李波是个很有主见的人，他想了很久叹了一口气说："算了，我还是不做切片了。回家买点中药，就告诉老爸是特效药，比济公的药丸都神，吃了一切病灾都没有了。让他心情舒畅，放心无顾虑地活好每一天吧。老爸本来就是个要强的人，这样的人肯定会自我心理暗示，说不定能多活好几年。"

没想到，2015年新年去他家玩，老爷子还身体矍铄地找我喝酒，那天幸好我多喝了几杯开水，否则以我的酒量根本干不过他。老爷子实在太能喝了，喝起酒来动作麻利，虎虎生风，完全看不到身上有任何问题。

李波告诉我，他爸爸早已经过了死亡期限了，还活得好好的，这是奇迹啊。

心理暗示有些时候比吃药还牛。

我想到了医学上有个学术名词叫——双心治疗，是心血管科医生经常会提及的。双心就是心血管和心情，调查发现绝大多数慢性病人在治疗过程中都伴随着情绪疾病，如抑郁焦虑症，而这些心情上的不佳反而加重病情，导致治疗效果不佳。

情绪是一个复杂的命题，无论对健康人来说还是病人来说都是如此。

二

　　大学时候看医学实验，经常看到书中提及一种药品叫安慰剂。

　　安慰剂其实并非药品，大都是面粉一类的东西制成的。

　　几百年前，医生就意识到安慰剂的作用，但是真正让安慰剂名声大震的却是二战。当时军医治疗伤员会给他们注射吗啡止疼，但是随着伤员数量的增多，吗啡根本不够用的。军医没有办法，就给伤员注射生理盐水，然后告诉他们注射的是吗啡，奇迹的是，伤员立马就觉得疼痛减轻了。大家这才知道，原来心理暗示有止疼作用，这件事迅速引起了医疗界的关注，终于产生了一种叫安慰剂的药品。

　　安慰剂对精神疾病有百分之八十以上的效果，但是对于其他疾病效果一般，所以安慰剂其实是在忽悠人的神经系统。

　　就像李波给父亲吃中药治肿瘤一样，其实生活之中我们也经常碰到"安慰剂"。

　　曾经听过一个大师的讲座，讲如何提高演讲水平。他说，自己第一次站在公众面前演讲也怕得要死，话都讲不出来，怎么办呢？再不说话就出洋相了，焦虑中他突然想到了一个好办法，既然面对观众演讲会产生恐惧心理，那何不给自己服用一剂安慰剂，就把台下黑压压的观众想象成小时候他家种的西瓜地，而非舞台，那一个个人脑袋就是一个个大西瓜，对着大西瓜演讲他可不发怵，于是乎心里马上轻松了很多，顺利地完成了第一次演讲。

大师说，人有些时候是需要欺骗自己，忽悠自己的。

记得在大学生求职驿站的时候，我和武警老袁天天朗读背诵《羊皮卷》。当时受《疯狂英语》李阳的启发，认为若想口才好，就必须让口腔肌肉发达，当然要像锻炼俯卧撑一样锻炼口腔肌肉，经常高剂量读书对于锻炼口才非常必要。

朗读《羊皮卷》还有一个极其重要的好处就是，《羊皮卷》实在太像"安慰剂"了，这种心灵鸡汤实在太能忽悠神经中枢了，它麻醉了我们的神经，转移了生活带给我们的痛苦，让我们即使处于惨淡的人生环境中，依然能充满斗志地面对明天。于是大学生求职驿站整天响起了"今天是我新生命的开始""我是世界上最伟大的奇迹""我要加倍重视自己的价值"的呼喊……

接连背诵了三个月，我发现我真的发生了翻天覆地的变化，我从一个迷茫颓废的应届毕业生变成了一个每天都要求自己进步，时刻思考改变自己前途命运的有志青年。

谎话说多了，人往往自己都分不清哪一句是真的，哪一句是假的，因为自己的神经中枢也被搞乱了。同样，励志自己多了，也会把自己推向一个全新的境界，志向和人也分不开了。

三

信仰重不重要呢？我觉得很重要。

我有个小学同学叫"胡油瓶"，因为家里是榨豆油的，所以身上总有一股浓浓的豆油味,我们给他起了一个外号叫"胡油瓶"。

上小学的时候"胡油瓶"经常欺负我,后来被我哥知道了,把他按在地上暴揍了一顿,从此,"胡油瓶"就成了我在小学时最好的好朋友。

"胡油瓶"大学毕业后去了包头,开挖掘机挖煤赚了不少钱,后来在我们市区开了一个门店专门卖二手挖掘机。他娶了一个本地姑娘,生了一个胖宝宝,小日子过得有声有色。

不过后来两口子出现了矛盾,反正莫名其妙五花八门的矛盾,两口子经常干架,而且一干就是昏天暗地,大地震颤。那个时候,镇政府门口,法院大院里,派出所办公室里,油瓶家的床上、地板上、卫生间、房梁上,到处都留下了他俩干架的印记。俩人干架的惨烈程度一度超过了世界大战。

成年后的胡油瓶身高不过一米六,又瘦又小,跟身高马大的媳妇打起架来,势均力敌,旗鼓相当,所以根本不能形成压倒性局面。他们两口子从初一打到三十,油瓶胜利十天,油瓶媳妇胜利十天,剩下十天势均力敌,最后以骂战评算战绩,油瓶骂赢他媳妇零场,他媳妇骂赢油瓶十场,油瓶大比分落败。

那个时候,他们的感情走到了崩溃的边缘,两口子整天这样搞中原大混战,谁受得了,谁还有心去好好过日子,心里都伤得透透的了。所采用手段也越来越极端,越来越没有顾忌,后来他们把兵器都招呼上了,经常铁锹、铁耙、榔头、铲子、锤子满天飞,邻居过他们家门都得戴安全帽,生怕被撞破头。

很多人都觉得这两口子完蛋了。

谁知道，让我们都意外的是，一年后，两口子居然恩爱甜蜜的很，也不干架了，连侮辱对方的行为都没有了。我们都很纳闷，这到底发生了什么，一打听，原来，两口子都在别人的介绍下信了基督。

我是个无神主义者，所以也不是宣传基督教多么拯救人，反正这两口子自从信仰基督之后从此好得跟一个人一样。我当时就意识到，信仰是多么的重要，可以把一对魔鬼变成一对模范夫妻。

油瓶后来经常劝我信基督，说他信了基督之后，再看到媳妇办错事情也不发火了，他反而告诉自己，是自己修养不够，自己魔性太强，不能包容媳妇的瑕疵，自己要好好改改。而他的媳妇也这样想，两个不断反省自己的人是干不起架的。

之前之所以老干架是觉得自己看问题，理解问题很正确，脾气也没问题，都是对方的问题，两个互相指责的人是没有和平的。

有的时候想想，信仰也是一剂安慰剂。他让自己的神经中枢彻底相信问题都出在自己身上，而不再把自己的恶施加给别人。

中国人现世观念太重，所以物质积累再多也不幸福，人性有些时候也坏得很离谱。而有超世观念的人一旦把目光瞄向下辈子，这辈子的计较反而变少了，计较的少了，矛盾就少了，矛盾少了，幸福就多了。

灵魂上的安慰剂也很有用啊！

犹太人的智慧

一

曾经跟小周讲过一个故事，叫"犹太人惩罚的故事"。

从前有个犹太老板，他手下有一名员工很懒惰，上班的时候经常睡觉，还嗑瓜子，喝咖啡，看报纸，就是不正经干活，犹太老板很生气，想把他开除了，但是转念一想，不能太便宜了他。于是把这名员工叫到身边，对他说："从明天开始，你只需要上半天班就可以了，但是工资呢，我给你加两倍。"

这名员工一听，心花怒放啊，这么好的事居然砸在自己头上了，这肯定是祖宗坟头冒烟，祖上积德保佑。

于是他每个月拿着双倍的工资，干着半天的活，惬意地生活了半年。

半年后，犹太老板又把他叫到办公室里，对他说："你被解雇了，立马滚蛋吧。"

员工懊恼地离开了公司，不知道发生了什么——老板怎么这么喜怒无常，半年前还喜欢我，给我加薪，半年后莫名其妙又把我炒了。

即使再想不明白，生活还是要继续的，他又开始寻找下一份工作，谁知道无论他怎么找，就是找不到自己想要的理想工作，原来他脑海里把上一份工作当做参考标准——收入高，干活少，待遇好，用这样的标准去寻找，怎么可能找得到呢？

说完，我告诉小周，这就是犹太人惩罚人的特点，我并不惩罚你的肉体，我惩罚的是你心灵，一旦你的心灵被惩罚了，你的人生有可能永远留下一个无法抹去的阴影。

在爱情上，这个道理同样适应。如果你爱上一个姑娘，对她好一点，无私地，用心地，专一地，真心地，那么你就和那个犹太老板一样让她心里留下了标准，女孩肯定会爱你爱得死去活来，即使她离开了你，在她余下的人生里，心里一定有你的位置，她也一定会用你的标准去要求下一任男人，如果不及，她一定会一辈子回忆起你——唉，曾经有个小周，对我那么好，我一辈子错过了。

所以说这个世界上最伟大的爱情是飞蛾扑火，就像紫霞仙子对至尊宝那样，奋不顾身，不顾一切。

小周被我高深的理论震的两眼放光，虎口发麻，头点得拨浪鼓似的说："很对啊，真理啊！"

二

二零一五年下半年,小周一个杭州的朋友给他介绍了一个妹子,很漂亮的一个姑娘,身材火辣,工作也很高大上,做的是影视传媒。小周对姑娘一见倾心,对于小周这个被岁月逐渐发酵的单身青年来说,前途其实非常不明朗,谁也不知道他前半生的结果是酿成了一坛美酒,还是变成了腐败变质的臭水。小周期待着在他人生没有揭开答案之前遇到一段真爱。

为了给小周创造机会,媒人做了一个局,他们一起去了西藏,那次他们在西藏玩得很开心。有了良好的开端之后,小周和妹子就开始从爱情的浅水区向深水区走去。

后来小周跟我聊过和姑娘相处的经过,他说:"孙哥啊,不顺利啊,这妞泡得棘手啊,上火啊!我在苏州,她在武汉,两个人之间除了短期有火花之外,长期来看任何方面都看不到明天啊,妹子比我还大两岁,她对这段姐弟恋没有一点信心,她冷冰冰的表现都被我看在眼里了。"

"但是怎么办呢?这个妹子我很喜欢,不想就这么擦肩而过。"

当人类失去信仰的时候,就很容易迷失自我;当爱情失去信仰的时候,就很容易分崩离析。

我们每一个人都会或多或少留在别人的记忆里,只是当别人回想起我们时候会不会也像我们回想他一样,想着想着嘴角露出了微笑?

小周说:"孙哥,我一直记得你说得那个犹太人的智慧,我在心中一直告诉我自己,不要在意别人给了我什么,只要记住我要在她那里那留下什么,如果这段爱情注定是个问号的话,那至少我们相处的这段时间是个句号,而且是个完美的句号,我要在她的人生中留下独一无二的温暖。"

爱情,如果无法以牵手走向圆满为终,那么也无妨,种下温暖,种下美好就行了。即使给不了她想要的幸福,但是自从遇见我,她就变成了一个快乐的人!

三

最近看过一个纪录片,一个男人犯案多起,奸杀了好几名无辜的女人,主持人去采访他的时候,他没有一丝的悔意和不安,反而兴高采烈,眉飞色舞地谈起了自己作案的动机以及细节,他笑着说:"如果我现在有机会,我会杀更多的人。"

主持人问他:"你的人生中就没有让你觉得温暖的事情吗?"

犯罪嫌疑人没有多少思考,说道:"我印象最深的是有一次在逃亡的路上,遇到一个老婆婆,我向老婆婆讨点水喝,老婆婆当时在烧饭,她递给我水的时候对我说:'孩子,要不你晚上就在我这吃饭了吧。我问他,婆婆你的儿女呢?怎么不跟你一起吃饭。老婆婆说他们都去世了,就我一个人了。'"

犯罪嫌疑人被感动了，从兜中掏出了五百块钱，递给老婆婆，对她说："婆婆你今天把我当你的儿子吧。"

犯罪嫌疑人讲完之后说道："你想想看，如果这个世界多一些这样的老婆婆，我还会去杀人吗？"

犯罪嫌疑人把自己的作恶归咎于这个社会对他的不公，这当然是极其错误的结论，但是他的话也揭示了另外一个道理——如果多给这个世界留下一些温暖的回忆，也许我们的温暖将点亮多少人幸福的人生。

动笔来写这本书的时候，我想能被记录的肯定都是我这三十多年人生中曾经温暖过我的那些人，那些事，他们就像我们一开头说的那个"犹太人的智慧"一样，温暖的标杆从此留在我的心中，让我念念不忘。

第四部　永言配命自求多福

永言配命　自求多福

"永言配命，自求多福。"出自《诗经·大雅·文王》，意思是说常思虑自己的行为是否合乎天理，以求美好的幸福生活。

孟子是在论说仁政的时候，引用了这两句话来说明文王成功的关键所在，这八个字也是为了证明他的另一个观点——行有不得，反求诸己。孟子的意思很明确，在人生追求不断进步的道路上，我们也应该明白，当所求不得的时候，"问题可能还是出在自己身上，命运决定于你自己。"

因为工作性质的原因，我经常出入于各大医院。进的医院多了，我发现医院附近的骗子是中国所有企事业单位附近品种最多的。

二零零九年当时我在上海市411医院做业务，一天中午我去海伦路闲逛，看到路边有一个回收古董的小商贩，他的摊位前摆放着很多古董，但是没有人去淘这些古董，而是十几个人围成了一圈，人声鼎沸，好像在欣赏一件稀世珍宝。看到那么多人围观，我也把脑袋挤了进去。

原来是一个瘦高的年轻老板在跟一个中年妇女讨价还价。

瘦高老板一边用老花镜观察着手中的"金镶玉",一边对妇女说"大姐,你这个玉成色不错,这样吧,我给你八百块,你这块玉卖给我了,怎么样?"

中年妇女一把夺过瘦高老板手中的金镶玉,说道:"俺这个是刚出土的,这玉成色这么好,你才给俺八百,俺不卖。"

瘦高老板不气馁,继续说道:"做生意吗,讨价还价很正常,我真心想买,你要是真心想卖的话你开个价吗,这样吧,给你加七百,一千五百元行吗?"

中年妇女看了看瘦高老板,又看了看我,说道:"俺不卖,俺这个玉你少于五千块俺不会卖的。"说完她抬脚就走。

瘦高男子对着她背影喊道:"大姐,别走啊,一千五百元不行我两千五百行不行,你别走啊……"

十几个围观的人都开始惋惜,不住说着:"可惜了,这块玉不错。"瘦高老板一看中年妇女走远了,于是对我说:"小哥,我要护着摊子走不开,你能去前边把那个女的叫回来吗?你跟她说我五千买了,赶紧叫她别走……"

我看这个老板一脸的真诚样,心想我做雷锋也不是一天两天了,这一次这个忙我帮你。

我赶紧向那个妇女消失的地方跑去,我看到妇女回头看了我一眼,又快速往前行走,我追上她一把拉住她道:"喂,你别走啊,那个老板答应你了,他出五千。"我拽着中年妇女就往回走,中年妇女一边挣扎着一边喊道:"别拽我,我不卖给他……"我不管她,硬拉着她一路把她拉回了摊位，我原以为瘦高老板会是一脸的惊喜，毕竟他喜欢的东西我帮他拉回来了，谁知道瘦高老板一脸的愤怒，十几个围观的人也一哄而散了。

那个时候我刚从大学毕业才两年，所以很无法理解为什么那个瘦高老板是一脸的愤怒，而不是惊喜，后来看了《东方110》之后才知道，原来这是个骗局，就是一群骗子在骗我这个外人，贪心的人会想——如果我从这个妇女手中哪怕花三千元买下这个玉，倒手找到老板卖个五千，我瞬间可以赚两千元。但是一旦你买下了那个玉，你回头了老板肯定是不认的。我没有动了贪心，没有私下和那个中年妇女交易买下她手中的玉，否则我肯定会被骗得很惨。

我想当我拽着那个妇女往回走的时候她心里一定是绝望的，她内心的潜台词一定是：你是不是缺心眼啊，是不是傻！

我们内心总会被一些东西所操控，它引导着我们去做一些事情，我想如果我是一个很贪心的人的话，这个故事的结果肯定会不同了，被骗失财的我一定会大声痛斥：骗子们太丧心病狂了，连我这种善良的人都不放过。

我曾经很好奇，为什么骗子喜欢在医院附近骗人，直到有一天，我发现了背后原因。那天我在医院铁凳子上等人，我周围都是看病的病人，还有家属，这时一个挎着包包的男子出现了，他一边走一边向病人发放报纸，这些报纸去医院看过病的人可能都有印象，无非就是包治肿瘤百病的广告。一位阿婆接到报纸后，立马摊开报纸准备看，谁知道她旁边的儿子一把扯开她手中的报纸，然后将报纸撕碎，他一边撕一边对阿婆说道："妈妈，这个报纸就别看了，你现在的心情，很容易被这些内容误导的。"

当我们越是渴望一种结果出现的时候，我们往往越是容易迷失自我，理智、理性、情感什么的都会变了形，走了样，这也是骗子能够得逞的前提条件。

一颗不贪的心灵可以屏蔽骗子，一个理智的人也会拥有一个理智的人生。很多时候不是骗子太聪明，而是我们根本把握不了自我，对于这个风尘世界来说，不存在什么多快好省，也没有什么登天捷径，如果你的想法不合理，你的行为也不合天理，那你就无法拥有幸福的人生，你只会不断拥抱灾难。

每个人都希望万事如意，事事顺心，而这个美好愿望很多时候不是建立在自己力求改变命运，力求让自己变得更好的基础上，而是求上帝保佑，求菩萨帮忙。上帝很忙的，我这么多年人生路走下来，我发现上帝根本不站在我这边，上帝有可能根本就没有上过班。

孟子还说："仁者如射：射者正己而后发，发而不中，不怨胜己者，反求诸己而已矣。"意思就是——仁者的行为处事就像比赛射箭一样：射手先端正自己的姿势然后才发射，箭如果射不中靶心，当然不能怨恨胜过自己的人，相反，应该反省自己的射箭技术存在什么不足之处。

人生路上不顺利时，很多人会抱怨领导不重视，同事不配合，机会不垂青自己；无法升职加薪，会抱怨公司考核不公平，有暗箱操作；指标完成不了，会抱怨公司产品不行，营销策略有问题……凡此种种，都是在求诸人，而不是求诸己。

指责和抱怨只会让你错过武装自己的最佳时机，与其抱怨别人，不如改变自己，多想想自己有哪些地方可以改进的，有哪些地方可以做得更好的。

当年我为一家医院拍微电影，剧本写好后，各方都不满意，院方需要一个版本，公司需要另外一个版本，三千多字的剧本不断提交，不断打回修改，那段时间我经常改到凌晨，改了几十次还是无法令各方同时满意，我当时心中确实有所抱怨。但是经过这次事情，往后当我再写其他文章的时候，忽然发现下笔比以前流畅多了，这让我十分惊奇。这才明白，几十次地修改已经让我对文字的把握和应用能力更好，我在无形中找到了一条通往写作成功的大门。我想如果我当初只是抱怨，放弃修改的话，也许我错失了一次提升自己的机会。

"永言配命，自求多福"，不但是一种职业素养，也是一种人生智慧。凡事先问问自己，个人能力就会不断提升，人际关系也能达到"躬自厚而薄责于人，则远怨矣"的效果。

《孙子兵法》有一句话我很喜欢，"昔之善战者，先为不可胜，以待敌之可胜。不可胜在己，可胜在敌。"意思就是说善于用兵作战的人，总是首先创造自己不被打败的条件，并等待可以战胜敌人的机会。使胜败的主动权掌握在自己手中；敌人能否被我打败，在于敌人是否给我们以可乘之机。

用在人生上难道不是相同的道理吗？

我们能否在社会舞台上游刃有余取决于我们品德是不是优秀，能力是不是强大，这些都是我们要加倍修炼的，一旦修炼好，再强大的敌人也攻不破。而现实中的我们总是一边丢盔弃甲，狼狈奔逃，一边大声抱怨敌人太强大,其实是不是放弃的有点太早了呢?

褚时健曾经说过:我发现有些年轻人把事情想得太简单了,总想找现成,靠大树,撞运气。其实,这个世界哪里有这么简单的事情?我八十多岁了,还在摸爬滚打,事情要一点儿一点儿地做,本事要一点儿一点儿地学,才能一步一步把成功的本领学到手。

一个写作者不愿意多读书,不愿意多写文章,不思考如何提高自己的综合素养,而是不断寻找所谓的技巧和捷径,指望着偏方或者快捷通道,让他早点扬名立万,出人头地。而过来人只会告诉他,写作就和长胖一样一样呀,你要长得胖,长得很胖,你就要多吃饭啊,多吃饭……

多为自己添砖加瓦,增宽视野格局,增加战斗力,而不是指望各种不合理的幻想出现。这才是幸福人生打开的正确方式。

大杂烩

以前跟前任小胖子一起烧饭的时候，最喜欢烧的一道菜叫大杂烩。买五块钱肉丸鱼丸，五块钱粉丝，加上辣椒，菠菜，麻球，金针菇，香菇，平菇，猴头菇等等一起倒入锅里乱炖一气。

端上桌，香气四溢，味道鲜美，令人回味无穷。

这道菜，最重要的一个成员是辣椒。我们放辣椒不是把它当作作料，而是把它当成主菜，一盘大杂烩端上来，火红火红的，连汤都是红的，一般人根本下不了筷，但是我和小胖子很喜欢，吃得很欢畅。

回味这道菜的时候，我就想写一篇类似于这道菜肴的文章，乱炖一气，说不定就是一顿美味的大餐。

一　辣椒

人生的希望往往源于对未来的不确定性，对于爱探险的男人来说，即使努力后失败也比一眼就看穿未来要好，也许这就是赌博容易让人沉迷的原因，因为你永远猜不出你下一张能摸到什么牌。

小周说他不喜欢做室内设计这个工作，觉得这种工作一眼就能看到事业的天花板，未来人生看不到希望，这让他很焦虑。

他是在跟我喝酒的时候说起这个事情的，他说很多人不理解他的想法，认为他不努力，没有前途，为此他很苦恼。

我拿出一副扑克抽出其中的五张牌，依次摊在桌上让他抽选其中一张，小周选了中间那张，不明白我到底在玩什么。

我解释道："小周，你知道吗，这五张扑克牌，每张牌被选中的概率都是五分之一，相信任何一个学过数学的人都明白这个道理。但是放在现实生活中，结论却并非如此。两头这两张牌被抽中的概率加起来也只有10%，而中间三张被抽中的概率却高达90%，远远高于理论上的60%。不信你可以找人测试！"

扑克如此，人生也是如此。

我告诉小周说："两头的扑克我们叫极端人才，中间的扑克叫正常人才。极端人才不光想法和正常人才不一样，人生道路也不相同。举个例子，三国有个成功的失败典型叫——马谡，马谡是因为失街亭被诸葛亮杀了的，大家都觉得马谡你这个人好奇怪哦，你脑子是不是有"bug"？敌兵来袭，你把道路一封，兵马驻上，就像现在的高速公路收费站一样，司马懿的部队怎么可能那么容易通过呀。但是马谡想法和普通人不一样，他认为司马懿这种老奸巨猾的人肯定不会用常规打法，所以对付他就要出奇招，于是就把兵马调到山上去防守，结果被全歼。其实马谡这个人很聪慧，著名的"七擒孟获"就是出自他手，可见他战略思维很强，并非只能纸上谈兵。之所以最后死于街亭，完全是因为他把才华发挥错了地方。

"小周，如果你认为你是个极端人才，适合去搞一些运筹帷幄的工作，那么你就坚持你自己的想法，保护好你的棱角，孤独下去。跟随你内心的声音去决定你的未来，不要被旁人的杂音所干扰。毕竟你的亲友团支持你和反对你的比例是一比九，欣赏你的人很难碰到。你自己的人生道路不需要少数服从多数，因为多数人无法对你的未来负责。不要把才华用在错误的地方，要不然你的一生有可能像马谡一样失败。"

小周醒悟般说道："对啊，跟随自己内心的呼唤去做自己爱做的事情，想做的事情。"

看印度电影《我的名字叫可汗》，对其中一个片段印象很深刻。911之后很多美国人排斥穆斯林，将他们和拉登一起归为恐怖分子，不应该留在美国。于是很多穆斯林为了少惹麻烦而减少宗教活动，只有可汗吃饭的时候仍然虔诚地向真主祷告，有穆斯林同胞提醒他——喂，哥们，现在这个场合不合适，要不美国人会找你事。

可汗反驳道："信仰是不分时间不分场合的，它是灵魂深处的声音,信仰不是做给别人看的,是因为你相信你才去做。信仰不会因为别人厌恶,反对而改变。"

是的,信仰是骨子里的坚持,如果你对自己有信仰,那么你就坚持它。

有人说,辣椒你太辣了,良心坏坏的,你应该温柔点。

辣椒竖起了中指说:"别想改变我,不想被辣去吃别的,不送。"

二 还是辣椒

小胖子很喜欢看一些情感专栏作家分析情感案例。

比如女作者写信给"情感专家",询问为什么自己对男朋友那么死心塌地,他居然还在外面偷吃。"专家"告诉她,男人要拴住,不能太放纵,要管住他的经济,这样才能够拿住他们的七寸,男人自觉性很差,天底下没有不贪心的男人。

小胖子经常看,天天看,如痴如醉。

被熏陶的时间长了,小胖子很多婚恋观都随之变了。她变得缺乏安全感,越来越不相信男人,对我管得越发严格了,每当我受不了压迫提出抗议,她都搬出专家的意见,理直气壮地反驳我:"根据XXX专家说的,我这样做无可厚非。"义正词严,仿佛她已经完全占据了辩论的高地。

我跟小胖子说:"老婆,你知道吗,虽然报纸经常报道飞机失事的消息,但是坐飞机却远比坐汽车安全。飞机失事和男人出轨这种事情都是极端事件,并非经常性事件,你整天看那些乱七八糟的情感专家分析,就跟你看电视上那些老中医讲'绿豆'一样,很荒谬的,会扰乱你正常的思维和判断的。你是在自己吓唬自己,你越害怕某个结果出现,你的行为反而会带着你往那个结果走。

"给你讲个故事吧,春秋时期有个君主,非常信任身边的一个奸臣。一天这个奸臣对他说:陛下,您大儿子要谋反。君主一听,手一挥:将太子拖出去斩了。过了一段时间,奸臣又进言:陛下,您的二儿子也要谋反。君主想也没想:把老二也拖出去斩了。再过了一段时间,奸臣又进言:陛下,您三儿子也在谋反。君主这次摇了摇手:哎,我就剩下这一个儿子了,我看他很好吗,怎么会造反呢,你别逗了。

"谁知道,这三儿子一看两个哥哥接连被奸臣陷害,父王昏庸无能,不辨是非,他早晚也会被奸臣害死,与其被动等死,不如放手一搏,于是起兵造反。君主哭着大叫:'唉,早应该听臣下的话啊,这臭小子果然要造反。'

"这个故事告诉我们一个道理,你不能因为你的不安全感而把别人逼上造反路。"

可惜的是,小胖子虽然没有变成那个君主,但是她依然没有改变向"专家"靠拢的步伐。

在这个领域,我对她影响力甚微。

我叹气道:"在中国,很多专家和庄稼一样,都是吃肥料长大的!"

有的时候,凡事都要讲求个度。就像辣椒一样,辣度系数刚刚好，可以做火锅，可以做剁椒鱼头，还可以做辣子鸡。但是你辣度系数没有底线，一头按着自己的性子来，那你只能做警用喷雾剂，用来对付色狼，成不了食材了。

三　依然是辣椒

我最喜欢的童话故事是《小马过河》。

一天，小马去外婆家，要渡过一条小河。小马刚下水，一只松鼠叫住了它："喂，小马，你不能过河，这条河很深的，我的小伙伴前段时间就是失足掉进水里被淹死的。"

小马犹豫中，一头水牛过来了，一看小马不敢前进，鼓励道："小马，没事！别害怕，这条河很浅很浅，水还没有没到我裤衩！"

这下小马彻底迷惑了。

于是，上岸原路返回，问妈妈。

妈妈摸着它的头说："小马呀，你如果不能相信别人，你就应该相信自己呀。河水深浅你完全可以自己去探索啊。"

小马再次下水，原来水只没到了他的肚子。

当年小胖子做业务的时候我就曾经把这个故事讲给她听，我跟她说，有些时候别人跟你说话的时候，参考因素往往都是他们自己，这样或多或少会掺杂一些主观因素，很难讲出跟客观情况完全符合的话，就像小马过河中的松鼠，老牛一样，他们讲得都没错，但是都不适合小马，这个世界最能依靠的还是自己。

这么多年职场路走下来,每次换一个老板,我都会感到仿佛换了一个世界一般。毕竟人跟人不一样,思维也不同,工作习惯也不一样。他们也试图通过自己的影响力去影响我,但是无论听到怎么样的真理,我都会用自己的思考去碰撞,不再盲目改变。

有的老板说,勤劳是一切成功最重要的品质,许冠文出来抬杠,说道:"勤劳就能发达吗?你去看看新界的牛就知道。"

有的老板说,勇气是一切成功最大的资本,祢衡跳出来大叫,喊道:"我就是太勇敢,谁都敢骂,被黄祖给弄死的。"

看似真理,实则矛盾的观点到处都是。

独立思考的能力很重要,我觉得想树立自己价值体系的人应该坚持。

学哲学的我们更善于一分为二地看问题,用辩证的思维去想事情,这样才能避免很多盲目和错误。

人生很多时候就像这锅大杂烩一样,鱼龙混杂的环境中,有的人吃出了鱼丸的味道,有的人吃到了香菇的味道,还有的人被辣椒辣得眼泪都掉了下来。如果鱼丸坚持不了自我,也变成了辣味,我相信,下次大杂烩里面一定不会再出现鱼丸。

辣椒就是辣椒,即使被骂,被讨厌,你依然还是要做辣椒。

四　永远是辣椒

为什么写了这么久还是辣椒,其他的菜呢?其实对于我来说,辣椒才是主食,其他的都是作料。所以在我的眼睛里,其他都被暂时忽略。

就像我们一样，总是在眼睛和耳朵中过滤掉那些我们不愿意见到或者不愿意听到的东西，即使那些东西再正确也没用。

其实自欺欺人每天都在上演。

情感专家会跟我们分析，为什么很多感情经不起婚姻的考验，那就是热恋的时候眼睛只看到自己最喜欢的辣椒，而不在乎辣椒根本当不了饭吃。结婚后，随着感情趋于稳定，开始对辣椒的辣指手画脚，横眉冷对。

但是辣椒没结婚前也辣得鸡飞狗跳好不好！

那到底是你眼睛的问题呢，还是辣椒的问题？

可惜，大杂烩这道菜我已经很长时间都没吃了，好怀念，尤其怀念那麻辣爽滑的粉丝。没有认识小胖子之前我不喜欢吃粉丝，觉得这种怪怪的东西有什么好吃的。要知道，我们小时候，山芋和玉米都是用来喂猪的，属于地位低下的三等粮食，小麦是二等粮食，大米是一等粮食，奢侈品，一天只能吃一顿。但是在小胖子的熏陶下，我居然习惯了这种食物。在一个人的影响下培养形成的习惯，在她走了之后，习惯还留在自己身上，我觉得我被改变了。不知道她在我身上还留下了什么烙印，我想一定不少。

我想，即使现在再吃大杂烩，我肯定再也吃不到了当年的那种心情了。

你的身体会说话

一

大学同学杆子，在我搬出大学生求职驿站，小朱来到宝山投奔我之前，他短暂在我这借宿过几周。

当时杆子从北京坐火车来上海，在南下的火车上给我打电话，声音中充满了谄媚："喂，小利啊，我要来上海跟你一起奋斗了，听到这个消息你开不开心，兴不兴奋，意不意外？"

我在睡梦中被他吵醒，十分不悦，没好气地回道："不开心，不兴奋，很意外，你怎么突然想起我啦！"

他胡诌道："大家都说你在上海混得很拉风，吃香的喝辣的，还有很多小妹妹撵在你屁股后面要跟你发生超友谊关系，我决定投奔你，跟着你一起拉风。其实说实话我挺想你的，想你想得嚯嚯的疼。"

我心想，你就扯犊子吧，想我那么急迫也不至于上了火车才给我打电话，肯定是你临时决定。我说："你几点到上海火车站啊，我去接你。"杆子连忙推辞道："不用不用，我怕连累你，你只要告诉我你家的地址，我到了打你电话。"

我坚持要去接他，他坚持不要我来接，我说接接接，他说不要不要不要，我说接嘛接嘛接嘛，他说不要啦不要啦不要啦……反复拉锯了几次，杆子终于发火了，对着电话吼道："不要你接就不要你接，你以为我跟你客气的啊？别那么多废话了，赶紧报上地址，我手机马上没电了。没有办法，我只得乖乖地把地址报给他。"

杆子是北方海边人，那里的海风常年肆虐，把他们那儿的人的脾气都吹得非常直，说话也不拐弯抹角，就像鸽子的肠子一样，存不住货。大学期间我就被杆子的直脾气呛过好几次，后来对他了解多了，和他熟悉了起来反而彼此成了好朋友。

那天，我在共富新村地铁站四号出站口等待杆子的出现。

不一会儿，就见杆子提着大小编织袋，满头大汗地从地铁出口往外挤，周围的人一看到他皆捏鼻逃窜。再看杆子那个模样，上身穿的白色衬衫，已经黄不拉几的不成样子，还有隐约的油渍，他的裤子也一个裤管长一个裤管短，最要命的是他的那副尊荣，两个腮帮子都坠下来了，肉都快要搭到肩上了，活像《三国演义》里面的董卓。大学毕业才不到一年，杆子已经胖成了猪一样，本来他的脸就大，现在不光脸大了，又黑了，胡子又拉碴的，头发也像镰刀割过后的稻田一样，一撮长，一撮短的，总之杆子的相貌很容易让人产生不礼貌的联想。

杆子个子不高，再胖成这个德性就显得很拥挤了，拿着那么复杂的行李就更加拥挤不堪了。我赶紧迎上去,把他手中的编织袋接下来。我问他:"你怎么跑北京去了,不是留在南京拿毕业证的吗?"

杆子当年和我们一起毕业的时候,因为英语四级没过,学校不发他毕业证,所以他留在学校附近的网吧一边当网管打工,一边继续考英语四级。

杆子说他早把四级考完了,拿到毕业证想去北京找工作,终于有本科证了,就想去首都显摆下。于是就买了一张南京到北京的车票,谁知道到了北京刚一下火车,他就后悔了,"哎呀妈呀,北京冷死了。"

身穿劣质毛衣的杆子站在寒风中被冻得瑟瑟发抖,他那张大肥脸被冻得红彤彤的,活像大猩猩的肥屁股。望着雾霾中的首都,杆子心想这鬼地方还要穿羽绒服,可是我去哪里买羽绒服啊?再说买羽绒服也不便宜啊,算了,还是回南京吧,出了火车站他就去售票处买了返程票,买票的时候心一横,直接买到了终点站上海,想到我也在上海,就投奔我来了。

我说:"你这好不容易去一趟北京,去了首都,也不把自己收拾的利索点,帅气点,你看你现在成什么样子了,连逃荒都不如,你这形象气质和大学生差距很大啊!丢人……"

杆子说:"我在网吧打了大半年的工,早已经把自己是大学生身份的事情遗忘得干干净净了,这不,连穿着打扮都和社会脱轨了,我也很无奈啊。"

这也怪不得杆子,在网吧打了七个月的工,他的审美观早已经和网吧环境保持高度的一致了,在网吧那种地方,藏污纳垢,乌烟瘴气，鱼龙混杂的，什么人都有，但大部分人都和杆子样貌差不多，一副大烟鬼的模样。大家早上出门，照面一见对方都这幅打扮，反而在心里形成了长久记忆——哦，原来正常的世界都这个样子！

打算去首都显摆的杆子再怎么用心去收拾自己，再怎么用心倒腾，最好的最帅的样子也不过如此，因为他根本没有更好的参考坐标。就像刘姥姥按照自己的想象把自己打扮成心中最美的样子，到了大观园还是土包子一个。

我说："你看你行李这么多，我去帮你拿你偏不要，你这个人就是这样见外。"

杆子轻松地回道："你不知道，我这是为你保留一丝尊严。我呀，无论去哪里，只要我一出现在火车站，就有警察便衣查我身份证，从来没有例外。而且一查就是十几分钟，还问得特详细——你家里有几口人？以前都在哪些城市待过，来这里干什么来的？包里都装了什么？我有一颗强大的心脏，早已经习惯了，所以不觉得丢脸，我这不是怕你难为情吗，都同学一场的，我可不能害你。"

哎呀，我被杆子温暖到了，再仔细看看杆子那副尊荣，我叹了一口气说："你对自己的认识很深刻啊，这张脸确实有点……"我心想，就杆子这凶神恶煞的模样，我是民警我也查他，首都北京和上海滩都是全国精英汇聚的地方，杆子长成这样也敢来，他的心理素质确实也是过硬。

出了地铁站，我拉着他去附近餐厅吃饭，听他讲一路我笑了一路，我说："杆子啊，你的身体会说话啊，你真是个人才。"

以前学生物，生物老师告诉我们——这个世界上的每一个人都是独一无二的存在,你身体的一切都是别无分店的。这归功于一个叫DNA的物质,我们身上的肌肉、血液、骨骼、头发等所有组织,都是在DNA指导下生产出来的终端产品。DNA是你存在于世界,区别于其他人类的独特身份证。

杆子的这张高级身份证也是独一无二的,不过他的DNA要知道他千辛万苦弄出来的是这么一坨东西,肯定嗷嗷伤心到崩溃。

二

当天晚上酒足饭饱后,我带杆子住进了我位于顾村的租住屋。刚到上海的杆子很兴奋,这一晚,他上蹿下跳地像个胖猴一样不肯睡觉。他跟我大讲特讲他这半年在网吧做网管的故事,讲他怎么贪污老板的营业款,怎么和老板娘斗智斗勇蹭网上等等。我默默地听着,心想这关我啥事。

杆子说:"小利啊,明天带我去看看黄浦江吧,我都不知道黄浦江长什么样子哩,顺便我们再去黄埔军校参观一下。"

我困得要死,心里骂道,黄埔军校?那个学校在广州好不好,你有点常识好不好。嘴里敷衍道:"好的好的,明天带你去军校里溜达溜达,顺便跟校长谈谈明年扩招的事情,你赶紧睡吧,这都三点多了,再不睡太阳都上山了。"

第二天一大早我带着杆子坐上宝山一号线,去吴淞口看黄浦江。那天天气很好,杆子心情也像小马一样棒棒的,一路上他都很激动,不断问我:"小利你坦白地告诉我,到了黄浦江,我要不要喝口江水纪念一下呢?"

到了入海口,一看到黄浦江杆子立马提出了抗议,这就是黄浦江吗,怎么黄浦江长成这个样子啊,这江水怎么这么黄这么脏啊,还有那么多的漂浮物是怎么回事,太让人失望了吧!

看来杆子同学的思维还是停留在小学课本上。我赶紧跟他解释——黄浦江素颜就是这个样子,你脑海中的那些照片都是美图秀秀,不是真实的。这和女人化妆不化妆的区别天差地别道理是一样的呀。我这么比喻,杆子立马听懂了。

黄浦江入海口的石头底下有很多螃蟹,掀开石头就能看到他们惊慌失措到处乱爬,这种螃蟹没有什么肉,壳硬的像石头,个头一般也不会长得很大,崇明人管这种螃蟹叫"烧蓟",一般都是把它砸碎了用来喂鸭子。

这种小螃蟹我在崇明岛抓的很多,于是我对杆子说:"我们下去抓几个螃蟹玩玩吧。"杆子看着江边成堆的垃圾,皱着眉头说:"太脏了,我不下去。"我心想你还知道脏呀,你下地铁的时候没有看到别人对你嗤之以鼻吗。

我决定给杆子留下最后的尊严,对他说:"我下去抓,你在上面帮我接着。"杆子同意了。于是乎我掀开石头,疯狂抓起来,杆子在岸上拣得不亦乐乎,一边捡一边欢呼:"小利,多抓点,晚上炖汤喝。哎呀,这只大,这个是只癞蛤蟆……哇!哇!哇……吓死我啦。"

杆子扔下癞蛤蟆掉头就跑。

我在江边笑得前俯后仰，我无论如何也猜不到这个五大三粗的大男人居然会害怕癞蛤蟆，我心中的剧本应该是癞蛤蟆看到杆子，吓得哭爹喊娘，落荒而逃。杆子的世界真的太多谜团了，让我绞尽脑汁也捉摸不透，我想这样的人我一辈子有可能只会遇到一个，不会再多。

那一天我和杆子玩得很开心，主要是杆子把我逗得很开心。那是二零零八年，那时的上海房地产一片红火，精英人士分秒必争地买进卖出，但是这一切都和我们无关，因为贫穷，我们活在了另外一个世界。

回程的路上，杆子忽然感慨道："小利啊，我想在上海扎根。"他说话的时候神情是那样的自然，表情是那样的淡定！我非常吃惊，杆子对上海一见钟情，被这座充满魔力的城市打动了，我想他一定是认真的。

三

谁知道，接下来的那些日子，杆子天天去网吧玩游戏，也不出去找工作，也不为了融入上海而加倍学习。我对他说："杆子，上海生活压力很大，你不出去就业赚钱，很容易活不下去的，再说你都打算在上海扎根了，至少该努力一下子，做出一个扎根的样子来。"

杆子摆摆手，说："不急不急。"果然，四个礼拜后杆子将编织袋往身上一背，说："我想去泰州看看，那边扬子江制药厂在广招人才，网罗精英，说不定人家会看上我。"

我假装愤怒道："你不说在上海扎根的吗。"

杆子微微一笑，说："我去北京之前也说在北京扎根的，结果在北京待了不到三个小时，现在我在上海已经住了三十天，已经很给你面子了。"

我无奈地送他离开，说实话，杆子在上海的三十天确实给我带来了很多快乐，他就像刘姥姥在大观园那么招笑，那么受人欢迎一样，我也有点舍不得杆子。杆子见我有点落寞，就拍拍我的肩膀说："小利你别伤心，我要把小朱给忽悠到上海来，让他陪陪你。"

我没有把他的话当回事，心想你的话骗鬼呢。

但是，就在杆子离开上海后的第十天，大学同学小朱打电话给我，一开口就是一口标准的杆子腔："喂，孙来利啊，听说你在上海混得很不错呀，吃香的，喝辣的，还有那么多小妹妹撑着你。一年多都没见你了，我心里挺想你的，我想去你那看看……"

我吓了一跳，说："你小子不会也在火车上跟我打电话的吧。"小朱说："没有啊，我还有二十分钟才上火车呢。"

我一口鲜血差点喷了出来，这杆子也确实是个人才，忽悠人一套一套的。我赶忙收拾手中的东西对小朱说："你什么时候到上海火车站，我过来接你。"小朱笑道："我不是去上海，我是去徐州老家相亲啊，如果相亲不成功我就去上海找你啊。"

结果小朱这次相亲失败，上海成了他相亲失败后养伤最好的选择。

小朱来上海后我对他说："你心情要是不好的话，我带你去上海四处转转。"小朱似乎完全没有被相亲失败所影响，轻松回道："唉，这样的事情发生在我身上已经很普遍了。你不知道，无论我去哪里相亲，只要我一站在姑娘面前，姑娘就显得很没有耐心，基本上十几分钟不到相亲就结束了。她们连问题都懒得问我——家里有几口人，目前在哪里工作，年收入多少？有房子有车子吗？我啊，慢慢也已经习惯了。"

我对小朱的遭遇深表同情，确实小朱那副外形比杆子好不到哪里去，和杆子油腔滑调，猪八戒一样的脾气相比，小朱的性格显得内敛木讷了很多，这样的男人确实不容易吊起姑娘们的胃口，也不容易引起她们继续探寻下去的兴趣。和杆子一样，小朱的身体也会说话，但是小朱的身体说的都是脏话。

小朱在上海那段时间，受不了孤独的我劝说他留在了上海，和我一起奋斗，小朱最后也是咬牙留了下来。和杆子不一样的是，小朱从来没有拍着胸脯说要扎根上海，但是他却最终留了下来。

四

小朱因为年纪大，婚姻问题是他当前最需要解决的问题。德艺双馨的老艺术家赵忠祥老师曾经说过：雨季到了，又到了动物们交配的季节。而小朱这个雄性动物也在四处寻找交配的对象。不分昼夜，不分寒暑，饥不择食。

那个时候他经常四处打听哪家有良家妇女待嫁闺中，只要是个雌性，他都随时做好接盘的准备，但是美好的愿望总是被残酷的现实击碎，没有鲜花愿意插在他这牛粪上，正所谓行行出状元，做牛粪的竞争压力也很大，小朱这堆牛粪注定长不出鲜花。

终于有一天，小朱的老家又有来电，说远房亲戚的本家有一个丫头在苏州上班，也没有对象，家里催得也很急，让小朱去苏州和她见一见，说不定能对上眼，或者互相看走眼。小朱留下了那个女孩的手机号码，第一时间和那个姑娘联系上，几次交流后，双方约定在一个周末在苏州金鸡湖畔的一个小公园见面。

那几天我就看到小朱经常洗头，每次洗头都往头上抹一大把霸王，恨不得把头都泡在霸王洗发水里。小朱身上的优点本来就不多，如果他的头发再稀松了，那他未来找到老婆的希望又会减少一成，所以小朱尽量多用点霸王，让秀发恢复往日的风采。

那天小朱高高兴兴地去了苏州，晚上很晚才从苏州归来。我觉得这次有谱，于是高兴地问他："小朱，你这次逗留的时间很长耶，是不是有戏啊，这次总该会成吧。"小朱说："我也不知道呢，感觉还行吧，吃了顿饭，聊得挺多的。"我说："聊得多不管用，得聊得好，这才管用。"

小朱摇头，甄别不了。

和之前的相亲一样的剧情，后来俩人渐渐地就不怎么联系了，小朱说看来又黄了，哎。对于爱情，小朱的得失心并不严重，因为他知道这个事情太在意也没用。

杆子到泰州后，还跟我保持着紧密的电话联系。杆子说："小利啊,我现在瘦了,又瘦又帅。"发我照片一看,杆子确实瘦了好多,皮肤也白了一些,但是和帅还是根本谈不上,董卓即使再瘦身,也不可能帅成周润发那样,杆子即使瘦了,也是个丑陋的瘦杆子。但是杆子觉得自己帅得不行了,很得意,很自信。杆子说:"小利啊,我谈恋爱了,姑娘整天撑着我屁股后面要跟我结婚。"

我对他竖起了大拇指,说:"你牛,你没事多跟小朱聊聊,教他怎么撩妹。"于是杆子教育小朱,说:"小朱啊,找老婆你就应该流氓点,不流氓怎么行,不流氓姑娘不爱你。"

小朱脸红道:"我流氓不起来。"杆子叹气,说:"流氓都当不了,你这大学白读了。"我们那帮流氓老师都不教你真本事的,他们都太坏了!杆子和小朱的 DNA 不一样,所以杆子的身体和小朱的身体说不出同样的话。

这个世界每个人都在用自己的方式努力着,对于杆子和小朱,世界如何反馈他们,其实并不一样。

小朱的身体语言让他的第一印象失分很多,小朱经常楠楠自语:"我到底该怎么说话才能打动女生呢。"我叹了口气说:"你往板凳上一坐,和冬瓜没区别,谁瞅谁心慌,还说啥话啊。"

五

小朱后来还是找到了老婆,就是慧慧。慧慧的视力很好,我只能这么描述她。

当时慧慧在上海人民广场做会计，他们的结识是小朱的二叔从中搭的线，小朱经常屁颠屁颠地跑到人民广场去跟人家见面，也许是人品大爆发，也许是小朱经过了太多失败，身上的淡定打动了慧慧，总之没有过多久，小朱就带慧慧来我们住的地方吃饭。那天小朱烧了好多菜，豆芽，豆腐，红烧鱼，红烧肉，烤麸，小朱烧的菜卖相很好，但是口味实在一般。

吃饭的时候，小朱蒙头吃饭，不住地抬头对慧慧说："吃啊吃啊，别停筷子。"我坐在他们旁边都觉得有点冷场，心里骂道：这可是你主场啊，你怎么话都不说，光顾着埋头吃饭呢？

小朱看不清这些，我只能一边吃饭一边和慧慧山南海北胡聊起来，慧慧说她最喜欢的一首歌是《没那么简单》，建议我听一听，我一听缓解尴尬气氛的机会来了，立刻打开电脑，找到了这首歌，旋律一响起就觉得是抒情的歌曲，几句唱下来我被歌词吸引了，觉得歌词非常有哲理：

没那么简单，就能找到，聊得来的伴。
尤其是在，看过了那么多的背叛……
没那么简单，就能去爱，别的全不看，变得实际，也许好也许坏各一半，不爱孤单，一久也习惯，不用担心谁，也不用被谁管……
感觉快乐就忙东忙西，感觉累了就放空自己，
别人的话，随便听一听，自己做决定，不想拥有太多情绪。

那一顿饭我们就是伴着这个音乐吃完的，就仿佛我们是为了听这首歌而来，吃饭只是辅助似的。

小朱和慧慧后来结婚了，不久之后慧慧就给小朱生了个大胖小子。他们之间没有太多的弯弯绕绕，以及海誓山盟般的爱恋，但是我知道对于小朱这种话不多的老实男人来说，总归会有人从他的身上读出来什么的，慧慧读出来了，否则她也不会就这么嫁了过去。

平凡的小朱收获了平凡的人生，他现在的生活有滋有味。至于杆子，不久后从泰州离职，去了老家连云港，结婚后就留在连云港发展，先是在一家太阳能公司做了一段时间，后来去了一家制药厂，后来又去考了公务员，再后来还打算考研。

每次杆子打电话给我都是在从事不同的项目，搞得我眼花缭乱，应接不暇。不久前，杆子又打电话给我，询问我去阿联酋做劳务派遣有没有前途，我没好气地回道："没有去过阿联酋，我怎么知道好不好。"

杆子也不气恼，他认真分析道："去一趟阿联酋要花费七到八万，不知道能不能赚回来，再说，我走了我老婆一个人带着我儿子也不是办法，我倒不担心我儿子，我担心的是我的老婆，她那么年轻。"

我说："那你就别走呗。"杆子说："我再考虑考虑一下。"最终，杆子没去成阿联酋。

一晃时间又过去了七八年，这么多年过去了，一直都记得杆子这个身体会说话的人，记得这个可爱的大学同学，我也不知道为什么一直对他念念不忘。杆子的人生是很普通的人生，他和我一样，都曾在跌跌撞撞中，不知道路在何方。

自从杆子离开上海后，一直没有再见过面，联系更多的都是通过电话或者QQ，留在连云港发展的他也不经常出门了，也不知道如今的他出门还会不会被查身份证，那个身体会说话的少年，让我的人生多了一份独特的记忆。

一条小狗

一

多年没有联系的大学同学阿郑,突然在微信上跟我聊天,说想来我居住的城市看看我,顺便还我五千块钱。他在要到我的手机号码,打来后第一句话就是——这钱拖了太久了,实在抱歉,只有见上一面才能心安,顺便看看十年都过去了,大学毕业时彼此立下的豪言是否都已经实现。

阿郑也是大学毕业后和我联系比较多的一个人,只是在有一段时间内我们弄丢了彼此而已,当年他准备辞职创业的时候,打电话过来,彻夜地跟我谈他的理想,以及他将如何开辟人生,面对未知的前途他还是有些举棋不定,他一遍又一遍地问我:你说我该迈出这一步吗?

我引用《当幸福来敲门》中那句名言鼓励他——如果你有梦想,那就去实现它!

阿郑后来坚定地辞职去创业了，折腾了三年多，赔了不少钱，创业没有让他的人生走上巅峰，反而愈加窘迫和艰难，他四处借钱，谁也不知道他的负债清单到底有多长，当年他打电话和我借钱的时候，说借两万，几个月就还，两年后阿郑还了一万五之后就不再提这事了，电话里的他越来越敏感，也越来越好斗，一度让我无所适从。后来索性跟他断了联系，他心态变了，当你满心欢喜想和他共叙友情的时候，他总是反复嘟哝——信用卡透支太严重了，你的钱再晚一段时间！

这个曾经阳光开朗的大男孩话越来越少，声音也越来越低，人也渐渐陌生了。

阿郑一脚踢开了不如意的人生，但是他并没有步入另一段美好的生活，而是投入了更加悲惨的漩涡之中。

打破平衡是需要承担风险的，因为你根本不知道命运会发哪张牌给你。曾经为了实现理想豪情万丈，但是活着活着却发现现实一地鸡毛。

二

阿郑的突然到来，让我相信，他肯定是走出了人生低谷，命运开始触底反弹。果然，当酒杯举起来的时候，阿郑笑着说道："兄弟，这么多年我终于还完了所有的欠款，又找到了一个投资大户，现在一身轻松！"

经济上摆脱了困境，那感情上呢？你用来结婚的钱准备好了吗？那个结婚对象是不是还是满怀期待？

阿郑有个比他小一岁的女朋友，是安徽人，名字叫唐依，我和她见过五六面，挺不错的一个人，也是很理想化的一个战士，创业想法是她先提出来的，可能她无数次计算中早已发现阿郑的工资收入无论如何也无法满足买房买车这一简单需求，于是用理想做诱饵怂恿阿郑去创业，换言之，当年的创业其实是他们共同的选择。阿郑说："亲爱的，如果创业成功了，我们就买房结婚。"唐依补充道："如果创业失败了，你就和我一起回安徽山林。"

达则陪你君临天下，败则陪你浪迹天涯！可以说，爱情一出场其实还是温馨浪漫的。

发下誓言往往是容易，但是实现理想却是非常困难，阿郑没有实现理想的能力，这让两个人的鸿鹄之志变得越来越尴尬，事情越向后发展，天平就越向不好的方向倾斜。唐依有两次直接跟我说："孙来利，你该把你的先进经验分享给他，他总是无法从无数条选项中挑出正确的那一个！"

三

当时唐依养了一条狗，这条狗的出现恰恰是在她人生最落魄的时候，那段时间她被挫折打击得遍体鳞伤，一度走到了轻生的边缘，而这条流浪狗的出现让她看到了一条比她还可怜的生命，反而激发了保护它的生存欲望。当她牵着小狗在公园漫步的时候，一个帅气的阳光男孩将手摸向了狗头，这个男孩就是阿郑，莫名的唐依认识了阿郑，越聊越有感觉，于是渐渐地，她忘记了伤痛，投入了阿郑的怀抱。

唐依觉得是这条狗挽救了她，还送来了阿郑，重新给了她幸福的生活。所以她对这条流浪狗加倍珍惜和爱护，虽然是一条并不起眼的小狗，但是却被唐依赋予了神圣的意义，她都想好了，未来婚礼上，将红娘小狗的故事播撒，洒出恩爱得令所有来宾都羡慕嫉妒恨的狗粮。

他们创业最困难的时候，小狗不合时宜地怀孕了。阿郑那段时间情绪特别低落，整天奔波在借钱的道路上，唐依也在为未来精打细算，缩减着生活预算，所以一条怀孕的小狗对于他们来说，无疑是雪上加霜。而随着经济压力的加大，他们的感情也变得不再牢靠，继而风雨飘摇。多次吵架后，阿郑恶狠狠地对着小狗吼道："我早晚丢了这条扫把星！"

曾经的红娘如今变成罪魁祸首，小狗和普天下的媒婆一样，都不会在成人之美的道路上善始善终。

一天，阿郑对唐依说："在城市里养一群狗太困难了，要不然我们把狗送回你安徽老家吧，让你妈妈来照顾它。"

唐依同意了，阿郑当即准备送狗下乡，开车送狗回去太费钱了，苏州到安徽来回汽油钱加上过路费要一千多块钱。坐车吧，价钱也差不了多少。为了省钱，阿郑找到了一个经常跑安徽长途的朋友，从苏州车站把小狗装狗笼放在行李仓，到了安徽让女友妈妈去车站把狗带回去,他就不亲自跟车了。

谈妥价格两百元,阿郑第二天就把小狗锁在笼子里装上了开往安徽的大巴车。

这辆大巴在行驶到扬州林村服务区的时候,有个乘客准备打开行李舱取点东西,也不知道是唐依的驯狗技巧太厉害,还是那条被赋予神圣意义的狗太聪明,它居然娴熟地打开了狗笼子。仓门打开的时候,这条母狗一跃而出,很快就消失在服务区人来人往的嘈杂之中。

一开始,乘客们还去追赶,但是狗狗根本不听陌生人指挥,它一路狂奔,想寻找它的主人。

狗跑了,主人又不在,一车的乘客还需要回安徽,司机无奈之下只得弃狗而走,就这样,这条红娘狗就在林村服务区丢失了。

四

接完司机的电话,阿郑当然心里很恼火,劈头盖脸地把司机臭骂了一顿。押镖的把镖押没了,不骂你骂谁?但是发火解决不了问题,既然狗已经丢了,又不能放下手头的事情去两百公里外的林村寻找,那只能接受现实。他挂完电话准备跟唐依解释一下。

谁知道,当唐依听说小狗在遥远的服务区丢了的时候,一下子炸毛了。跟阿郑意想完全不同的是,唐依的反应特别激烈,她的泪水立刻就像八月暴雨一般,根本止不住,唐依瘫坐在地上精神几乎完全崩溃。阿郑上前劝说的时候，唐依盯着他的脸冷冷地问道："小狗是你故意遗弃的吧？你为什么这么狠心？"

阿郑傻了，赶忙解释："不是不是，我亲手把狗笼放到大巴车上的！"

可是无论怎么解释，唐依依然认定是阿郑遗弃了那条狗。

争吵不可避免再次爆发了，被冤枉了的阿郑想到这么多年的操劳，以及心头上挥之不去的债务，生活等压力，也情绪失控了，他愤怒地吼道："就是我丢了怎么了，要不是那条破狗，我的人生也不会像今天这么糟糕。"

唐依也被焦头烂额的人生折磨得疲惫不堪，她回道："丢了就丢了吧，终点回到起点，这一切本身就是个错误！"

问题开始朝着另外一条道路发展，并且渐渐掩盖了曾经小的分歧，一条大峡谷正以惊人的速度产生着，而他俩都冷眼旁观着峡谷的继续扩大，而不采取任何挽救措施。

电影中拍鬼片的时候经常会有这样的桥段，当一个人不专心，或者疲劳的时候，妖魔鬼怪会趁机上身，支配着他的思想，还有灵魂，让他们做出错误的决定。

而到了阿郑和唐依这里，亦有着类似的解释。他们生活太落魄了，落魄到每个人都无法拥有一份平和的心情。很多时候我们以为他们是在谈论同一个事情，而真相却是他们指着同样一个事情，脑海中却是在诉说另外一件事。

唐依红着眼睛对阿郑说："我从来都是把你当作我的老公的，我爱你，无论最后的结果是什么，我都想好了去接受，我觉得你就是上天派到我身边的。情人之间难免会吵架，哪有人会没有分歧过一辈子。可是，生活出了一点问题你就没有责任感了，那只是一条小狗，你都养了它三年了，你怎么舍得扔掉它？再说它都怀孕了，以后的生活怎么办？如果你明天必须在咸菜米汤和我之间做选择，你是不是会一样把我扔掉？"

女人总是善于联想，在她们眼中那不是一条怀孕的小母狗，而是她们自己。于是危机意识袭来，安全感尽失，脑海中出现的恐怖画面让她们瑟瑟发抖，幻想出来的那个将来不可避免地让她们心寒。而这种感性又没法让她们冷静下来认真理性思考，她们脑海中的一切到底是现实还是幻觉？

无力的阿郑摇着手说："你走吧，分手吧。"

倔强的唐依真的转身走了。

五

为了还债，阿郑又回到了公司上班。生活越是快支撑不下去的时候，他越是想念唐依，其实他多次想找唐依好好解释一下，毕竟这么多年的感情，不能因为这一个误会而灰飞烟灭。但是越是想念，他越是开不了口，生活千疮百孔，他都看不到希望，更不想再拉着她一起受苦。

唐依离开的前三个月，阿郑明显感觉到她在时空那头和他隔空对望，虽然没有任何语言上的交流，但是阿郑知道她并没有离开。

即使再大的罪过也没有必要用一生的幸福为之买单，这也是在变相惩罚她自己，这样的道理即使是小孩子都能明白，唐依当然不会不理解。她在冷静自己的同时，也在期待着心爱男人伸出的橄榄枝。

结果一个月，二个月，三个月，阿郑都没有联系过她。脑袋被债务，公司琐事完全霸占的阿郑，都没有心思去想想这个心爱女人到底怎么样了。为了一条小狗冤枉了他，阿郑还天真地等着她来忏悔自己的罪行。

很多事情可大可小，可有可无，但是前提是你一定要弄明白这件事情背后代表的意义是什么，否则你基于对表面现象的了解去分析问题的本质时，你所总结的结论一定是错误的。每个人的人生都会碰到类似的疑惑：为什么明明是一件小事，怎么会导致这么恶劣的后果？

三个月后，阿郑的银行户头突然收到一笔十万的汇款，阿郑意识到这是唐依干的，他准备联系唐依的时候，才发现唐依的所有联系方式——手机，QQ，微信都联系不上了，阿郑被唐依彻底拉黑了。阿郑赶紧找共同的朋友帮忙打听，谁知道得到的反馈是：唐依离开苏州了，不知道去了哪里！

阿郑一下子瘫倒了，原以为事情晾一段时间，就会慢慢淡化掉，没想到他错过了挽救爱情的最佳抢救时间，曾经多次表示要为他穿上婚纱的那个姑娘，和那条可怜的小母狗一样，从此都在茫茫人海中消失了踪影，永远不会再出来。

"她把最宝贵的三年给了我，还带着一身的债务和遗憾离开，我的人生好失败啊！"阿郑的泪水都写满了感叹号。

六

阿郑说到这里的时候，我多少有点难过，而现在一切都为时已晚。现在看来，他们这样的分手方式简直就是笑话，实在太幼稚。

后来阿郑关了公司，开始打工还债，没有任何信念支撑的他这两年来走得极其艰难，而两年来，他再也没有听到过关于唐依的任何消息。

二零一七年七月，阿郑给自己煮了碗面条，这天是他的生日，吃面条的时候他突然想起来，如果一切都没有变故的话，这个月其实他应该和唐依去了库布齐沙漠了，这是他们很早就有的约定。

库布齐沙漠，沙漠变绿洲的人类奇迹，只要你想去改变这个世界，就应该去库布齐沙漠看看。

吃完面条，阿郑决定开车出去逛逛，越是在这种需要热闹氛围的节日，阿郑越是受不了一个人的孤独。

车子一路朝北，上了高架，又开上了高速，阿郑突然决定去两百多公里外的林村服务区去看看，那条让他生命多次转弯的流浪狗，是如何用它的生命左右他的青春，乃至生命的。

到了扬州林村服务区，阿郑问了服务区的很多人，都没有人看到那条母狗，毕竟两年多过去了，谁会留意一条外表并不鲜明的狗呢？再说了，他也无法保证当年那个司机的话都是真的，即使是丢失，这一路上那么多服务区，一定是在林村丢失的吗？

阿郑那天一天都待在服务区，在几个垃圾桶之间巡视，一条流浪小狗，为了生活，一定不会错过垃圾桶的。一个打扫卫生的阿姨看阿郑魂不守舍，问他是不是在找东西？当她得知阿郑在找一只小狗的时候，她突然想到了什么。

她告诉阿郑，两年前确实有条小白狗整天在服务区跑来跑去，有车子进服务区，它就凑上去看看，闻闻嗅嗅，风雨无阻的。当时服务区的领导还让她打听下是不是附近村民的狗，这样出没很危险，不光是对来往的旅客，也对那条狗自己，有一次它就被一辆大货车碾在车底，幸好车速不快，只是伤了腿而已。

阿郑突然兴奋了，赶紧追问那条狗的下落。

环卫阿姨说，两年前，林村高速公路改造，四车道改成六车道，有一批工人来林村施工，当时施工了一年多，那条狗好像被一个叫老陈的抱走了。小母狗当时快生小狗了，特别能吃，整天来翻垃圾箱，可是它根本找不到那么多吃的，看到老陈逗它，也就没有那么凶了。

几番打听下来，阿郑找到了老陈的住址，于是开着车子一路狂奔而去。

这条小狗就像一个被拐卖的孩子，茫茫人海中居然又出现了踪影，阿郑忽然觉得懊恼，当年如果愿意多花一点时间，多花一点金钱来寻找的话，结局说不定不会如今这般，唐依说不定不会那么伤心。

那只可怜的小白狗,当它撵着一辆辆车子寻找它的主人的时候,心里面一定也充满了绝望。

七

车子很快就到了老陈所住的工棚。工期早已经结束,老陈和他的工友们也带着他们所有的东西去了南京。工棚早已经空空如也了,阿郑刚燃起的希望又再一次破灭了,灰溜溜走出工棚后,阿郑仰面朝天,泪水流了下来。

这么多年,他,唐依,和那只小母狗,其实都过着颠沛流离的生活。不知道此刻的唐依是不是和这条小狗一样,也是浪迹天涯,四海为家?

"大叔,你知道不知道,当年有条小狗,是不是也被带走了?"阿郑想到了门卫大叔,也许他知道些什么。

门卫大叔很显然喝了点酒,因为他回答问题的时候声音也是一脚高一脚低的节奏说:"什么?小姑娘?没有,我们这里不让住小姑娘。"

"大叔,不是小姑娘,是一条小狗,小狗啊!"阿郑用手比划着,小狗这么大,小姑娘应该是这么大。

"哦,我晓得了。可是我们这里有六条啊,你说的是哪个啊?"

大叔一下子反应来了，很显然，这群小狗他并不陌生。

"六条？"阿郑懵了，忽然反应过来，赶紧追问道："是不是一条小白狗生了五只小狗啊？"

"对。喏，以前就是养在这个棚子里的，工人吃啥它吃啥？"

阿郑的心脏都快要跳出来了，几乎是喊着问道："那条白母狗去哪里了？"

大叔解释道："母狗生了六只小狗，最好看的让工头抱走了，剩下三个让工头送人了，还有两个被老陈送给乡亲了。小狗吗，好养的，没有跟定主人之前谁唤跟谁走，但是那条老母狗只认老陈，老陈年纪大了，又没办法把狗带走，就把狗送前面小区的一个人家了，但是狗认主人，和那户人家不怎么亲近，还经常跑，时间长了，那户人家也觉得没有意思，把狗遗弃了。

"唉，养不熟的狗谁会要呢？"大叔叹了一口气："那条狗以前还经常跑回来看看，时间长了，它找不到老陈也就不回来了，喏，我都一两个月没看到它了。"

唐依走的时候，阿郑说："找个好人过吧，别找我这样的，只会让你受穷。"而唐依即使是最后一段岁月，也经常抱着小狗笑着念叨着："狗有什么理想？狗最大的理想就是一辈子跟着主人，吃啥喝啥重要吗？"

八

阿郑向公司休了假,开着车子在老陈的工棚候着,他要找到那条三年来一直流浪的狗,那条因为他的愚蠢而从他们全世界消失的狗。一天,两天,三天,四天……门卫大叔看他这样,好心劝说,走吧,年轻人,你等不到的,你大好年华应该放在工作上,玩鸟逗狗没有前途的。阿郑笑了笑,没有回答。

终于在等了第九天的时候,阿郑老远看到一条暗黄色的小狗,钻过绿化带,一瘸一拐地朝着这个方向走来,那身形和这些日他看到的有主狗不同,明显带着拘束和焦急,它每走一步都会四处观察一番,明显就是一条有江湖经验,或者流浪多年的狗。

阿郑越看越觉得狗狗有着熟悉的影子,于是拍着巴掌大叫它的名字"小白……"

阿郑喝了不少了,酒精上头,感情也不受约束了,他哭着说道:"那条小狗毛都粘到一块了,身上脏得很,但是它一听到我的声音,发了疯的一样跑了过来,钻进我的怀里。身子趴在地上,尾巴用力地摇着,头也不敢看我,发出孩子一般的持续的低鸣,就好像一个做错了事情的小孩子一样的,我永远也忘记不了这一幕!"

在你的眼中我可能只是过客,但是在我的心中你就是我的全世界。当你满世界寻找理想的时候,我在满世界地寻找你。

阿郑说："两个礼拜以来，我把这条小狗收拾得焕然一新，我对自己说，以后你就是我这一辈子的伴侣了。"小狗回归后，阿郑特别想做的一件事就是找到唐依，然后告诉她，你的小狗我帮你找回来了。

我默默地听着阿郑把故事讲完，既为他高兴又为他难过，高兴的是那条见证他们爱情的狗回来了，难过的是爱情的另一半却不知身在何方。

"现在还能联系上唐依吗？"我问道。

阿郑笑了笑，扬了扬杯子中的酒说："我在找，听说她在安徽搞饲养。"

"那你准备回去找她？"

阿郑一口闷了杯中一大杯白酒说："如果你有梦想，那就去实现它！这话是你说的！"

癞蛤蟆十三号

一

我大学时学习成绩一直很棒,但是大二下半年居然有一门课考试挂了,我永远都记得那门学科叫——数理统计。最冤枉的是那次考试居然是开卷考试,闭卷考试能过的人,开卷考居然挂科,我满心想不明白。

我一直对这件事情耿耿于怀。大学同学杆子安慰我道:"你不觉得挂完科你的大学更完整了吗,一个都没挂过科的大学该是多么大的遗憾!"

我听后心里立马舒服多了说:"是啊,都没挂过科,大学多不完整。"

那么没有失过恋的爱情是不是也不完整呢?

当年朋友小磊失恋的时候,我用我这个故事安慰过他,小磊似乎不为所动。

坦白地讲，失恋有时会让我们成熟，就拿一位伟大的军事家的失恋来举例。话说这位军事家年轻的时候喜欢上了一位美丽的姑娘，叫什么的忘记了。军事家第一眼就看上人家了，但是那个女孩不喜欢他，嫌弃他长的个子矮小，长得不帅，而且头上还长满了疥癣。军事家可不管这些，赤裸裸地跟人家表白，结果被女孩赤裸裸地拒绝了，这件事让内向的军事家备受打击，从此他性格大变，对于他日后的军事指挥也产生了巨大的影响，那就是——没有做充分的准备之前一定不要发起总攻，而一旦发起总攻就坚决拿下。

所以说有些时候，失恋并不是一件坏事，关键是你怎么对待它。

二

有一次我带小朱去大学同学小昭家玩。

我和小朱，小昭都是大学同学，同一个班级的，大学毕业后，我们三个人是整个班级仅有来到上海发展的三个人。小昭的家在浦东新区张江高科，我和小朱住宝山区天馨花园，从天馨花园到张江高科要坐很长时间的地铁。路上小朱问我："小昭同学有男朋友了吗？"

小朱那时急于找到女朋友，所以任何单身异性都不想放过。

我说："小朱你什么意思啊，大学四年你都没有动手，现在准备下手？"

小朱说："不排除那个可能性，做人要博爱，至少给人家小姑娘一个解决单身的机会！"

我说："小朱你拉倒吧，世界那么大，女人那么多，你赶紧去别地儿找找，小昭就算啦。"

说实话，我曾经就小朱的下半辈子幸福问题咨询过小昭，询问她对小朱的看法。小昭说："小朱她肯定不考虑，太老实了，没情趣。"所以我也不好跟小朱直说，再雪上加霜地打击他的自尊心，只得委婉地劝他放宽视野。

小朱似乎不领情，还想着把同窗之情升华一下。

但是现实就是现实，即使你再怎么不死心，你也搭不上这条线。

有的时候能失恋至少说明你曾经爱过，而有些人永远无法和另一个人失恋。

小昭那天盛情款待了我们，酒足饭饱之后我们聊天，我问她最近有没有和唐唐联系，小昭说不联系了，拉倒了，她跟他不是一个世界的人，没法走到一起。

唐唐是小昭的一个朋友，唐唐给我的第一印象就是一个老实巴交的小伙子，二零零八年五一节我们去崇明岛游玩的时候，我带着他们去了西沙湿地，当时觉得唐唐很普通，后来小昭告诉我，这小伙子毕业于清华大学，学IT的，收入很高，一年税后收入四五十万，他出去买房子都是背着一背包现金直接签约的。

我震惊地嚎叫了起来："土豪哪！"

第一次知道土豪原来是那种看起来土，了解后会让你嚎的人类。

小昭之所以觉得这唐唐不合适是因为她觉得唐唐智商虽然很高，但是情商实在太低，连基本的日常生活都有点拖后腿，他处理感情的小纠结远没有解决程序上的bug熟练。唐唐收入虽高，但是生活习惯却和正常人类有异，他不上班的时候就买来几十袋方便面，把窗帘一拉，接连几天不出门不晒太阳，眼睛不离开电脑屏幕，等到窗帘再拉开的时候，屋里的霉菌都长得有几厘米了。小昭说每次去唐唐那都要收拾好几天垃圾，一边收拾一边心想跟这样的人怎么能过日子啊。

小昭后来就不找唐唐了，那些日子唐唐很伤心，他的心曾经属于小昭，而小昭转身离开了，带走了他的心，他怎么能不痛。

小昭和唐唐分手后，曾问我有没有稳重点、靠谱点的男生介绍给她的。

我听后一拍大腿，说："你这一说，我就想到了一个人，我小学同学袁宝的大学同学小磊，绝对满足你的要求。"

小昭来了兴趣，你介绍一下呢！我说他是一九八四年生的，身高178，性格开朗，脾气随和，从来不哭不闹，过日子绝对合适，如果我是个女的我就选这种性格的男孩子。最关键的是他相当稳重，体重一百公斤，我长这么大第一次见过这么重的男生。"

好说歹说，小昭同意见上一面。

不久后，小磊就约小昭一起去看电影。

电影看完后没有多久，小磊就告诉我小昭不理他了，他失恋了，那天他似乎很伤心，整天都没有什么精神，神情显得很落寞。小磊也没有告诉我为什么，我也就没多想太多，谈恋爱这个事情跟修行一样，师傅领进门，修行靠个人，我管不了那么多。

这次小昭听我主动提起唐唐，瞪起眼睛瞅了我半天说："孙来利,你真不靠谱,你给我介绍的都是什么人啊,那个小磊也太离谱了吧。"

我赶忙追问:"他怎么了啊?"

小昭说:"你知道吗,他第一次带我去看电影,买了两桶爆米花,还是电影院最大的那种桶,找到座位的时候他递给我一桶,说咱俩一人一桶啊!我看着桶那么大,一个人吃不了,就客气了一下,说不用了,你自己吃吧。小磊愣了半天回了一句,好吧。"

"然后一个人抱着两个大桶爆米花咯嘣咯嘣吃了一小时四十五分钟,吃完了爆米花电影也散场了。我那天很生气,这种人也太缺心眼了吧!真的就自己一个人吃完了,我一直以为唐唐是情商界最低的了,没想到他横空出世刷新了我的认识。从电影院出来我直接就跟他说,我们俩不合适,你还是好好去长身体吧。"

小磊当然不甘心,追了两个礼拜,小昭还是放弃了他。

小磊因为两桶超大号爆米花失恋了,这个没有来得及表白的男人永远失去了表白的机会。

三

了解了小磊失恋的真实原因后,我一下子明白了为什么当初我用自己挂科来安慰小磊他不为所动的原因了,原来他是希望局面能够更好,而不是接受所谓的完美。小磊的失恋也让我一下子想到了另一个大人物——癞蛤蟆十三号沈从文。

沈从文经徐志摩的推荐,到中国公学担任教师。木讷的他第一堂课就洋相百出,而在这些看着他出洋相的女学生中,就有校花张兆和,沈从文对她一见倾心。

当时追求张兆和的人很多,张兆和的二姐张允和分别给他们编号为"青蛙一号""青蛙二号""青蛙三号"等等,沈从文排在最后,被命名为"癞蛤蟆第十三号"。

沈从文不敢对张兆和当面表白,于是采用情书轰炸的方式,可是张兆和根本不喜欢他,也不理他。沈从文很沮丧,一度因追求不到张兆和要自杀。张兆和情急之下,拿着沈从文的全部情书去找校长理论,当时的校长就是胡适。张兆和说:"沈老师老对我这样子,骚扰我。"

胡适说:"人家很爱你。"

张兆和马上回他一句:"可是我不爱他啊!"

胡适说:"你不爱他我告诉你爸。"

张兆和连忙说:"不要告诉我爸,不要告诉我爸。"

没有得到校长胡适的支持,张兆和只好听任沈老师继续对她进行感情文字的狂轰滥炸。沈从文开始了他马拉松式的情书写作,写出了许多上佳的情书。而这一写就写了四年,爱一个人可以多久,沈从文可以告诉你什么叫执着,只要没有被拒绝,就不算失恋,即使被拒绝了,也不算,至少在他看来不算。

渐渐地张兆和开始给沈从文回信了,心潮澎湃的沈从文立即给张兆和的二姐张允和写信,托她询问张爸爸对婚事的态度。信里写道:如爸爸同意,就早点让我知道,让我这个乡下人喝杯甜酒吧。

张兆和的父亲开明地答:"儿女婚事,他们自理。"

在姐姐的劝说下,张兆和给沈从文发电报。电报内容是:乡下人喝杯甜酒吧。

沈从文喜极而泣,终于赢得了他一直渴望的爱情。

"癞蛤蟆十三号"也许是个传说,但至少是个爱情榜样,给追逐恋爱的人一些启迪。

那天,出了小昭的家门,我给小磊打电话。

我说:"小磊啊,我请你吃两桶超大号爆米花。"

小磊很开心地说:"好的呀,什么时候呢?"

我说:"就今晚吧,我给你讲另外一个故事,也许对你未来人生有帮助,这个故事叫'癞蛤蟆十三号'。"

偶像进化史

一个人要想成功，少不了一个偶像，因为你和偶像之间的差距是你奋斗的原动力，因为喜欢才会模仿，因为模仿才会水平靠近，俗话说——取法乎上，得其中矣，取法乎中，得其下矣！即使努力后达不到偶像的高度，做到了一半也比之前强很多。偶像能让我们取得更高的成就。

每个人都有自己的偶像，我也有偶像，而且一路走来，我的偶像队伍在不断壮大。每当我对自己怀疑的时候，对世界失望的时候我都会想想偶像，而后便会瞬间增加我面对困难的信心，我的偶像们如灯塔一样，照亮我的心。

第一位偶像李小龙。

说到李小龙，我可以洋洋洒洒写一本书，关于他的资料我看的很多，研究也很深入，所以才会崇拜到骨子里。李小龙也是我人生中第一位真正意义上的偶像，并且我一直都受他影响。我的英文名字叫 bruce sun，就是模仿自李小龙的英文名——bruce lee。

很小的时候就听人提过李小龙的名字，听说他是伟大的中国人，武功很好，跳一下可以窜到几十米高的树上，抗日战争的时候参加过八路军，可以空手消灭很多日本鬼子，后来去上海参加特工活动，手刃俄国大力士，单挑虹口道场几十名日本空手道高手……

长大后才知道，李小龙五岁的时候日本就投降了，他要想揍日本人还得买船票漂洋过海去日本揍，相信他不会这么无聊的。

后来虽然对李小龙的了解更多了一些，但是一直到高中毕业我都没有见过李小龙的照片，也不知道李小龙到底长什么样子。

大二的时候，为了应付英语四六级考试，我四处打听学习英语的好办法，听说看英文电影学英语既便捷又不枯燥，我就去南师大买碟片，一脸横肉的地摊老板指着李小龙的碟片跟我说："小伙子买这个吧，这个是纯种加利福尼亚英语发音，英语四六级的口语都是采用这个标准，包管你英文水平跟坐了火箭一样'刺溜'冲向天。"

我问地摊老板："这个肌肉发达的哥们是谁呀，怎么长得这么丑。"说："怎么会丑呢，和我长得差不多啊……这个人你都不认识，你读过书没有啊？这个人是李小龙啊。"

我恍然大悟，原来李小龙长这个样子啊，果然是见面不如闻名。赶紧掏钱买下带回宿舍，认真研究。我记得第一个看的电影是《唐山大兄》，后来陆续看了《精武门》《猛龙过江》。当时觉得李小龙的身手跟成龙比差远了，成龙那个动作打起来虎虎生风，帅气威武，而李小龙打起来一脚一个，一拳一个，有点像气功，我心想——咦，有那么厉害吗？

而且我觉得李小龙的动作一点也不花哨，不好看。后来才知道，他是实打实的实战派，当时脑子中也有疑惑，一个电影拍得不咋地的人为什么这么出名呢？

于是赶紧百度寻找答案，认真研究。这一研究就钻研上了，钻研久了懂的自然就多了，自然而然就开始崇拜上了，于是李小龙成了我大学时代独一无二的偶像。

认识一个人的过程大抵都是如此，肯定——否定——否定之否定。我喜欢上李小龙也经历了这么一个过程。

从大二开始，我就有意锻炼身体，将孱弱的身体练的渐渐强壮起来了，二零零八年，我搬到宝山住的时候，在天台绑了一个沙袋，天天打，竟然被我揍坏了两个沙袋。

我的房东是一个河南来的小伙子，他和老婆一起住主卧，他老婆是练柔道的，看我痴迷武术，还教我怎么练腰力。在她的指点下，我去五金市场买了好几条皮带，每天坚持拉五百下，练习腰部力量。

房东和他老婆经常吵架，他老婆一吵架就哭。毕竟练过多年柔道，所以中气很足，哭起来嗓门很大，我们住六楼，一楼的小狗都被吓得"汪汪"叫。每到这个时候，我都看到房东坐在桌边喝着洋河，一边喝一边叹气，不知道他是不是心里委屈，摊上这样的老婆，骂也不行，打也打不过她，只能喝闷酒。

有一次，房东找我喝酒，问我："小孙，你房间贴李小龙的画，你练的叫什么功夫啊。"我说："我练截拳道，阿哒，阿哒……但是我练的不像，只能瞎练练。"他抿了一口酒说："截拳道很厉害吧，打不打的过柔道？"

我心里有点忐忑了，你什么意思？你别雇佣我去帮你收拾你媳妇啊，你媳妇是我半个师傅，我们有师徒感情的。再说你媳妇那五大三粗的块头，我肯定干不过她，会吃亏的。酒没喝几口，我就借口老板有电话找我，落荒而逃。

说实话，房东媳妇比我只矮三四厘米，体重比我都重，走起路来左右振幅很大，一看就知道腰力惊人，我根本消灭不了她。

不过正是有着相同爱好，志同道合，让我在日后的工作中逐渐认识了更多像她这样的武林中的朋友，也将锻炼作为终身爱好坚持了下来。我想是在李小龙精神鼓励之下，给了我锻炼下去的动力。

其实李小龙对我影响最大的还是他的精神，他至少教会了我两点人生哲学，第一个是要具备坚韧不拔的毅力。第二是要具有独立思考的能力。这两点很重要，也让我能在这么年的职场生涯一直不言弃，并且不妥协自己的人生追求，坚持自己内心所坚持的。

有自己想法的人注定都是孤独的。而我这一辈子都会生活在他的影响之下。

第二位偶像毛泽东。

对于毛主席，我确实被他的人格魅力和才华所折服，对他发自肺腑的崇拜。

大学时学《毛泽东概论》，只觉得和初中历史差不多，没什么太深刻的感情。第一次真正去了解毛主席的思想开始于大四时候的考研，那个时候我报了《新东方》的培训班，几个礼拜听下来，我直接对这个棱角分明，坚持自我，不向大多数低头的革命先驱产生了浓厚的兴趣。

革命早期的毛主席是孤独的，他的观点属于非主流，在一切前景都不明朗的时刻，他能坚持自我，对抗所谓的留洋派，这是多么大的一种人生自信。这种自信的背后是一颗多么强大的心脏！

很多有才华的人，最后之所以成不了大师，都是因为在别人的不喜欢或者不支持的时候否定了自己，最后随波逐流，成为融入集体的一朵小波涛，根本卷不起惊天巨浪。

而毛主席在科学调查的基础上，合理地规划行动。你们喜不喜欢是你们自己的事，和我无关，我只做对的事。

井冈山时期最落寞的时候，他成了孤家寡人，成了特立独行的异类。后来他在回忆录中写道："家门口连个鬼影子都没有，都不敢上我门。"

哎，想想毛主席把脑袋寄存在脖子上的坚持，我们这些孤独算个屁啊，顶多算个毛毛雨。

我看过很多写毛主席的书，也研究过他的著作，确实很受启发。二零零九年七月份，我在工作中遇到了不顺，于是在QQ空间中写道："在上海生存下去要好好读读毛主席的《论持久战》，总结起来无外乎两句话"积小胜为大胜，以时间换空间"。短期内想出人头地那是不可能的，所以要有一个长期的打算。八年够不够？十八年呢？我相信一定可以的！"

因为大学毕业后找不到和大学专业对口的工作，为了糊口做了有点擦边球的销售。我一直很不适应销售的节奏，总怀疑自己能不能胜任这份工作，我一直觉得自己是个马谡，但是生活的压力让我硬着头皮走向了街亭。

在二零零九年九月份，受毛主席经历的启发我写了一篇鼓励自己在各个领域都要大胆自信开拓的文章，鼓励自己不要被自我设限困住了头脑，继而困住了手脚。人，多栖发展是可能的，适应社会，也要学会变中求胜。

对于伟人，我们要心怀敬仰，伟人也有错误，我们要有包容的心态对待，如果仅为了逞口舌之快，总不免落了下乘。

第三位偶像周星驰。

周星驰是我最喜欢的电影明星。

第一次看周星驰的电影就是《大话西游》，那还是一九九七年，是在我家的黑白电视上看的。那个时候我觉得这个电影好搞笑啊，笑得前仰后合，合不拢嘴，我哥在一旁很郁闷地说："这什么玩意啊，有什么搞笑的。"看来周星驰注定成不了他的偶像的！从此时开始，我不光喜欢上了周星驰，还明白了一个道理——即使你是一个天才，你也不一定能赢得所有人的喝彩。

不过遗憾的是，那个时候小，不知道这个人叫周星驰。

第二个印象深刻的周星驰电影是《食神》，是在我们市唯一的五星级大酒店——千岛大酒店客房里看的。那个时候我姑父在那里上班，我常去玩。看到这部电影，也是非常喜欢的，从此记住了一句话"我这么做不是为了证明我行，我只是让别人知道，我丢失的东西我一定要把它拿回来！"

非常霸气！

第三部就是《少林足球》，那个时候我在市里上高中，中午去拉面馆吃饭，看到电影频道正播放这部电影，很励志，越看越想笑，下午上课都差点迟到。

《少林足球》让我对拉面馆那台电视机产生了感情，每次去吃拉面，都觉得那台电视机好搞笑。有一次我又去吃拉面，看到那台电视机就想起了《少林足球》的那帮人，"哈哈哈"大笑起来。当时拉面馆就我一个人在吃饭，拉面馆老板正抱着儿子讲笑话，儿子的脸麻木地看着他，一点笑意都没有，拉面馆老板一看他讲的笑话儿子觉得不好笑，反而让客人笑成一团，非常开心，还给我免了单。

这个事情我记得很清晰，因为这件事这我终于记住了这个人的名字叫周星驰。

考入大学之后，我上网把周星驰所有的电影都看了一遍，看完还想看，大学期间不知道反反复复看了多少遍，很多台词都深入骨髓了。我还跑到图书馆借了《大话西游》，把每一句台词都抄了两遍，直到现在里面的任何一句对白我都还能记得很清晰，大学时候我有写日记习惯，但是写得都不长，也写得不好。奇怪的是自从抄了《大话西游》台词之后，我写作水平居然提高了好多。

如果说李小龙是我英语启蒙老师的话，周星驰无疑是我的语文辅导老师。

周星驰的电影讲得都是小人物的逆袭，这正如他的人生。周星驰的偶像也是李小龙，他就是看了李小龙的电影之后，坚定地想要成为武打明星，才去考的无线电影培训班。李小龙对周星驰的影响实在太深了，很多时候，都让人觉得周星驰是李小龙的再生。2014年我写了一本十九万字的小说，叫《返祖》，就是用来写星爷的，在周星驰的贴吧获得了很多星粉的鼓励。星爷给我的人生带来了太多的欢乐,如果没有他,我的人生会是怎样的无聊和无趣。所以特别想用自己的方式来感谢他。

星爷电影的经典台词我都喜欢,无所谓最好,写下一句最先想到的共勉吧,"做人如果没有了理想,那和咸鱼有什么区别。"

以上就是自己活到三十岁最崇拜的三位偶像,每一位在我的心中都有至高的地位,让我奉若神明。我庆幸我在三十岁之前就有这么多高人的陪伴,所以我的人生一点也不孤独。他们让我的精神世界一直忙碌且充实了,对于未来,我也并不担心,眼光瞄准偶像,努力走好每一步路,还会没有未来吗?

父亲

一

一九七九年出生的陈文曾经是我们村里唯一的大学生,他高我几届,是我们村所有孩子学习的榜样。

陈文的爸爸身体一直不好,有很多毛病,白内障,静脉曲张,肿瘤……病魔一直折磨着这个风烛残年的老人。这是陈文多年来最担心的事情,在陈文的心中他一直叨咕着,"爸爸,你的身体可不能垮。"

陈文的父亲是个文盲,一辈子除了认识棋盘上的车马炮之外,别的字一个都不认识,就连出门上公厕,也都是看进出的人才能判断出哪个是男厕所。

在陈文的记忆里,父亲是个伟大的父亲,是中国可歌可泣父母队伍中一个渺小的缩影。

陈文读高中的时候,父亲经常来学校看他,他是个走街串巷回收动物毛皮和头发辫子的生意人，经常骑着那辆很老很旧的凤凰牌自行车。陈文一看到楼底下那辆挂满零件的自行车，就知道父亲又来了。

父亲的打扮很土气，说话也不上台面，他拎着一袋水果分发给陈文宿舍的同学们，一边发一边笑着说："孩子，吃一个吧，能在一起上学不容易，要好好相处呀。陈文年纪小，做错事你要担待下。"

陈文放下手头的书将父亲拉出宿舍，说："你来之前怎么不跟我说一声，你老是一声不吭就来学校找我，我不喜欢你这样。"

父亲一点也不生气，拉着他的胳膊说："还没吃饭吧！走，我带你去附近的中山商场吃你最爱吃的小鱼。"

陈文话也不说就跟父亲走了。

青春期的陈文内向也要面子，总觉得土里土气的父亲没有什么闪光点，出现在他的生活会让他觉得有点丢人，他巴不得父亲不要出现在他的生活圈子中。

二零零二年八月份的一天，父亲又骑着那辆丑陋的老式自行车，满载着动物毛皮和头发辫子出现在他的宿舍楼下。

和父亲去商场吃饭的时候，陈文的脸一直挂着，他有点不开心。

而父亲却并不在意这些细节，在父亲的眼中，健健康康的陈文就足够了。

吃饭的时候，父亲一个劲地往他碗里夹菜。吃着吃着，他突然感叹道："我下个月可能就不能来看你了，以后你缺什么打电话给你妈，让她给你送来。"

陈文愣了一下说："你下个月去哪里？"

"你学习成绩这么好，我觉得你一定能考上大学，到时可需要一笔不少的学费呢，我要出去打工给你攒学费。"

"这都早着呢，你忙活那么多干啥。"

"早点准备也好，否则考上了好学校没有学费，还耽误你前程。来，吃小鱼，我把鱼头夹下来，你多吃点鱼肉，经常用脑子你营养一定要跟上。"

在爸爸的眼中，陈文一直都是他的骄傲，他从来不给陈文过多的压力，他能做的就是在背后支持他，他一直坚信这个儿子不会让他失望。

这顿饭，陈文一辈子都记得。

没有什么文化的父亲给了他最伟大的父爱。八个月后，当陈文的录取通知书寄到家里的第二天，父亲扛着大包小包从外地打工回家了。此时的他已经和八个月前判若两人，又黑又瘦，仿佛非洲小土著，笑起来的时候，两排大门牙闪闪发亮，陈文第一次发现，原来父亲的牙齿居然也是白的。

父亲从手帕里抖出八千六百元钱，笑得很开心："半年学费足够了！"而陈文的心却在滴血，母亲说："你父亲在高速公路上给人铺路，白天跟车走，地面温度都50多度，随时都会中暑。晚上看压路机，就在冷却了的路边睡，蚊子密密麻麻的，一巴掌呼下去手都是黑的，经常睡不着觉，一晚下来少半斤血。"

陈文躲在草垛后面哭红了眼睛。

这个世界，再美丽的诗句，再漂亮的花，再动人的歌曲，都无法歌颂那些对我们掏心掏肺，不求回报的父母们的付出。他们将自己的血肉和灵魂全部献给了下一代，他们的笑声，他们的足迹，永远都是跟着我们转。

陈文发誓，这辈子不孝顺就是个狗东西。

二

大学毕业后，陈文来到了繁华的苏州工作。

刚步入社会的陈文总是处处碰壁，深一脚浅一脚地活在这个世界中。

陈文被保险公司骗过，被领导坑过，被同事整过，他都咬牙扛了过去，他觉得这些打击都是人生必须经历的，作为一个有担当有抱负的男人，这些挫折都不足挂齿。

陈文的意志一直都很顽强，他不想让那些日夜操劳的亲人再流下泪水。他一直都记得自己的承诺。

为了多赚钱，陈文想利用业余时间赚点外快，这个时候一个叫《致富精英》的节目引起了他的注意。节目中嘉宾大谈特谈自己所做的产品如何在市场上风靡，具有创新的商业模式和盈利模式，非常有前景，为了带动中国创业的氛围，给更多有想法的年轻人机会，公司决定面向全国招商，手把手传授大家如何赚钱。

既然是央视的致富节目，陈文觉得应该没错。于是趁周末，陈文专程坐火车来到首都，考察情况。

在那家公司里，陈文被巧舌如簧的招商经理解说得眼花缭乱，看到那么多的产品等待出货，又有全国各地那么多和他抱有相同目的的年轻人纷纷交钱，陈文脑袋也发热了。于是将几年辛辛苦苦攒的三万元钱全部交给了对方，扛回了一大堆原材料和设备。

陈文准备利用这次机会实现人生一次大的飞跃。

被美好前景冲昏了头的陈文，坚信自己这次是抓住了一个赚钱的大商机。

为了开店，陈文东拼西凑借了十万元，都是同学和朋友的钱。陈文坚信自己的项目一旦上马，会在半年期间将所有的投资都收回，到时候十万块钱很轻松就还上。借钱的时候，他那自信的谈吐让本来就信任他的朋友们根本没有思考太多。

店很快就找到了，一年租金六万元，陈文花了三万把房子装修一新。用省下的一万元印制了宣传资料，很快门店就宣布营业了。

从冒出创业想法到开店完成，陈文只用了三个月的时间。陈文告诉自己：兵贵神速，创业就要冲动。

让他万万没想到的是，创业并非他想象中的那么简单。很多前期没有想到的问题陆续冒了出来，让他焦头烂额，疲于应对。随着时间的前移，他也渐渐发现，这个项目并非当初嘉宾所吹嘘的那么有市场，所谓的商业模式和盈利模式都是包装，是描绘一个伟大的前景诱骗他们这些脑子发热的创业者上当的，他们才是被赚钱的对象。

陈文被深深地愚弄了。而他也为自己的肤浅付出了代价。

苦撑了八个月后，陈文宣布关店。

这八个月来,他一分钱没有赚到,更没有办法偿还所欠的十万元借款。

为了讨债,很多朋友都和陈文撕破了脸。而失去了工作的陈文,在关了店之后身无分文,根本付不起房租,吃不饱饭,每天流浪在苏州桥洞底下,谁也不知道这个男人脑子中此刻在想着什么。

这个幻想着成为富翁的有志青年混成了"负翁"。

男人这一生,很多时候的失败来自于太急于渴望成功,让理想撒了泼地飞翔,而能力和视野却根本跟不上,以至于摔了跟头,跌的头破血流,粉身碎骨。理想越高,往往失望越多。

三

很久联系不上儿子了,陈文的父亲很担心。于是撂下榜地的锄头,买了一张车票来到了苏州。当他找到儿子的出租屋时,才发现房主早已经不是儿子。一打听才知道,儿子三个月前已经离开了这里,搬走了。

具体去了哪里,不知道。

陈爸爸慌了,满世界地找儿子,可是偌大的一个苏州,去哪里才能找到。

陈文的电话彻底打不通了,没有钱吃饭的陈文哪有钱交电话费。

陈爸爸,这个和土地打了一辈子交道、没有在大城市待过几天的老农民,为了找儿子,一直在苏州待了两个礼拜,白天他四处打听，晚上就找个地方随便睡睡，这个在高速公路上打工的老头什么苦没吃过，对他来说，这种流浪汉般的生活根本不是事。

很快，他随身带来的钱也快花光了。再不回村里，可能就永远回不去了。

买好返程车票的前一天晚上，他从小饭店买来了一盘豆芽，从小商店买来一瓶白酒，坐在车流不息的马路边自斟自饮。几杯酒下肚，他突然老泪纵横起来："儿哩，你到底去哪里了呀！你是不是遇到什么事情了，有什么事情你也要跟爸爸说一声啊，要不然我去哪里才能找到你？"

望着这个繁华的城市，即将离开的老汉心有不甘啊。

不久一瓶白酒就全部下肚了。

陈老汉醉醺醺起身去桥洞尿尿。

忽然，昏暗的路灯照耀下，他看到一个年轻乞丐蹲在路边啃苹果，表情呆滞的他在昏黄的灯光照耀下显得十分猥琐，他的身边有一个很大的袋子，袋子里鼓鼓囊囊的，不远处，一个垃圾箱被翻得乱七八糟。陈老汉三步并作两步走了上去，站到了乞丐面前，大声问道："陈文，是你吗？"

年轻乞丐一下子惊呆住了，抬起头缓缓站了起来。他看清了，站在他面前的正是已经憔悴不堪，半年多没有联系的父亲。

手中啃了一半的烂苹果掉了下来……

这对父子抱头痛哭，哭声在这繁华的城市上空回响，久久不息。

这个曾经发誓要成为别人骄傲的少年落魄成了乞丐一般，成了这个城市最底层最底层的人群。如果不被找回，很可能夏去冬来，一个寒冷的清晨被人发现裹着薄被子冻死在桥洞里，没有人会询问他是谁的儿子，曾经谁把他当做宝贝，也没有人会想到这是个参加过高考，取得优异成绩的高智商少年。他们只知道，这是一个肮脏了的，发臭了的流浪汉。

钢筋水泥的城市里，牵挂他的只有远在千里的父母，竭力阻止他们的爱子变成死尸。

四

弄清了事情的原委之后，陈父抚摸着肮脏不堪的陈文的脸，心疼地说道："你这孩子，哪个人的人生是一帆风顺的，你大伯当年借钱买拖拉机，后来拖拉机掉到山下，也被讨债的逼得要死要活，扛过去现在不是一样很幸福的吗！不要把自己的路子封死，你还年轻，有的是机会，这次就当成一个教训好了。你是大学生，又有头脑，只要肯努力，会重新起来的。你欠下的钱，我来想办法，跟我回家休息一段时间，来年继续努力。"

陈文望着父亲的老脸，心痛得不得了。

这位朴实的父亲对儿子的信任已经没有了底线。

第二天，陈父就领着陈文回到了老家县城。回村之前，陈爸爸带着陈文来到了浴池，洗去了他身上的污垢，换上了新装。一番倒腾，落魄的颓废少年重新变成了蓬勃的知识分子。

回家后，母亲高兴地做了一大锅好吃的等待他们，看着陈文消瘦的脸，母亲心疼的落泪，说："这孩子，怎么把自己瘦成这样。"

陈文的嫂子不停给陈文夹菜："弟啊，你说你这大半年不跟家里联系，可把我跟你哥急死了。即使工作再忙，你也要跟家里报一声平安啊，你出门在外一个人不容易，可要照顾好自己。"

哥哥说道："我弟弟是大学生，有头脑有智慧，当然是工作太忙，才没有联系的。"

父亲笑着说："是啊，你弟弟是工作太忙了。"

陈文不好意思地低下了头，埋头吃自己的饭，很快就吃了三四碗。

这几天，父亲四处找人借钱，卖地，卖树，高利贷也借了两三万，终于凑了八万元。最后的两万实在没有办法了，陈父找到了陈文的哥哥。陈文的哥哥在镇上开了一家家电维修店，和陈文的嫂子一起打理门店，一更睡，四更起的，十分辛苦。这几年好不容易积攒了一点积蓄，在镇上买了一家门店，还买了一辆汽车，小日子终于走上了正轨。

陈父借着酒劲就和陈哥把话说了："你弟陈文在大城市工作，太想做出点成绩了，结果被人忽悠，现在工作丢了，还欠下十多万元钱。本来这个事情是他一个人的事情，但是毕竟是你弟弟，还没有结婚，你做哥的该拉一把也要拉一把。他那么聪明，只要肯干，会翻身的。我已经帮他筹集了八万了，还差两万，你帮我想想办法。"

陈父等着大儿子的答复，屋内短暂的沉默。

"爸，这个事情你早该告诉我。他是我亲弟弟，现在有难了我一定要拉他一把。"陈文的哥哥说道。

陈父心口的石头落地了。

"唉,这也不是什么光彩的事,你回去就别和你媳妇说了。就说这两万朋友周转的,缓一缓会还的。"陈父叹了一口气。

"爸,晓得了。"

陈文的爸爸之所以将大儿子的帮助放到最后一个考虑,也是有苦衷的。大儿子生性憨厚,心地善良,无奈找了一个精明透顶的媳妇,又经历了这么多年商场的锤炼,更加会算计。无利不图,斤斤计较,利益至上本是商人的本性,而陈文嫂子入戏太深,已经分不清生意场合和家庭场合。所有的人在她那里都要用算盘扒拉一下子。

陈文大学毕业,是村里的知识分子,在古代也算是光宗耀祖的人,所以嫂子一直对他很期待,也渴望着他有朝一日发达了能拉她们一把。在耿直的陈父眼里,他晓得陈文嫂子是什么样的人,从她对待乡邻以及他们老两口的态度,一目了然,对她的势利的秉性很清楚。如果被她知道了小叔子不仅没有成就一番事业,还扯他们后腿,那她不是要彻底踩陈文一脚啊!

中国的农村有很多这样的人,他们眼光不长远,又极其的势利。谁混得好就腆着脸贴上去,谁落魄也跟着吐人家口水。

五

休息了一个月后,恢复得差不多的陈文拉着拉杆箱上路了。汽车开走的那一刻,父亲攥着车屁股挥着手喊道:"文子,照顾好身体,别想那么多!多打电话回家呀!"

陈文的眼睛湿润了,自始至终,父亲没有跟他说过一句,"好好干啊,不要辜负大家对你的期望!不能再不长眼了!要争气啊!"这样的话。

陈文有些时候都怀疑,父亲到底是不是中国人。

中国的长辈不都是这样的吗,打着关心子女的名义,下了无数条嘱咐,那些嘱咐他们以为是对孩子的关爱,其实根本就是符咒,精神上,思想上的符咒。

读高中的时候,为了学英语,父亲给他买了一个随身听,但是陈文把大部分的用途用在了听音乐上。

宿舍熄灯后,他躲在被窝里听着那个时代的歌曲,往往一晚上下来,两节七号电池就没有了电。他的床头除了放一些书本外,还有一个鞋盒子,里面是一盘盘磁带。

那个时候周杰伦还没有耍起《双节棍》,蔡依林没有玩起《倒带》,陈文听的歌曲大都是二十世纪八十年代经典的老歌。

比如《大海》,比如《伤心太平洋》,还有《天涯》《记事本》。稍微再久远一点的那就是《星星点灯》《小芳》《纤夫的爱》。

而二十世纪八十年代的歌曲听完之后,陈文将目光投向了更老的歌曲,经常蹲在文化市场翻看磁带,一翻就是一两个小时。所以像《大头皮鞋》这种冷门的音乐,他也喜欢。而当他第一次听《父亲》这首歌的时候,并没有什么太大的触动,后来越听越觉得那歌仿佛就是写给他父亲的:

"那是我小时候常坐在父亲肩头

父亲是儿那登天的梯

父亲是那拉车的牛

忘不了粗茶淡饭将我养大

忘不了一声长叹半壶老酒

等我长大后　山里孩子往外走

想儿时一封家书　千里循叮嘱

盼儿归一袋闷烟　满天数星斗"

陈文打开手机，再次点开这首歌，很快眼睛就再次模糊了。

这个世界没有谁的存在是为了让别人更幸福的，没有人会在你工作做得不好的时候问你累不累；没有人在你加班夜归的时候问你肚子饿不饿；没有人不求回报把自己微薄的收入交给你花；没有人时刻把你放在心里，一点回报也不奢求。除了父母……

六

因为这次鲁莽的创业，陈文几乎得罪了所有信任他的朋友，大家像躲瘟神一样躲着他。本来这个事情也不怪他们，信任需要长期培养，伤害只在一瞬之间，谁也没有傻到明知这个人是个骗子，还主动凑上去被骗的地步。虽然陈文后来还清了所有借款，但是横跨那么久的时间，中间又有半年失踪记录，谁都不愿意再给陈文第二次机会了。

陈文没有脸去苏州，而是选择了去无锡。他决定脚踏实地，好好奋斗，重新站立起来，谱写人生的辉煌。

陈文在一家生物公司做起了销售，工作很辛苦，但是收入还不错。

有了之前的教训，陈文这次走得很稳健，不再冒险了。老板觉得陈文人品不错，有意拉他下海创业，但是陈文思前想后委婉拒绝了。一年后，老板代理的生物制品在江苏省大卖，成了千万富翁。

小学同学牛海峰打电话告知陈文，老家最近响应胡书记建设和谐新农村的号召，会将几个村子拆了并成一个大村。新建了一批小洋楼出售，价格不到八万，不久后肯定会翻番，希望陈文借钱也要买一套，坐等升值。

陈文借钱借怕了，又想到身上还有那么多的外债，也拒绝了。

俗话说，天下没有不透风的墙，时间长了，陈文的嫂子还是知道了陈文身上发生的事情，她大发雷霆，十分震怒。

第一，陈文父亲卖地，卖树的钱都给了陈文，凭什么啊，大儿子也应该有一半。

第二，自己公公、老公凭什么拿她的两万块去替陈文还债。她的钱都是她辛辛苦苦一分钱一分钱攒的，这样打水漂实在不像话。

第三，一直到她得知真相，都没有人和她说过真话。可见陈家人不把她当一家人，故意瞒着她。

好，你对我不仁就不要怪我不义！

陈文嫂子发了火，和陈文哥哥大吵了一架。闹得鸡飞狗跳，村人皆知,闹完后她一路哭着回了娘家,"这样的日子不过也罢!"

陈文的父亲知道后一边叹气一边喝闷酒,第二天,他又去高利贷那里借了两万元,交到了陈文哥哥的手里说:"孩子,去把你媳妇领回家吧。好好过日子,陈文的事情用不着你们来操心。"

陈文的哥哥无奈地低下了头。

因为工作出色,一年下来,陈文的业绩还是可圈可点的。一点一点又积攒了四万元,寄给家里还了欠款。在父子的共同努力下,债务现在只剩下两万了。

过年回家,陈文早早地买了回家的车票。

在绿皮火车上晃悠了一天后,陈文兴高采烈地回到了家里,还没进门,就听到陈文嫂子扯着嗓子对陈文的母亲发脾气。

"你们两口子就是偏心,手心手背都是肉,凭什么对小儿子那么好,对大儿子那么坏,厚此薄彼,看人下菜碟的?陈文可是大学本科生哪,一个月才三四千块,现在没有文凭的出去打工哪个人一个月不也是三四千啊,这个破大学读了有什么用啊?都是你们俩给惯坏的,让他毕业四年了还成事不足败事有余,还欠那么多外债!"

陈文灰着脸走进了家门,一看到陈文回来了,嫂子没有了以往的殷勤,冷冷地说道:"陈文,你可回来了。再不回来你爸跟你哥又要去苏州桥洞找你了哩……"

陈文鼻孔都气的冒烟了,心里嘀咕道:"不跟你一般见识,你这个冷血的草木之人。我早晚会把你送给我的一切全部打包还给你……"

七

这一年,陈文的哥嫂生意也越做越好,又购置了一套房子。但是贪心的人欲望总是没有底线,陈文的嫂子又把主意打到了陈家老宅子上。她的逻辑很简单,陈父为了替小儿子还债,卖地卖树,那么老宅就没有陈文的份。现在国家搞和谐新农村,小村合并成大村,老宅早晚得拆,到时会补个新房,这套新房就是她的。所以怂恿老公赶紧把老宅的房产户主变成他们的,不要给陈文任何机会。

一直隐忍的陈老汉发火了,说:"老子还没死,哪个敢打老房子主意。爱给哪个儿子是我做老人的自由,不用你来教我如何做人。"

陈文的哥哥也劝老婆不要太过分,都是一家人,不要弄得太疏远了,搞得太过分了。

好劝歹劝,陈文的嫂子才安生了几天。

两个月后,陈文的嫂子怀孕了,陈文的哥哥喜出望外,对媳妇那是一百样的好。结果恃宠而骄的陈嫂,又开始闹起情绪来了。但凡见到令自己不舒服的,她都要骂出来,陈父陈母都让她三分。

现在,陈文回家了,嫂子也照样不给他任何面子。

这一年,陈文的年过的既压抑又难受。他恨不得立刻返回朵城,即使在自己的租住屋吃着泡面看别人放烟花,也比在家里受到嫂子的冷嘲热讽强。

曾经的大学生,天之骄子,一旦混得不如意,连亲人都瞧不上,陈文大学毕业都四年了,一分钱没有给家里赚来,还让家庭背上了沉重的负担。过年几天,因为生意繁忙,哥哥叫陈文去店里帮忙。

嫂子瞅他一百个不顺眼。

连吃饭的时候都嫌弃陈文吃饭吃得多,不够斯文,哪像个大学生,是不是半年流浪把乞丐的坏毛病都学会了!陈文的心口最痛的伤疤就是那半年的经历,他不愿意别人一遍又一遍地往他心口撒盐,可是如今已经卑微到地上的陈文有什么资格去阻止嫂子的侮辱。

忍耐了三天后,终于当嫂子再一次当着客人的面对陈文大呼小叫,挖苦嘲笑的时候,陈文发飙了,一锤头砸烂了柜台,掉头就走。嫂子不依不饶,追着骂道:"有本事发脾气,没本事养活自己,你读书脑子都读傻了吧!说你两句都不行,你现在长本事了,有本事自己赚钱去还债!"

晚上,吃饭的时候气氛有点尴尬。陈文吃过的饭菜嫂子坚决不动筷子。陈文一肚子火,哥哥说话了:"文,你嫂子有身孕,什么事情不能让着她啊!你都是上过大学的人……"

陈文发火了,说:"我上过大学怎么了?我上过大学怎么了?凭什么我就得什么委屈都忍着啊……"

陈文话还没有说完,嫂子接声道:"人家读了大学往家里拿钱,你倒好,四年了,还让家里替你还债,现在女朋友都没有,以后结婚指望谁啊……"

陈文脑袋都要炸了,一把掀翻了桌子"不吃了,不吃了……"

一只碗在空中飞舞了几圈后,砸在房顶,"咔嚓"碎了。碎碗如一把锋利的刀子从天而降,不偏不倚砍在了嫂子的额头上,瞬间血流如注。

嫂子的号声瞬间传出了村子。

一家人也慌神了，赶紧将陈文嫂子送进了医院。

因为有身孕在身，陈文嫂子的伤口处理起来十分麻烦，幸好伤口不深，对于孩子没有什么影响。

但是陈文嫂子的娘家人不愿意了。

陈文嫂子的爸爸，哥哥带着一帮族人，几十口劳力，将陈文父母堵在了家里，非要讨个说法，自己嫁过来的闺女怀着身孕居然被小叔子打得头破血流，坚决不能袖手旁观。

在中国的农村这样的事情很多很多。娘家来人打架讨说法的十分寻常。

陈文村子就发生了好几起。最严重的有被打进了医院，住了个把月。

看着这帮凶神恶煞的瘟神，陈父没有办法。他一下子把陈文按倒在地，一顿拳打脚踢，陈文的眼镜被打碎了，鼻梁也打折了，鲜血满脸，不能动弹。

打完之后，他对着陈文嫂子娘家人大声吼道："不孝之子已经被我教育过了。我老陈做事情一向不偏不倚，别说我心疼儿子不顾儿媳妇，进了我陈家门哪个都是我陈家的孩子。你们要是不满意可以继续留着，管吃管喝，但是谁要是敢私自动手，别他娘怪我不客气。这是我们陈家自己的家事，谁敢插手。"说完拂袖而去。

老头言下之意，别总觉得人多势众就不得了。

陈文嫂子娘家人也觉得没有什么文章做，在陈文妈妈的好言相劝下陆续离开。

离开后，陈文母亲抱着浑身是泥，满身是伤的陈文放声大哭。

陈文读书的时候，经常会读到类似这样的屈辱故事，没想到如今他成了现实世界中的男一号。他的心碎得粘都粘不起来。

八

当天晚上，父亲喝得酩酊大醉。而陈文也不吃不喝，长这么大，父亲第一次打他，还是当着众人的面。

这个大学出身的高等人才如今比老鼠都惹人嫌，人家都懒得踩上一脚。

曾经的高贵大方，如今的凄风寒雨。陈文的心伤得透透的。

第二天一大早，陈文拖着行李箱就要回无锡，母亲送他到家门口，陈文回头看了看院子，没有看到父亲的影子。伤心的陈文跟母亲告别，迈着沉重的脚步走向村口。

刚出村庄，就看到一个人蹲在地上抽烟，那个人正是父亲。

父亲走到陈文的身边，叹了一口气，说："唉，下手重了点。可是我不打你的话，那些人也会下重手的，那些人都不是好东西。"

陈文倒不是怨恨父亲，而是为自己自责："爸，没事的，我太冲动了。你跟妈保重身体，我可能以后过年就不回家了！"

"没事的，孩子。在外照顾好自己，你不回家我们不怪你！"

这是父亲临行前对陈文说的话。

飞速的汽车上，陈文将头埋在行李箱上抽泣。

人生真的就这么难吗？

还是自己太笨了，太没用了。

陈文的心真的好痛好痛啊。

这一次，陈文是一路哭着到了朵城，眼睛都哭成了红灯笼。

读了那么多的书，还不能养活自己，到了无锡的陈文不想吃也不想喝。

未来的路到底该怎么走啊？如果不是父母在，陈文真想一死了之。

想了一夜，还是要朝前走。他想到了春秋战国的时候，有个叫苏秦的人似乎也是有类似经历，苏秦在发迹之前，没有人看得起他，甚至连妻子都轻视他。苏秦从鬼谷子那学习纵横术后，游历秦国而不被重用，他回到故乡时，钱用光了，衣服也穿破了，一副穷困潦倒的样子。他的妻子见到他居然不停织，嫂子也不愿为他准备饭食。苏秦深受刺激，于是用锥刺股苦读，精研纵横术，后来游说六国，合纵成功，身挂六国相印，终于功成名就。功成名就后，苏秦回故乡一趟。这次，他的兄、弟、妻、嫂对他皆侧目而不敢正视，俯伏侍奉饮食。

想到这里，陈文的心忽然不那么痛了。

人生，很多时候最有力量的励志莫非看到一个和自己相似处境的人，最后发奋图强取得了成功。在陈文看来，苏秦的未来也一定是他的未来。他攥紧了拳头。

九

陈文开始以苏秦为榜样，认真积攒实力。陈文钻研经济学，读彼得德鲁克，韦尔奇；研究管理学，看稻盛和夫，张瑞敏，他买来一大堆名人传：马云、王石、任正非、王健林……认真读，认真学。

他学习苏秦的头悬梁，锥刺股的精神。

这年，陈文没有回家过年。他清楚地记得大年三十那晚，他一个人逛商场的情景，偌大的一个商场只有稀稀拉拉的几个人，大家都在温暖的家里吃着团圆饭等待新年的到来，能备的年货早已经提前买好。陈文推着小推车，车上两袋速冻饺子，半斤猪肉，十只鸡蛋，一条速冻鱼……

走出超市的时候，父亲的电话来了，说："孩子，吃饭了吗？你妈想你了。"接着电话那头传来了妈妈的哭泣声，说："孩子，你在那边还好吗，你怎么过的年呢？有饺子吃吗？"

陈文心里也难过，说："妈，你别担心。我这有饺子呢。"

陈妈妈唠叨完，陈爸爸接电话了，说："孩子，我跟你妈都挺好。其实你不回来也一样，就是感觉有点空落落的，你不要担心。你也年纪不小了，该找个女朋友了，以后即使不回家过年，也能去你女朋友那儿。"

陈文"嗯"了一声。

父亲是不希望他一个人太孤独。

这一晚十二点，朵城的上空被烟花爆竹声炸成了一片热闹的世界,越热闹就越孤独,越孤独就越伤心,陈文这条有家不能回的狗只能躲进被窝里哭。

在前老板的再次邀请下,陈文跳槽去了前老板的公司。老板告诉他:"做事业,努力不是第一位的,方向才是。方向选不对,越努力离成功越远。你第一次创业就是方向错误,现在你跟着我,我替你选方向,你只需要努力就行。"

陈文觉得很正确,被老板打动。决定将老板这条大腿拥抱到底。

在新公司,陈文认识了比他小三岁的女同事黄豆豆,这是一个小巧的漂亮女孩,非常开朗、善良。她老家是安徽金寨的,陈文很喜欢和黄豆豆一起做事情,这个女孩经常眨巴着牛一般的大眼睛好奇地问他:"陈文,你老大不小了,怎么没有谈过恋爱呢?"

陈文很尴尬地说:"长得丑呗,没人要呗。"

"可是你蛮帅的啊。"

"家里穷呗,没房没车呗。"

"唉,大学里谈恋爱又不要求有房有车。你指定是个隐瞒情史的渣男,专门博得女孩子同情的。"黄豆豆不信他那一套。

"唉,信不信由你。有一句你听说过吗?"

"什么话?"

"把买十件衣服的钱拿来买一件衣服,你的衣柜就经典了;把做十件事的精力拿来做一件事情,你的事业就经典了;把凌乱的情感聚集在一个人身上,你的爱情就经典了。我要等我事业经典的时候找一个爱我,懂我的女孩,谈一段经典的爱情!"

"呸。你这牛吹得太经典了!"黄豆豆啐了他一脸。

十

二零一三年九月,陈文的妈妈因为不小心,被一辆汽车撞成了骨折,自从农村修了水泥路之后,他们农村也越来越不安全了。陈文心里很担心,母亲让他不要担心,她没什么大碍。

陈文说我过年回家看你。

妈妈憋了好长时间才说道:"文啊,其实我被车撞倒的那一刻,你知道我心里想什么吗?我就怕我这一闭眼去了,还没有看到你娶上媳妇,你这都二十七岁了还是单身。唉!我跟你爸好没用啊,要是能帮帮你,让你在城里买套房子,你或许早就有对象了!唉……"

陈文的心疼得嚯嚯的,父母都这种境地了,想到的还是他的幸福。这哪是他们不中用啊,是自己太窝囊了。都奔三的人了,还没有半点成绩,陈文的脸火辣火辣的。

陈文找到黄豆豆,问她有没有单身的朋友想赚笔外快的,只要陪他回家过年冒充他女朋友就有一笔不少的钱。

黄豆豆咯咯笑了,说:"有啊,你放心好了。"

约定见面的那天,黄豆豆一个人来了,陈文傻眼了,说:"人呢?"

"就是我喽!我赚钱不可以吗?"

陈文明白了,黄豆豆要陪他回家过年。陈文把家里的复杂情况和黄豆豆说了,末了黄豆豆说:"你租个女朋友还是远远不够的,要想衣锦还乡，还应该去汽车租赁公司租辆好车，咱俩开回去！"

陈文拍案叫好。

路上，俩人背了一路的台词，就准备戏上演的时候能够演出一出好戏，陈文说："对于那些势利眼，最好的反抗就是比他们混得好，让她们失望。"

黄豆豆大笑道："你嫂子看到你开着这么好的车，带着这么漂亮的女朋友，一定以为你混大发了。以后也不会再小瞧你了。"

陈文也高兴地说道："豆豆啊，这次亏了你了啊！下次有什么要帮忙的，我指定赴汤蹈海。"

黄豆豆没有接话，而是反问道："陈文，你是不是因为觉得自己寒酸，才不去谈恋爱，才故意压抑自己的情感的。"

陈文的心仿佛被一道电击过一样，他苦笑道："像我这样没有用的男人，哪个姑娘会看上我。"

得知儿子带女朋友回家了，陈文父母非常高兴。母亲还特意去集市上买回来一张新床，几套新被子，红红的，香喷喷的，十分喜庆。

陈文爸爸更是开心坏了，走起路来都是一跳一跳的。

而黄豆豆的出色表演也迅速赢得了一家人的喜欢。看着脸上皱纹堆成一堆，头发已经斑白的父母笑得合不拢嘴，陈文多希望每天都能让他们如此开心。

为你的幸福而真诚开心的人渐渐老去，属于他们的时间已经不多了。

年夜饭上,气氛明显缓和了很多,这顿年夜饭吃得十分开心。陈文哥哥私下里也跟陈文说过了,过去你嫂子确实嘴巴有点毒,但是自从生了你侄子之后,性格大变。也许有了孩子之后母性就有了,过去做的不到位的,也希望弟弟担待,一家人还是要以和为贵,家和万事兴。

陈文一笑而过。

大年初五过后,陈文准备返回无锡。返回前的一个晚上,黄豆豆陪着陈文母亲在房间聊天,陈文陪着父亲在厨房喝酒,喝着喝着,父亲突然说道:"我年后也要出去打工了,以后我换了手机,号码让你妈告诉你,有什么事情你还可以打电话给我。"

"怎么好端端的又要出去打工啊?"陈文吃惊地问道。

"你和丫头的感情这么好,说不定明年就要结婚哩。我要给你准备一点钱,你好娶人家过门。这个丫头好得很呐,比老大家的强一万倍。"

陈文一下子愣住了,父亲这句话太熟悉了,和二零零二年六月那次如出一辙,不过那一次为了他的大学,这一次为了他的婚姻。

无论陈文怎么劝,父亲都坚持要为儿子的婚礼尽一份力,能大则大,不能大则小,身体大了也拼不动了,但是心意一定要有。

陈文把这个事情告诉黄豆豆的时候,看到她的眼睛居然有亮晶晶的东西落下。

十一

回无锡的路上,黄豆豆问陈文:"陈文,我在你家过了几天呀?"

"八天吧。"

"我怎么感觉这么快呢,好像没有过够的样子。"黄豆豆说道。

"没过够?"

"是啊,你爸你妈这么好,对我这么好,好想做他们的儿媳妇。"

陈文"吱……"刹住了车子,看着黄豆豆。

"陈文你喜欢我吗?"黄豆豆问道。

"喜欢,可是我很寒酸,没房没车,工作六年现在存款不到十万。"

"我不在乎。"

"我还很没用,笨死了,可能这一辈子都成不了苏秦,只能做一个小销售代表。"

"我也不在乎。"

"我没有谈过恋爱,可能不会关心人。"

"我更不在乎。我只在乎你会不会把我当做经典。"

"会的。"陈文回道。

黄豆豆扑进了陈文的怀里。

这个世界,无论多么成功的事业,多么雄厚的资本都无法撼动一颗真诚的心。经典的爱情是这个世界唯一无法捆绑销售的神圣物品。

二零一四年五月,突然传来了噩耗,陈文爸爸在浙江工地刷外墙的时候,不慎从脚手架上跌落,五层楼的高度,人当场就咽气了。工头最后赔了三十万,陈爸爸的遗体是一起打工的五叔等人给送回来的。

得知消息的陈文差点昏死过去。

当天他连夜赶回了家里,看到爸爸的遗体,陈文多次哭晕,谁也拉不开。出殡那天,天空下起了雨,陈文跪在烂泥地里死活不起,他大声责怪自己:"爸,陈文不孝。你都是为了我才出去打工的,没有我这个没用的儿子你怎么会死呢。你生我这个儿子干啥呢,我是个狗东西啊,我不孝啊……"

父亲给他的爱,他永远也还不起。这辈子,永远都还不起了。

陈文哥哥找陈文聊善后的事,扯了一通后,提到了陈文的婚事"弟,爸走了。现在你和妈是我唯二的亲人了。俗话说长兄如父,你以后的婚事就由我替你操办,这个家也暂时由我来主持,你打算什么时候结婚呢。"

陈文的嗓子早已经沙哑了,他艰难地回道:"哥,我在外面这么多年,也早习惯了自己把握命运了,结婚的事情不要你操心。"

陈文哥哥生气了,说:"你这话说的,你是我亲弟,我怎么能不操心!"

陈文想了很久才说道:"哥,说实话,我的心里有一杆秤,秤得出来这些年来的是非亲疏,你的关心我心领了。不过麻烦你跟你媳妇说一句,爸走了,妈孤苦伶仃的,那笔安家费是她养老的,谁也不能动，希望她自重。老房子我也不打主意，最好她也不要打主意！"

陈文哥哥被噎得够呛。

二零一五年三月，陈文和黄豆豆在老家结了婚，和别人结婚动辄几十桌，上百桌相比，陈文的婚宴只有两桌，排场相当低调，也十分冷清。请的宾客也都是陈文认为值得尊敬的人。我父亲是陈文的二叔，也被邀请，席上陈文和黄豆豆敬酒的时候，显得非常甜蜜和恩爱。

陈文的哥哥和嫂子都没有被邀请。

陈文妈妈坐在主位。黄豆豆在婚礼上跪着对陈妈妈说："妈，以后你就当我是你亲闺女好了，我跟陈文会服侍你到老的。"

宾客们皆泪流满面。

宴会结束后，陈文就开车载着黄豆豆回了无锡，回到了那个被他们精心布置的出租屋。

当天晚上，陈文钻进黄豆豆的怀里，号啕大哭，就像刘秀在阴丽华的怀中不顾一切大哭一样，能在所爱的人怀里尽情释放自己的脆弱，是一件多么幸福的事情。

陈文始终没有成为苏秦，可他的人生仍十分经典。

人这一生，如白驹过隙一般，十分短暂。把心思花在追求名誉，金钱上是一辈子，把心思花在经营情感，真心爱人上也是一辈子。人生路不止一条，评判人生的标准也不止一条。

我只愿这浮华的社会能多一些温暖的心灵。

三十而立

今天去修电脑，等待的时候和工程师重新看了一遍《卧虎藏龙》，再次看到李安的作品，竟然有些感动。

李安三十岁那年，开始了"相妻教子"的生活，待在家里吃软饭整整六年没一分钱收入。成名后他说："当年我若有日本男人一半勇气的话，我早就切腹自杀了！"这句话现在听来依然让人充满无限唏嘘和感叹。

说到三十，这是一个令人尴尬的年龄，古人云"三十而立"，可有多少男人到了三十能真正立得起来呢？多少有志之士蜗居一方，摸着肚子上堆积的脂肪，像刘备那样流着泪水："我是在马背上打天下啊！怎么该长肥肉，应该长肌肉的啊！"掩面痛哭！

《小苹果》刚红的时候，天天听，听得耳朵都起茧了。很喜欢老男孩，尤其喜欢他们背后的故事。

看过一个采访，主持人问右筷子肖央，老男孩大红大紫后有没有什么遗憾？肖央想了一会说道："其实二零零八年拍老男孩的时候我们都不知道这个微电影有这么大的影响力，能坚持下来完全是我和老王那股对梦想的坚持。老王从小出生于军区大院，在他父亲的眼中他一直是他的希望——儿子能干，有想法，未来一定是个可造之才。可惜他心中一直怀揣着音乐的梦想，一直折腾着，所以在父亲的眼里他变成了一个不成器的儿子，不正经，没有出息。他也知道这点，所以他一直想向父亲证明，他这个儿子是争气的，是有出息的。

"拍《老男孩》那段时间，恰好他父亲患绝症，老王一边应付着电影一遍照顾他，他对着插着呼吸机的父亲说着：爸爸，你一定要坚持住呀，你的儿子在拍电影呢，这个电影一定会红，你的儿子会成为大明星。其实，那个时候我们已经山穷水尽了，没有资金只能自己做道具，没有演员就从菜市场拉，谁都不知道明天能不能红。谁知道这个电影一经播放，立刻引起了轰动，立刻就红了。可惜的是他的父亲根本没有等到电影上映，就撒手西去了，说到遗憾，你想想，在你的一生中，一个最爱你的人闭上眼睛离开这个世界，脑海中带的最后定义是：唉，我那个不成器的儿子！"

说完泪水早已经止不住了！

什么是梦想，成冬青说："梦想就是一种让你感到坚持就是幸福的东西。"在职场混，你是什么不重要，别人觉得你是什么才最重要，因为你要努力表现去赢得别人的赏识。而在人生中，别人认为你是什么不重要，只要你觉得你是什么你就是什么。梦想是不需要别人去理解的，那是一种一意孤行的坚持！

献给那些三十了还在奔波的人们，给自己加加油，鼓鼓劲！年龄渐长，梦想依旧青春！

我要去我想去的地方

　　我在租住的房子地段有点偏僻,透过窗户看过去眼前是一片空旷的野地,这块野地的四周都被铁皮围住了。野地面积并不大,里面长了很多芦苇、杨树、柳树,还有茅草和野花,每天站在窗前看着这片地,我都能看到不同的风景。

　　有的时候,我又觉得,成为千万富翁似乎不能光靠做白日梦,应该脚踏实地做出点有意义的事情,这样才是有质地的一生。

　　有的时候,我听着《kiss the rain》,看着这块凄凉的景色,心想这块杂乱无章的野地多像我这凌乱且落魄的一生。

　　又有的时候,看着那些生机勃发的柳树,我大声唱着歌曲《我相信》,幻想着自己有朝一日必定枝繁叶茂,树大根深。

　　心情不同的时候,这块地给我的就是不同的风景。

　　曾经有一次,我拉着小周出去采风,我们翻墙进入了这块野地,小周忙着拍照,而我则在芦苇和野草之中穿梭,小周想把自然之景留在照片里,而我则寻找着这块土地没有被发现的美。

这是我们在这座城市中的另一种探险，生活就像这块野地一样，只有深入到其中，你才能看到距离隐瞒了的真相。

我在这里发现了很多野菜，有水芹菜，有旱芹菜，还有韭菜和蒜苗，我把这些野菜收集好，告诉小周："晚上哥做盘野菜，咱们喝两杯。"

小周欢呼。

晚上我把这些野菜洗洗，摘摘，切切，烧成了一碟子的菜，和小周一边聊天，一边喝酒，野菜的味道虽然苦了点，但是和菜市场买来的菜相比还是别有一番滋味。

小周说："这野菜由着自己的脾气来长，就是没有家菜的味道好。"我笑了笑，说："不一样的，这帮小生命是为了自己而活着的，而那帮人工养殖的是为了别人而活的。"

为自己而活着的生命是不会刻意讨好别人，他们有自己的一套原则，他们从来不考虑别人如何看待自己，就像他们从来不把别人放在眼里一样。

这个五一节，本打算回徐州老家看望父母，但是因为心里装着几篇文章，就留在苏州准备把所有的文字都抠完。

有的时候，旅行不是躯体在行走，而是灵魂在放松。灵魂若被拴住，身体到哪里都一样看不到自由。人生也是如此，当你的肉体被经济等问题所束缚的时候，精神无论随着肉体走到了哪里，你都无法充分地享受自由。

所以，无法保证我思想自由的时候，还不如把我的肉体困在这个小房间里。

这个五一是一个人的五一，也是一个孤独的五一。

说来也奇怪，前几日还是晴空万里，五一一到就开始烟雨朦胧。看着窗外的大雨将苏州湮没在烟雾中，我的心情反而非常平静。我隐约觉得这样朦胧的风景是为自己的心情特意准备的。

这是我人生中的第三十个五一节，此前的二十九个五一节我都做了些什么事，说过了些什么话，我完全记不得了，所以我发誓一定要在三十岁五一节那天做出一件令我日后记忆深刻的事情来，我希望日后想起这一天，我一定能有不一样的心情。

一直渴望像偶像那样活出一个不平凡的人生，但是我知道，不平凡的人在成功后会被追捧，但在成功前只会被棒杀。越是有自己想法的人往往都是行走在一条孤独的道路上，这一路没有鲜花，没有掌声，而苦难和挫折却一路伴随，有增无减。中国社会向来不鼓励特立独行的人类，在常人眼中那就是异族。

面对这么大的阻力，想活得棱角分明就需要拥有一颗强大的心脏，能顶得住那些所谓无瑕的真理的说教，以及暴风雨般的不认可。

如果一阵风就可以把你的意志动摇，那你的人生不可能有一个固定的航道。

曾经跟朋友开玩笑，我说："甄子丹和周星驰之所以棱角分明，那是因为他们坚持了自我，不愿意妥协。而他们的偶像李小龙更是一个脾气直率，超级自信的人，为了捍卫自己的价值观不惜得罪很多人。"

而我的另一位偶像毛泽东更是直到遵义会议之后才获得了众人的认可，之前他一直很孤独地被排斥在主流之外，是一个特立独行的另类，而这个另类就像我挖回来的那些野菜一样，味微苦，但绝不放弃自我去迎合所谓的主流。

  为自己而活的人都是孤独的，想活出自己的风格，就需要顶着这个世界疾风骤雨般的评价，不论是正面的、负面的、积极地、肮脏的、吹捧的、侮辱的……如果你无法阻止别人张开嘴巴，你唯一能做的就是闭紧耳朵，将孤独进行到底。

  如果孤独，就让孤独更猛烈一些吧，你的人生不多点挫折，怎么检验人生的成色？只管活出你自己的特色，当他们说你不是千里马的时候，你该知道他们也不是伯乐。

  所以，我只想去我想去的地方，那是我灵魂最自由的地方，我舒适地拥抱阳光，不为了别人的喜好而低头，那才是我真正的人生……

后记　再次致自己

书终于写完了，说实话心情挺舒畅的。有些过去根本不想再去回忆，面对了都是泪水，确实，这一年来只有自己心里最清楚自己是如何走过来的。既然有勇气把它写下来，无非是当做自己对自己的对话，自己对自己的勉励。中医讲"通则不痛，不通则痛"现在堵住心口的话都说了出来，一切都打通了，对于我来说这就是一场救赎。

我根本不需用像《花样年华》里梁朝伟那样找个洞把自己的心事说出来，然后塞上一坨草。其实用键盘敲击文章，把心里话说出来，也是一种解脱。

每一章都是写给自己的心灵看的，很多温暖的话语写完了就记忆在我的心里，那份温暖将持续几十年，不会磨灭。我在强化自己意志的同时也增强了面对未来的信心，如果这个世界不能给我温暖，那么我就温暖好自己的心房。

抑郁焦虑症单单吃药根本无法自愈，还需要保持良好的心情。

所以多听听音乐，多做做运动，多面对一些快乐的事情才能慢慢恢复。所以如果你的压力很大，也跟我一样多去读读书中的文章，讲一讲快乐的事情给自己听。做事情的时候多给自己留一些后路，不要在思想上把自己逼上死路，这个世界其实没有那么多的独一无二，没有那么多的缺一不可。珍惜生命，多想想那些爱你的人，那些友善的眼睛，千万不要做傻事。

一个善于自救的人是热爱生命的人，而这样的人才是温暖的，这样的人值得尊重。

一个温暖的人就像一个小太阳，他随时都散发着光芒。其实你也可以。

这本书中的故事大部分都是身边真实发生的，有几个是根据身边实人物进行演绎，写成打动我的温暖故事，我把这些故事讲给自己听，希望我就也可以变成那样的人。

我的眼睛也在刻意去选择一些温暖，我希望你的眼睛也能看到，并且将这份温暖带给更多的人。

即使不喜欢，也请保持嘴角的微笑，保持愉快的心情。

"行有不得，反求诸己"最后请大家一定要记住这句古训。要多反思自己的行为，改变了自己就改变了世界，你不光能照亮别人心房，更能将你从负面中拯救出来。

祝愿每个人都能有温暖的心情，享受到温暖的阳光，展露最温暖的笑容。